講談社文庫

凜

蛭田亜紗子

講談社

目次

凛

平成二十七年八月

札幌《さっぽろ》駅を出発したときにはそこそこ埋まっていた特急オホーツクの自由席は、旭川《あさひかわ》を過ぎたあたりから空席が目立つようになった。喉の渇きを覚えた上原沙矢《うえはらさや》は荷物棚からデイパックを下ろし、ミネラルウォーターの五百ミリペットボトルを取り出す。ファスナーを閉めようとして、バッグのなかの「旅のしおり」が眼に入った。家のノートパソコンでこれをつくっていたときの浮かれた気持ちを思い出し、くちびるを噛《か》む。みずから描いた表紙の自分と拓真《たくま》の似顔絵が憎たらしくて、沙矢はそれをぐいと押し込んでファスナーを引っ張り、荷物棚に戻した。

計画を立てている段階から拓真の反応が鈍いことには気付いていた。仕事で忙しいんだからしかたないと思っていたし、まだ社会に出ていない自分にはわからない苦労もあるのだろうと、学生である沙矢は引け目を感じる面もあった。それでも「夏休みは取れるから」という拓真の言葉を信じ、旅行を計画したのだ。

窓にこめかみを押しつけて眼を瞑《つむ》った。羽田《はねだ》から新千歳《しんちとせ》に着いて以降のできごとを思い起こす。


きのうの夕方、新千歳空港から快速エアポートで札幌へ移動した沙矢は、札幌駅前のホテルにチェックインした。部屋に入ってベッドに腰をかけ、スマートフォンの画面を確認したが拓真からの連絡はなかった。荷物を解き、明日着る服のしわを伸ばしてハンガーに掛ける。エアコンを調節して、かためのシーツがぴんと張られたベッドに寝そべり、しばらく仮眠することにした。

思いのほか深く眠ってしまい、はっと起きてスマホで時刻を確認すると四十五分ほど経っていた。だが着信もメールもＬＩＮＥも届いていない。午後七時半には仕事が終わるから、と拓真は言っていたがすでに七時四十分を過ぎている。夕食は拓真お薦めのスープカレー店に連れていってもらう約束だった。

結局、連絡があったのは十時をまわったころで、ホテルのロビーで落ちあうことになった。「いまから向かう」というメッセージを受け取ってからさらに三十分近く待ち、ようやくロビーにあらわれた拓真の顔を見て、沙矢は驚いた。眼の下には青黒い隈《くま》がくっきりと浮いていて頬《ほお》がこけている。おそらく最後に会ってから五キロぐらいは痩《や》せたのではないか。学生時代はつるんとしていた肌に、赤いできものがぽつぽつと散らばっている。

「久しぶりー。元気？　忙しそうだね」

沙矢は動揺を隠して笑顔を見せ、スーツを着ている拓真の腕に触れた。その細さにぎょっとする。

「沙矢、待たせてごめん。このあと会社に戻らなきゃいけないから」

「じゃあ夜ご飯は？」

「ほんとうに悪いけど、ひとりで食べてくれる？　あと、明日のことなんだけど」拓真は言いにくそうに身をよじってうつむいた。「……やっぱり休めなくなった」

「えっ、休めないって――」

「うちの会社が経営してる施設の夏祭りを手伝うことになったんだ」

「ちょっと待って、休みは会社に申請してたんだよね？」

「もちろんしてたけど、仕事には臨機応変な対応が必要だから」

「夏祭りの手伝いって、それ、仕事？　どうしても行かなきゃいけないの？」

「まあ、仕事じゃなくてボランティアだね。強制されてるわけではないよ。でも利用者の笑顔のために奉仕するのってすごくやりがいを感じるし、同僚との絆も深まるんだ」

奉仕やらやりがいやら絆やら、沙矢の知っている拓真なら使わないであろう言葉がぽんぽん発せられる。

「そういうボランティアってしょっちゅうあるの？」

「ほぼ毎週末かな」

「じゃあぜんぜん休めてないじゃん！」

思わず大きな声を出してしまった。周囲から視線を向けられて身を縮める。

「自分の居場所がある、求められてる、って素晴らしいことだよ。休むぐらいだったら少しでも会社に貢献したい。会社に貢献して利益を生む、それが国を支えるってことだから」

「国を支える……」

拓真の口から国なんて大きな単位が出てきたことに面食らって、言葉を失った。

「うちの会社が感動の輪を広げて、この国を、そして世界を変えるんだ」

――世界。それ、本気で言ってるの？　沙矢は拓真の顔を無言で見つめる。

「そうだ、沙矢にプレゼントが」

プレゼントという言葉にときめいて、こわばっていた頰がゆるんだ。

「え、なに？　嬉しい」

「うちの社長が書いた本。旅行中に読んでよ」

脂ぎった壮年男性の顔がでかでかと印刷された単行本を手渡され、沙矢はぎこちなく頷《うなず》くことしかできなかった。

拓真が就活で苦労するさまを、沙矢は横でずっと見てきた。真面目ではあるが少しぼんやりしている拓真はなかなか内定が出ず、焦燥と自信喪失で塞《ふさ》ぎ込んでメンタルクリニックの世話になりつつも何十社とエントリーし続けた。そのぶん、冬になってようやく内定をもらえたときの喜びようはたいへんなものだった。内定通知書をスマホのカメラで撮影して一時期待ち受け画面に設定していたほどだ。

それを思えば、仕事にやりがいを感じて頑張っている現在のすがたを喜ぶべきなのだ。社会人として働くとはこういうことなのかもしれない。

「仕事、頑張ってね」

沙矢はなんとか笑顔をつくって、数か月ぶりに会えた遠距離恋愛の恋人を見送った。ひとりになると気落ちしてしまって知らない街を出歩く気になれず、ホテルに入っているコンビニでカップラーメンとサラダを購入して部屋で食べた。ベッドに入りスマホに触れ、母にLINEでメッセージを送る。

『由紀《ゆき》とスープカレーを食べました。スパイシーで具だくさんでおいしかったよ』

「スープカレー 札幌」で画像検索して出てきた写真を拝借して送信した。念には念をと思い、少し前に由紀とふたりで撮った写真も送る。

大学の友だちの由紀と旅行に行く、と母には伝えていた。彼氏に会いに行くなんて正直に言ったら許可が下りないに決まっている。

大学受験のとき、母は娘を名門の女子大に入れたがっていたが、中高と女子校育ちでいい加減違う環境に飛び出したくなっていた沙矢は、その女子大の入試でわざと手を抜いて不合格になった。ずいぶん大胆なことをしたものだといま思い出しても自分自身にびっくりする。母は「女の子が浪人なんて」という考えの持ち主だったから、唯一合格した共学の私大に進学することをしぶしぶ認めてくれた。

その代わり門限を夜の十時に定められた。飲み会に出ても途中で帰らなければいけないし、遅い時間の映画を観ることもできない。拓真という彼氏ができても泊まりのデートはめったにできず、友だちに口裏を合わせてもらってアリバイ工作するのに骨が折れた。

家を出るとき、母はねちっこい目つきで沙矢を上から下まで眺めて、口を開いた。

た。

「もっとかわいい格好をしたらどう？　花の命は短いんだから」

沙矢はボーダーのTシャツにデニムパンツを合わせ、黒いデイパックを背負っていた。旅行なんだから動きやすい服装のほうがいいでしょ、と言ったら納得したようだったが、沙矢はやがて枯れる花にたとえられたことに釈然としないものを感じていた。


目蓋《まぶた》を持ち上げて車窓を眺める。鬱蒼《うっそう》と茂る木々がどこまでも続く景色は東京生まれ東京育ちの沙矢には非日常的な光景だ。先月、JR北海道は来年の三月を目処《めど》に利用客の少ない無人駅をいくつか廃止する方針であると発表した。そのなかにはいわゆる秘境駅として一部の人間には有名な駅も含まれていた。沙矢と拓真の共通の趣味は鉄道だ。といっても拓真はとにかく乗るのが好きで、沙矢は田舎の素朴な木造駅舎が好きなので、まったく同じ趣味ではない。去年の夏休みはふたりで熊本と鹿児島の西海岸沿いを走る肥薩《ひさつ》おれんじ鉄道に乗った。大晦日から元旦にかけての終夜運転を利用して、初乗り運賃での東京近郊区間大回り乗車にチャレンジしたこともあった。

新旭川駅から網走《あばしり》駅までを結ぶ石北《せきほく》本線で今回廃止が検討されているのは、上白滝《かみしらたき》駅、旧白滝駅、下白滝駅の通称「白滝シリーズ」の三駅と金華《かねはな》駅だ。もともと夏休みには、就職して札幌支社に配属になった拓真に会いに北海道へ行くつもりだった。そのついでに四つの秘境駅をまわる旅行をふたりでしようと思いついたのだ。

駅でもないところで列車が急停止した。どうしたのだろうと思っていると、「ただいま鹿と接触しました。しばらく停車いたします」と車内放送が流れる。座席に深く座り直し、耳朶《みみたぶ》につけた誕生石であるペリドットのピアスに触れた。二年前の誕生日に拓真がプレゼントしてくれたものだ。

学生とはいえ、沙矢だって気楽な身分ではない。まだ三年の夏で就活の本格スタートまでは時間があるが、インターンシップの話題がちらほら耳に入るようになった。就活でのアピール材料をつくるため夏休みは海外でのボランティアに参加する、と同じゼミの子が自慢げに話していた。業界研究と企業研究、自己分析、ＯＢ・ＯＧ訪問。就活の解禁時期は経団連の気まぐれで年によってふらふら変わるのだが、解禁される前にやっておくべきことは多々ある。「旅のしおり」をつくっているときに、ふと自分には旅行業界が向いているかもしれないと閃《ひらめ》いたことを思い出す。東京に戻ったら旅行業界に関する本を買おう。

四年の秋近くまで、いや、場合によっては冬まで就活に時間を割かれる可能性を考えると、卒論のテーマだって早めに決めておきたい。社会学科に在籍し、ジェンダー文化論のゼミに入っている沙矢は、女性に関する事柄について研究するつもりなのだが、どういう切り口がいいのかまったく見えていなかった。

三年から四年にかけての過ごしかたについて、拓真に経験者としていろいろ教えてもらうつもりだったのに、当てが外れてしまった。沙矢はショートボブの髪を指で梳《す》いて嘆息する。「いまのうちに」と思いきってミルクティー色に染めた髪に、拓真は気付いてくれただろうか。

「運転を再開します」と放送が流れて、列車はまた走り出す。

列車を乗り換えて、今日まわる最後の秘境駅、金華駅で降りた。むんと濃い夏草のにおいが鼻腔《びこう》をくすぐる。北海道の夏は想像していたよりも暑いが、それでもサウナみたいに息苦しい東京の夏に比べると爽やかだ。無人駅に沙矢をひとり残して列車が遠ざかると、急に心細い気持ちに襲われた。デイパックを背から下ろし、ミラーレス一眼カメラを出す。プラットフォームから木造のこぢんまりとした駅舎に向かってカメラをかまえると、外壁にかかっている紺色の看板が眼に飛び込んできた。

常紋《じょうもん》トンネル工事殉難者追悼碑

昭和55年11月建立
駅より約３００m

白い文字でそう書かれている。常紋トンネル？　工事殉難者？　なんのことかさっぱりわからなかったが、ついでにその看板も写真に撮った。駅舎のなかに入る。トイレすらない駅舎の利用者はおそらくほとんどいないのだろう。西陽が射し込む狭い駅舎は時間が止まったかのようだ。ふう、と吐いた沙矢の息が沈殿していた空気を乱す。入って左側の壁面には傷んでささくれ立った木のベンチがぐるりと備えつけられていて、右側にはむかしながらのプラスチックの四人がけベンチが置かれている。グリーン、水色、オレンジ、白、色褪《あ》せたカラーがレトロでかわいい。画鋲《がびょう》で壁に貼られたお知らせのなかに「熊出没注意!!」と赤い文字で書かれたものがあって、ぞくりと背すじが震えた。このあたりの山に出る熊はやっぱり凶悪な羆《ヒグマ》だろう。遭遇したらどうしよう。埃《ほこり》の積もった窓枠では死にかけの蛾《が》がじじじと藻掻《もが》いている。

駅から出ると、想像以上に静かな光景が広がっていた。夏草が茂る山あいの集落にぽつぽつと木造の家が建っている。半分以上がひとめで廃墟とわかる建物だ。沙矢は振り返って緑色のトタン屋根を載せた簡素な駅舎を撮影してから、集落に近づいた。

ひとが住んでいそうな家は二軒か三軒ほどだろうか。横板張りの崩れかけた廃屋《はいおく》にたたずんでいる錆《さ》び猫が、険のある眼で沙矢をじっと見つめている。闖入者《ちんにゅう》を監視しているかのようだ。レンズを向けたが、気後れしてしまいシャッターボタンを押さずにカメラを下ろす。好きなはずの猫が怖い存在に感じた。

ちょろちょろと流れるささやかな小川に短い橋がかかっている。「奔無加川《ぽんむかがわ》」と書かれたその橋を渡ってさらに歩くと国道に出た。沙矢の目の前をトラックが勢いよく通り過ぎて、緊張がゆるむ。ひとのいとなみに触れて、異空間から戻ってきたような気持ちになった。右手のほうへ歩いていくと、「常紋トンネル工事殉難者追悼碑入口」と書かれた縦長の案内看板があらわれた。すぐ横の山肌に階段と赤い手すりがある。つぎの列車が来るまでの時間潰しを兼ねて、沙矢はその階段を登ることにした。

勾配《こうばい》がきつい階段を登りきると開けた丘に出た。赤い煉瓦《れんが》でできた高さ五メートルほどの碑が建っている。これが追悼碑らしい。「常紋トンネル工事殉難者追悼碑」の文字の真下には、つるはしを持ってうつむき加減に立つ男のレリーフが嵌《は》め込まれている。男の表情はぼやけていてよくわからない。眺めていると、十字架にかけられたキリストの像を連想した。

追悼碑の手前にある石の台に、小銭とワンカップ大関のガラス瓶が置かれていた。

沙矢はしゃがむと財布から十円玉を出してそこに置き、手を合わせて眼を伏せる。降り注ぐ陽光、草のにおい、土のにおい。頭上高くから鳥の啼《な》き声が聞こえてくる。デイパックを背負っているTシャツの背にかいた汗が冷えていく。

立ち上がって周囲を見渡すと、そばに「金華小学校跡」と彫られた小ぶりの石碑があることに気付いた。遠くない未来に消滅してしまうであろう集落にも、かつて少なくない人びとが暮らしていて商店があって公民館があって小学校があって子どもたちの声が山にこだましていたのだ、と思うと不思議な気持ちになった。

予約していた網走駅前のビジネスホテルに泊まった。秘境駅巡りだけならもっと手前の北見《きたみ》か、もしくは引き返して旭川で宿泊すればいいのだが、拓真なら石北本線の終点まで乗りたいと言い出すだろうと思ったのだ。まるっきり無駄な気遣いだったけれど。

網走に到着したときにはもう夜で、昼間の暑さが嘘のように肌寒かった。ホテルのプランに夕食がついていないので外食するつもりだったが、駅のまわりにはほとんど飲食店がない。スマホで調べたところ、離れたところに飲食店が並ぶエリアがあるようだ。だが、ひとりで入れる雰囲気の店を見つけられるかわからないし、知らないまちの人通りが少ない暗い道を女ひとりでさまようのは不安だったので、少し歩いたところにあったケンタッキーでテイクアウトしてホテルの部屋で食べた。

翌日は網走監獄を見る予定だったけれど、ひとりで観光地をまわる気分にはなれなかった。朝、チェックアウトしてホテルから出た沙矢はスマホの地図アプリを使って図書館をさがす。きのう見た金華の追悼碑がなんだったのか調べたかった。図書館はここから約一キロだとわかったので方向を確認して歩き出す。小雨が降っていた。真夏だというのに肌寒く、沙矢はデイパックからパーカを出して着た。雨にまじった潮風が肌にまとわりつく。

霧に煙るまちを十五分ほど歩いて、図書館が入っている複合施設に到着した。ホテルからここまで数えられるほどしか通行人とすれ違わなかったわりに、コンクリート打ちっ放しのエントランスとガラス張りのロビーが印象的な建物は現代的で立派だ。郷土資料のコーナーは二階にあるらしい。ゆるくカーブを描く階段を上がり、一部が吹き抜けになっている二階へ向かった。椅子の背にデイパックを引っかけてから本棚に向きあい、『網走市史』『網走百話』『北見・網走今昔写真帖』『アイヌの昔話』といった背表紙をざっと眺めていく。

一冊の本で沙矢の視線が止まった。『オホーツクを生きた女性たち』。あの碑とは無関係だろうけど、女性というキーワードが沙矢の興味を惹きつけた。卒論のテーマさがしの参考になるかもしれない。手を伸ばし、その本を取り出した。目次を開いてみる。「娼妓《しょうぎ》から網走の名士へ」という見出しが眼に飛び込んできた。娼妓？　芸妓のようなものだろうか。本を持って席に戻ろうとしたとき、上から押し潰されるような強い目眩《めまい》に襲われて、膝を床についた。きーんと耳鳴りもしている。本棚に手をついて顔を上げた。ちかちかと白いひかりが飛ぶ視界のまんなかに、『常紋トンネル――血塗られたタコ部屋の歴史』と書かれた背表紙があった。――常紋トンネル。あの石碑に刻まれていたのと同じ名前に沙矢の胸はどきんと鳴った。唾を呑み込んで色褪せたその本に手を伸ばす。椅子に腰を下ろし、本を開いた。

昭和四十五年九月

霧が出ていた。靄《もや》に沈む白樺の細く白い幹は亡霊の群れのようだが、濃密な緑のにおいがみなぎる生命を誇示している。虫がざわめき、鳥が高く啼き、梢《こずえ》が潮騒《しおさい》のように鳴っている。

三浦《みうら》はヘルメットをかぶり顎紐《あごひも》を締めながら、枕木を踏みしめて歩いていた。作業着の袖を少しめくり、腕時計に視線を落とす。五時五十八分。最初の汽車が通るまでには充分に時間があった。ずずっと洟《はな》をすする。九月に入ってから朝晩の冷え込みがこたえるようになった。

新旭川駅から網走駅までを結ぶ石北本線。その中間地点よりも網走寄りの生田原《いくたはら》駅と金華駅のあいだにある常紋峠は、標高はたいしたことがないが、汽車が走るにはかなりの急勾配と急カーブが続く。峠にさしかかるとき、蒸気機関車は息を荒らげて呻《うめ》き声を上げる。鬱蒼と茂る樹林にあざ笑われながら、黒く逞《たくま》しい躰《からだ》を軋《きし》ませて灰色の息を脳天から吐き、曲がりくねる線路に必死に食らいつく。ここでは人間も汽車もよそ者で、自然という強面《こわもて》の家主に間借りしているにすぎない。気を抜いたら蔓《つる》に搦《から》め取られて深い樹海の谷に呑み込まれてしまいそうな、底知れなさがあった。

アーチ状に穿《うが》たれた暗い穴が間近に迫る。常紋トンネル、と黒い琺瑯《ほうろう》引きの看板に白い字で書いてある。単線トンネルだから幅はごく狭い。蛾の群れがぶんぶん騒いで三浦を阻《はば》んだ。手で払いのけながら歩く。山中なので虫が多いのはしかたない。しがみついて羽を休めようとする蛾を、作業着の制服を叩いて落とす。

トンネルに一歩足を踏み入れたとたん、肌寒さの質が変わった。見えざる手に心臓をぎゅっと摑《つか》まれたような、恐怖をともなう冷気。

数日前に行きつけのラーメン店の店主と交わした会話が、三浦の頭をよぎる。

音を立てて味噌ラーメンをすすりながら、三浦は壁の棚に載っているテレビを眺めていた。ニュース番組は大阪万博が閉幕間近だと伝えている。はじめてテレビで見たときは不気味な造形に度肝を抜かれたが、いまではすっかり愛着を覚えるようになった太陽の塔が映った。

「結局行けずじまいか。月の石、見たかったなあ」

独りごとなのかそれとも店主に話しかけているのか、どっちつかずな口調で呟《つぶや》く。言ってから子どもっぽい発言に思えて後悔した。立ち上がり背伸びしてテレビのつまみに触れる。つまみをがちゃがちゃとまわし、歌番組でとめた。つややかな黒髪を日本人形のように切り揃えた女が、低くドスの利《き》いた声を震わせながら唄っている。

「この子、旭川で流しをやってたっていうんでないかい。盲目の三味線弾きの母ちゃんといっしょにさ」

店主が顎をしゃくってテレビのなかの藤圭子《ふじけいこ》を指した。流行《はや》っていない店なので客は三浦のほかにいない。三十代半ばで独身の三浦は、北見の官舎の近くにあるこのラーメン店に週に三回は通っている。いまでは椅子に座るとなにも言わなくても味噌ラーメンとビールが出てくるようになったが、内心たまには違う味も食べたいと思っている。

骨の髄《ずい》にまで染みるような唄だった。「十五、十六、十七と　私の人生暗かった過去はどんなに暗くとも　夢は夜ひらく」。愁《うれ》いを孕《はら》んだ濡れた瞳は、ときおりろうその焔《ほのお》のように揺れる。三浦はメンマを箸でつまんだまま、テレビに見入った。

唄が終わると、店主は照れたように白髪交じりの短髪を掻きながら「いやあ、辛気くさい唄だべや。なんでこったら暗いのが流行ってるんだ。いい女ではあるけどさ」

と笑った。

「最近トンネルの改修工事の現場にいてさ、暗いトンネルのなかにずっといると、辛気くさい気分になってくるんだよ。だからいまはこういう唄のほうがしっくりくるね」

なんとなく唄を援護したい気分になった三浦は言い返した。

「どこのトンネル？」

「常紋トンネル。生田原と金華のあいだの」

「ああ、幽霊トンネルかい」

「幽霊トンネル？」

不穏な発言に、三浦はぎょっとして店主の顔を見た。

「お客さん、ぽっぽやなのに知らないのかい」

「去年までは違う路線の担当だったんで」

プライドを傷つけられたように感じた三浦は、少しむっとして答えた。

「車窓に火の玉を見たとか、ずらっと並んで立つ男を見たとか、ため息が聞こえたとか、心霊話にはことかかないべ。運転士が血まみれの男が立ちはだかってるのを見て急停車して、降りて確認してもだれもいなくて、走りはじめたらまた男があらわれて、それを繰り返すうちに運転できなくなってへたり込んじまったとか。ほかにもいろいろ聞いたなあ」

トンネルの金華駅側には常紋信号場があって、駅ではないが特別に旅客の乗降扱いもしている。とはいえ集落のない場所なので、やってくるのは一眼レフカメラや録音機材を抱えた鉄道ファンだ。全国的にもめずらしいスイッチバック式を採用している信号場は、絶好の撮影ポイントとして人気がある。蒸気機関車が日本からすがたを消しつつあるいま、ファンの熱は高まるいっぽうらしく、氷点下二十度を下回る極寒の夜でも大勢が集まって近づく汽車の息遣いに耳を澄ませ、カメラをかまえている。

三浦はふと、常紋信号場の宿直の駅員が「ここの信号場は呪われてんだ。ここに配属になった職員やその家族には不幸が襲いかかる。おれは離婚ぐらいで済んでるが」と暗く笑っていたことを思い出す。――あの駅員も、幽霊に会ったことがあるのだろうか。

「お会計」

三浦はビールを呑み干し、すっかり伸びてしまったラーメンを残して立ち上がった。食欲は失せていた。

一定の間隔でぽつぽつとあるだけの電灯はこころもとなく、トンネル内は仄暗《ほの》かった。天井から滲《し》み出た水が水滴となって落ちる音が響く。ひたひたひた、と存在しない人間の足音が背後からついてくる。自分の足音が反響しているだけだとわかっているのに、ぞわっと全身の皮膚に鳥肌が立った。立ち止まると、たちまち耳が痛くなるほどの静寂が押し寄せる。怪談なんてまったく余計なことを聞いてしまった、と三浦は後悔していた。

三浦は国鉄の保線区員だ。軌道の狂いの修正やレールの交換、踏切の修繕、トンネルや橋梁の保守などが保線区の仕事である。常紋トンネルは二年前に起きた十勝《とかち》沖地震で壁面にひびが入ったので、それの修理とトンネル内の待避所の改修作業を並行しておこなっている。三浦は工事に事故防止の責任者として参加していた。下請会社の作業員が夜通しおこなった工事を、汽車が通る前の早朝に点検する役目を負っている。

トンネルはゆるやかにカーブしているので、進むうちに外の明かりがほとんど入らなくなる。もとは赤茶色だったのだろうが煤《すす》ですっかり黒くなった煉瓦を、懐中電灯で照らしながら歩を進めた。五百七メートルという距離が無限に思えてくる。

左手に待避所が見えた。トンネル内にひとがいるときに汽車が来た場合、轢《ひ》かれぬよう身を寄せる場所だ。トンネルの壁面にさらにちいさいトンネルが口を開けているようなかたちになっている。ひとつめ、ふたつめの待避所を通り過ぎ、三つめの穴の前で足を止めた。

待避所に入り、懐中電灯で壁を照らす。先日の工事でここの煉瓦壁に穴を開けたところ、なかから玉砂利がぼろぼろ出てきた。そのため応急処置として板を横に張って土留《どど》めをしたのだ。こつん、と靴がなにかを蹴った。懐中電灯を下に向ける。石だ。ふたたび明かりを壁に当てた。土留めの板がたわみ、いまにも崩壊しそうになっているのが見えた。砂利があふれて小山ができている。

こりゃまずい、と三浦はあわてた。すぐに塞がなければいけない。とりあえずなにか抑《おさ》えるためのものをと思い、あたりを見まわす。ちょうど手ごろな棒が落ちていた。拾い上げて壁の穴にあてがい、懐中電灯のひかりを当ててまじまじと見る。長く、古びた、両側の先端が膨らんででっぱりがある、煤けているがところどころ仄白い——骨。

うわあっ、と声が出た。人間の骨、と直感でわかった。馬や牛の可能性だってあるじゃないかと自分に言い聞かせようとしたが、三浦の勘はそうではないと告げていた。たぶん脚の、太ももの骨。うつむいている三浦の剝《む》き出しのうなじに、つめたく濡れたものが弾けた。ひゃっと悲鳴が洩《も》れる。ただの水滴だとすぐに理解したが、全身が痙攣《けいれん》するように震えだした。

骨は手から滑り落ちて、高い音をトンネルじゅうに響かせる。三浦は意味をなしていない土留めを力任せに外し、玉砂利のなかに手を突っ込んだ。つめたく滑《なめ》らかな砂利をかき分ける。

なにか異質なものが手に触れた。丸みを帯びた大きいもの。穴から引っ張り出す。もう悲鳴すら出なかった。

頭蓋骨。しゃれこうべ。どくろ。——人間の、頭部の骨。

三浦はそれを抱えたまま、来た方向へ向かって走り出していた。つんのめるように走りながら、震える手でヘルメットの顎紐を外して脱ぎ、そこに頭蓋骨を入れる。何度も転びかけ、言葉にならない声で叫び、永遠に続きそうなトンネルを走った。ひかりが見えた。トンネルを抜けると同時に明るい緑で眼が滲《にじ》む。眼球に涙の膜が張っていた。虫の鳴き声が鼓膜を満たす。

夜どおしの仕事を終えた作業員が、信号場の駅舎の前で伸びをしていた。作業員は必死の形相で駆けてくる三浦に気付き、不審げな顔を向ける。

「こ、こ、これを、トンネルで。か、壁の、なかから」

三浦はヘルメットごと頭蓋骨を差し出しながら、うまくまわらない口で叫んだ。

ベテランの作業員はそれをしばらく見つめたあと、

「ああ……こりゃあ、人柱だ」

とため息のような声で呟いた。

「人柱？」

「むかしから噂があるんだ。このトンネルには人柱が埋まってるって。タコ部屋の労働者がいっぱい犠牲になったって。……ほんとうだったんだなあ」

しみじみとした声で言い、頭蓋骨に向かって手を合わせる。

「タコ部屋？」

なにも知らないのかと言いたげな眼差しで、作業員は三浦を睨《にら》んだ。

「網走の囚人労働は知ってるかい。……それすら知らんのか。開拓時代、鉄の鎖で繋《つな》がれた囚人に道路工事をさせていたんだが、死人の多さが問題になって廃止された。そのあとを継いだのがタコ部屋だ。ほとんど騙《だま》し討ちで連れてきた男たちを小屋に監禁して、過酷な環境で働かせて、使い捨てた」

はじめて聞く話に三浦は絶句した。音を立てて唾を飲み下し、かさついたくちびるを開く。

「……なんでタコっていうんですか」

知りたいことはたくさんあったが、最初に頭に浮かんだ疑問をぶつけてみた。

「内地から連れ込まれるから『他で雇う』で『他雇』っていう説もあるし、蛸壺みたいにいちど嵌まったら逃げられないからっていう説もあるし、蛸が自分の手足を食いちぎって飢えをしのぐようにわが身を切り売りするからっつう説もある」

「手足を食いちぎって飢えをしのぐ……」

「諸説あるのはそれだけ歴史が長いからだ。明治大正昭和と、北海道のタコ部屋労働は続いた。鉄道だけじゃない。道路工事にも炭鉱にもダムにも多くのタコが使われた。北海道はタコの血で染まった大地だ。もしかしたらいまでもヤミじゃタコ部屋が残ってるかもな」

動悸《どうき》が治まってから、三浦は煤で黒くなっている頭蓋骨を信号場の駅舎の水道でていねいに洗った。するとぼろきれが右の後頭部からはらりと取れた。その下の骨には傷がついていた。親指の爪ほどの、見逃してしまいそうなちいさい傷だが、骨に残っているのだからかなりの怪我だったのだろう。石か、棒か、スコップか。三浦は男が右斜め後ろから殴られるところを想像した。

本来の乳白色を取り戻した骨に手を合わせる。どうか安らかに、と呟いた。

その日の最終の汽車が行ったあと、いつもの改修工事を休止してひと晩かけて例の待避所の壁を調べた。三浦も煤に汚れて穴を掘った。汗をぬぐいながら、骨のことを知った信号場の駅員に「この件、他言は無用だぞ」と囁《ささや》かれたことを思い出す。このトンネルができたのは大正のはじめのころだと聞いた。半世紀以上もむかしのできごとなのに、いまだおもてに出してはいけない暗部なのか。

あらたに数本の骨が見つかった。作業を終えた三浦がトンネルから明るい早朝の外に出ると、無数の蛾の群れが出迎えた。

鱗粉を振りまいてまとわりつく蛾を払いのけようとしたが、ふとやめる。おもむろに両手を左右に広げ、眼を閉じた。躰のあちこちに蛾がとまる感触がつたわってくる。耳もとで聞こえていた羽音がだんだんと静かになっていく。――いま、おれを遠くから見たら、線路に立つ大きな十字架に見えるに違いない、と三浦は思う。

ゆっくり眼を開ける。軍手をはめた手にとまっていた蛾が、どくろに似た模様のついた羽を震わせて飛び立った。蛾は昇ったばかりの太陽に向かって高度を上げていく。

大正三年五月より

一

懐《ふところ》から短刀の柄を覗かせている者や黒光りする杖《つえ》を弄《もてあそ》んでいる者など、いかにも獰猛《どうもう》そうな男が乗車口を塞いで眼を光らせていた。その視線のさきでは、不安げに瞳を揺らす男たちが身を縮めている。草木がようやく芽吹きはじめた原野を走る汽車の車内で、彼らがいる一角だけ凍《い》てつく冬を抜けていないかのようだった。

八重子《やえこ》のとなりで周旋屋が首をこきこきと鳴らす。懐中時計を取り出して眺め、嘆息して車窓を横目で見た。

「まだ着かねえか。いい加減うんざりしただろ」

話しかけられても、八重子は男たちの集団に眼を奪われたままだった。周旋屋はその視線を追い、ああ、と頷く。

「タコだよ。東京パックの連中さ。連絡船でもいっしょだったろ」

「……タコ？」

八重子は口を半開きにして首を傾《かし》げ、表情の乏しい顔を周旋屋に向ける。

「タコ部屋の土工夫だ。ポンムカにトンネル工事の飯場があるらしいから、そこに連れて行かれるんじゃねえか。何人が生きて故郷の土を踏めるのかねえ」

ひ、ひ、ひ、と周旋屋は息を吸うようにして笑った。不穏な発言にぎょっとした八重子は、タコなる男たちをあらためて観察する。経験豊富な土工夫らしい陽に焼けた中年男や訳ありげな顔貌《がんぼう》の男がいるいっぽうで、文人絣《ぶんじんかすり》を着た書生風の男や、角帽に詰襟《つめえり》の学生までまじっている。

「あの眼鏡をかけたなまっちろい詰襟のやつ、あいつは一か月保《も》たずに死ぬな。学士さまがなんの間違いでこんなところに来たんだか。いくら人手不足でも、もっと使いものになりそうなやつを連れてくればいいものを」

蒼白く柳の枝のように細いその男が八重子の視線に気付いておもてを上げ、あ、というかたちに口を開く。八重子は彼に特別な印象を抱いていた。顎を引いて軽く会釈をしながら、記憶を反芻《はんすう》する。

本州から北海道へ渡る青函《せいかん》連絡船の夜、揺れがひどい船底の三等船室で八重子は乳房の痛みに耐えかねて起き上がった。雑魚《ざこ》寝《ね》している人びとの腕や脚を踏まぬよう、蚕棚《かいこだな》式の寝台を立て膝で注意深く進み、梯子《はしご》を下りて通路を歩く。花札をしている声がどこかの船室から聞こえた。便所に行き、木綿の井桁《いげた》絣の衿もとをはだけて乳房をあらわにする。腰を屈《かが》め、張りつめた乳房をぎゅうぎゅうと搾《しぼ》った。白い母乳が勢いよく飛んで便器を濡らす。

津軽海峡を越える蒸気タービン船は、未明に函館《はこだて》に着くとのことだった。便所を出た八重子は夜風に当たろうと甲板に出て、空気のつめたさに驚いた。まだ見ぬ北海道の厳しさを思い、身震いする。一攫千金の夢を見て北の大地に足を踏み入れる者は年々増えていて、大正三年の現在、賑《にぎ》やかなまちがいくつもできていると周旋屋に聞かされていたが、八重子が少し前までいた東京と比べるのは酷だろう。

臓腑を吐き出すように激しくえずく音が聞こえて、八重子はそちらに顔を向けた。躰をくの字に折り、海に向かって吐いている男の背が見える。嘔吐の苦しみは悪阻《つわり》のときにさんざん味わっていた。

静かに歩を進め、男のそばに寄る。酸っぱいにおいが鼻をついた。黒サージの詰襟の背にそっと触れ、さする。男は不意を突かれたらしくびくりと躰を震わせたが、首を巡らせ八重子のすがたを確認すると眼で会釈した。

八重子は眼鏡をかけたその顔を見て、大所帯でかたまっていた男たちのひとりであることを思い出した。異様に緊迫した空気に包まれている男の集団がいることは、船に乗り込むときから気になっていた。ほかの男の集団はどれも新天地で一旗揚げようと頬を昂奮で上気させているのに、彼らだけ通夜のようだった。はじめは護送される囚人かと思ったが、縄で繋がれていないので違うらしい。

黙って男の背をさすり続けながら海を見た。真っ黒い海原は巨大な物の怪《け》のように蠢《うごめ》き、船を弄んでいた。

「赤の他人のタコを気にするとはずいぶん余裕だな。乳飲み子を養子にやって廓《くるわ》づとめするんだ、もっと悲痛な顔してもいいんじゃねえか。……それとも子どもの父親に似た男でもいたか？」

男たちを見つめている八重子に対し、周旋屋はからかうように言った。

八重子は三白眼《さんぱくがん》ぎみの双眸《そうぼう》でその顔を見返す。女を預かって妓楼《ぎろう》へ売り渡す、女衒《ぜげん》とも呼ばれるたぐいの男の顔を。気が遠くなるほど長い行程をともに過ごしたのに、情が湧くどころか薄ら寒い思いが濃くなるばかりだ。

「……なんだその顔。なにが言いたい？　気味の悪い女だ」

興を削《そ》がれたらしい周旋屋は舌打ちすると横を向き、紙巻き煙草《たばこ》の敷島の吸い口を十文字に潰して咥《くわ》えた。燐寸《マッチ》を擦《す》って火をつける。

急激に速度を落とした汽車が暴れ馬のように大きく弾み、悲鳴を上げて停まった。

――野付牛《のつけうし》ー、野付牛ー。

駅員が語尾を伸ばして駅名を告げる。周囲がにわかに騒がしくなった。

「おいこら、降りるぞ」

声のするほうを見やると、杖を持った見張りの男がタコたちの肩を小突き、脚を蹴って立たせている。例の詰襟の男は長時間同じ姿勢をとっていたせいでふしぶしが痛むのか、立ち上がるのに難儀していた。のろのろと立ち上がったが、足もとの荷物を取ろうとしてよろめく。

あ、と思ったつぎの瞬間、詰襟の男は杖で膝の裏のひかがみをしたたかに叩かれた。男は躰をくの字に曲げて、食いしばった歯のあいだから呻き声を洩らす。八重子は彼の痛みを、自分のひかがみに感じた気がした。

男たちが降りてがらんとした車内に汽笛が響き、汽車はふたたび走り出す。石炭の重たいにおいが頭痛を誘う。

「野付牛を過ぎたらあとひと息だ」周旋屋が鼻から煙を吐いて言った。

汽車はさらに走り、しばらくすると車窓から見える景色が急に開けて明るくなった。うみ、と八重子は呟く。耳ざとい周旋屋が「いや、湖だ。網走湖。海はもっとさきだ」と訂正した。低い太陽のひかりを受けて、湖面は鏡のかけらを敷きつめたようにきらきらと輝いている。

湖はやがて川になった。ゆるやかに流れる川には多くの丸太が浮かんでいる。揃いの半纏《はんてん》に黒い股引《ももひき》の男たちが筏《いかだ》に乗り、長い鳶口《とびぐち》を器用に扱って丸太を下流へ流していた。

「流送人夫だ。山奥で切った木材を川を使って流して、船に積んで運ぶんだ」と周旋屋が説明する。長旅の終わりが見えて機嫌を取り戻したらしい。

汽車は汽笛を鳴らして吹きさらしの歩廊に滑り込んだ。ここが終着駅だ。疲れた顔の乗客はみな、柳行李《やなぎごうり》や信玄袋を抱えて降りていく。

数人の娘たちとともに周旋屋に率いられて青函連絡船に乗ったが、ほかの娘はみな函館や小樽《おたる》や帯広《おびひろ》で妓楼の者に引き取られて、線路が終わる網走まで連れてこられたのは八重子ひとりだった。

木造平屋の駅舎に降り立つと、もう陽が暮れかかっていた。五月も半ばを過ぎたというのに、死人の肌のような冷気が八重子を搦め取ろうと無数の手を伸ばす。風が悲鳴を上げて吹き、蝦夷山桜《エゾヤマザクラ》の濃い桃色の花と茶色がかった葉がざわざわと騒いだ。

歩いていると潮のにおいが鼻をかすめた。海が近いらしい。果てに来てしまった、と思うと目隠しをして細い板の上を歩いている気分になり、足がすくんだ。八重子が生まれ育ったのは内陸の盆地で、幾重にも連なる峻厳《しゅんげん》な山々がぐるりと視界を遮《さえぎ》っていた。それを窮屈に思うこともあったけれど、いま、海に向かって裸身を開いているような土地に立つと、かつて感じたことのない心細さに襲われた。しかもその海のさきは虚無なのだ。もしもいっしょにいるのが冷淡な周旋屋ではなく女工時代の仲間ならば、その腕にしがみついていたかもしれない。視線を巡らすと山を見つけることができたが、八重子の知っている山に比べると丘のようになだらかだ。

遊郭は駅からほんの少し歩いたところにあった。道路の両側に二階造りの豪壮な屋敷が数軒並んでいる。

「ほら、ここだ。宝春楼《ほうしゅんろう》」

周旋屋はそのうちの一軒の前で足を止めた。見上げた八重子の瞳を、西陽を浴びて照り輝く朱塗りの欄干が射る。間口がやたらと広く、玄関に唐風の屋根を掲げている。狐格子《きつねごうし》の前を通り、三和土《たたき》を草履《ぞうり》の足で踏んだ。

「ごめんください。宝春の大将、女を連れてきました」

周旋屋のあとについて、家に上がる。帳場には亀甲柄に織られた焦げ茶の紬《つむぎ》の着物に黒の羽織を着た、でっぷりと太った男が座っていた。長火鉢の上で鉄瓶がしゅんしゅん湯気を立てている。

「おお、ご苦労さん」

男は四角い大きな顔をくしゃっと歪《ゆが》めて笑った。それからおもむろに立ち上がり、濃い眉毛の下にある傷跡のような細い眼をさらに細めて八重子を検分する。臨月の妊婦のごとくまるく膨らんだ男の腹には、羽織紐の代わりに金の鎖がじゃらりと垂れ下がっていた。太い指には龍を彫った重たげな象牙の指輪が嵌まっている。

「……四百円の価値はねえべや」

男の呟きから、八重子ははじめて自分につけられた値段を知った。

「満で十八になったばかりですぜ、大将」と周旋屋が強い調子で言う。遊郭では満十八歳に満たない娘は客を取れない決まりになっている。つまり八重子は網走でいちばん若い娼妓になる。

「男眉で目つきが悪いし、なにより色が土くれみたいに黒くてみったくないったらありゃしねえ。ほんとうに山形の娘かい？」

八重子は胸の前で組んでいる手をぎゅっと握りしめ、うつむく。

「おめえ、名前は八重子だったな」

「はい」蚊の鳴くような声で返事をした。

楼主は俳句をひねるように黒目を上に向けて考え込み、それから口を開く。

「したっけ今日からおめえは八重だ。それとも八千代《やちよ》がいいか？　どっちがいい」

八重子がまごまごしていると、廊下の奥のほうから足音が近づいてきた。

「あいかわらずおとうさんの名付けは無粋《ぶすい》ね」

華やかな笑い声とともに女があらわれた。髪を潰し島田に結い、白粉《おしろい》を顔や首にたっぷりと塗っている。八重子が生まれてはじめて見る、ほんものの娼妓だった。

「ほんとうの名前から遠く離れた名前にしてあげなさいよ。苦界《くがい》では違う人間として生きたほうが楽だわ。廓で汚れるのは自分じゃなくて源氏名を持つべつの女、ってね」

「そういうもんかい。したっけ――胡蝶《こちょう》はどうだべ？」

「不吉な名前だけど、まあいいんじゃないの。あなたはどう思う？」

娼妓に水を向けられて、八重子はあわてて頷いた。

「よろしくね、胡蝶」

娼妓は桜のつぼみがほころぶようなやわらかい笑みを見せ、鶴が描かれた仕掛を翻《ひるがえ》して部屋を出た。

「……あれがうちのお職《しょく》女郎の百代《ももよ》だ」

おしょく、と八重子は音を口のなかで転がす。

「いちばんの売れっ妓《こ》っつう意味だべ。お職になればわがままも通る。おめえもけっぱれや。おーい、おヨシさん、この子を案内してくれ」

はいはい、と返事をしながらきつい顔をした中年女が顔を出した。これが遣り手婆《やりてばば》と呼ばれる女か、と枯れ枝のような中年女を見て見当をつける。以前いた工場でも、部屋長や世話婦といった年かさの女が女工たちを厳しく管理していた。畑は違えど制度は同じらしい。

遣り手のヨシは八重子を連れて廊下を歩いた。

「あんた、この娼売《しょうばい》ははじめてだって?」

八重子は顎を引いて頷く。

「うっかり孕んだりしないでおくれよ。素人あがりはすぐ病気や妊娠をするからやっかいだ。ほら、ここが台所。こっちが風呂でその奥の階段を上がったところが便所。洗浄の器具もあるから毎回必ず洗うんだよ。この階段を上がったさきは引付《ひきつけ》だ。客と交渉する部屋のことだね」

ヨシの声は右の耳から左の耳へと抜けて、八重子はぼんやりと中庭の松を眺めていた。

「そこにずらっと並んでるのは廻《まわ》し部屋で——ってあんた、ぜんぜん聞いてないね」

ヨシは振り向いて嘆息した。

「見てくれだけでなくて頭も悪いのかい。ま、器量よしが人気だとは限らないがね。うちのお職の百代だって大福みたいな顔してるだろ。いちばん大事なのは娼売道具さ。あとは愛嬌と手練手管《てれんてくだ》だけど、そっちは期待できそうにないねえ」

少し考えて「娼売道具」の意味に思い当たった八重子は頰を染め、くちびるを嚙んでうつむいた。

「やっと鑑札《かんさつ》が下りたべや。胡蝶、いよいよ明日が初見世《はつみせ》だ。はっちゃきこいて働けや」

楼主は内所《ないしょ》と呼ばれる部屋に八重子を呼び出して告げた。ここに着いた日に通された、帳場を兼ねた楼主の部屋だ。網走に来てから十日ほど経っていた。警察に提出した娼妓届けが受理されるまで娼妓として働くことはできない。そのあいだ八重子は女中代わりに使われていた。宝春楼には六人の娼妓のほか、遣り手や番頭や女中などの使用人が住んでおり、楼主と家族の住む家はほかにあることをここで生活しているうちに知った。

「最初の客も決まった。向かいの昇月楼《しょうげつろう》の旦那だ」

よその楼主がなぜ客として来るのだろうと不思議に思ったが、訊《たず》ねることはしなかった。

その夜、妓楼が騒がしくなるころに八重子は自分の部屋の布団に入ったものの、なかなか寝つけなかった。あっ、ああ、あああぁ、山本《やまもと》さまぁ、かんにん、かんにんしてぇ。なまめかしい声がどこかの部屋から響いてくる。ばたばたと草履の足音が便所のほうへ走っていった。便所にあった器具を思い出し、ようやく洗浄の目的を悟る。

寝心地の悪い箱枕に頭をのせたまま、部屋を見まわす。簞笥《たんす》、長持《ながもち》、火鉢に鏡台。これらの家財道具の費用は借金に上乗せされていた。前にここの部屋の住人だった娼妓はどうやってここを出たのだろう。借金を返し終えたのか、それとも違うところへまた売られたのか。

乳房がきりきりと痛んだ。肌襦袢《じゆばん》にふたつ、乳が滲んだ染みがまるくできている。だが乳を搾るために廊下に出て便所へ行くのはためらわれた。太郎《たろう》、と産んで三か月で引き離されたわが子の名を呼び、布団の端を嚙んで嗚咽《おえつ》をこらえた。

ろくに眠れないまま朝を迎えた。娼妓たちが客を見送る声を布団のなかで聞く。陽が充分に高くなるころにようやく妓楼は静かになった。八重子は妙なにおいが残る廻し部屋を掃除してまわってから茶の間へ行き、冷や飯にお湯をかけたお湯漬けと干からびた漬け物だけの朝食を済ませた。茶色くなった茄子《なす》の漬け物はつんとにおい、いつ糠床《ぬかどこ》から出したものやらわからない。

「お、ここにいたか」と遣り手のヨシが近づいてくる。「素人あがりの娘の髪は結うのに時間がかかる。すぐ準備にかかろう」

八重子は頷き、食器を片付けた。

「だれかあ、髪結《かみゆい》さんのところに行くひとはいるかい。胡蝶を連れていってやっておくれ」

ヨシが階段の上に向かって声を張り上げる。

「わたし行くわ。ほら、松風《まつかぜ》も今日こそ行かなきゃ。ひどく乱れているわよ」

百代が松風という名の娼妓を引っ張って階段を下りてきた。松風は着崩れた長襦袢の裾を引きずり、敷島をくゆらせている。

「なんだい、あたしはこれから寝たいのに」白粉がまばらに残る顔を歪めてあくびをした。

松風は宝春楼でいちばん年かさの娼妓で、きかなそうな目鼻立ちをした長身の女だ。

八重子はふたりのあとについて妓楼を出た。

「ああ、いいお天気」百代が気持ちよさそうに伸びをする。

清浄な陽射しを顔に浴びてから、八重子は外に出るのは網走に着いた日以来だと気付いた。かすかに潮のにおいがまじった空気を深く吸い込むと、よどんでいた体内の気が浄化されていく。すでに蝦夷山桜は散っていた。低い山がもこもこと緑を茂らせ、季節は確実に前に進んでいる。前にいた紡績工場でも外出の機会は限られていた。このまま薄暗い屋内に閉じ込められているあいだに年老いた女になってしまうのだろうか。

「乳飲み子を預けてここに来たんだって？　つらいでしょうね。でも、好いた男の子どもを生めるなんて羨《うらや》ましい」

歩きながら百代は肉づきのよい頬をほんのり桃色に染めて言った。

――好いた男。

薄い草履で砂利を踏んだような感触が八重子の胸に広がる。

「百代には間夫《まぶ》がいるのさ。八十士《やそし》の金山にいる鉱夫。ほんとうは間夫なんて持ったら折檻《せっかん》されるけど、百代はお職で働き者だから特別さ」

「貧乏だからめったに来てくれないし、身請けは無理だけど、年季が明けたら結婚するって約束してるの。見て、この小指のさき」

百代は左手の小指を立てて八重子の目の前にかざした。

「包丁で切ってあのひとにあげたの。娼売に差し支えるといけないから、ほんのちょっぴりだけどね」

百代の小指のさきは、よく見ると先端が不自然に抉《えぐ》れて真新しい皮膚がぴんと張っている。おっとりと笑むこの女の躰のどこに恋の業火《ごうか》が燃えさかっているのか。人里で狼を見たような心持ちで、百代の顔を眺めた。

髪結店は宝春楼のすぐ近くにあった。網走の遊郭は通りの両側に妓楼が五、六軒並んでいるだけなので、よその遊郭のような大門《おおもん》や土塁は存在しない。だが、好きに出歩くことのできない不自由な身であることに変わりはなかった。

髪結は櫛巻きにしている八重子の髪をほどいた。鬢《びん》付け油をつけて梳き上げられると、痛みとともに引っ張られた眉や目尻が吊り上がり、鏡のなかの自分が般若《はんにゃ》の面になる。髪結は五十がらみの女だが、見習いらしき若い娘が道具を取ったりお茶を淹《い》れたりまめまめしく働いていた。自分と同じぐらいの年ごろだろうか、と娘の溌剌《はつらつ》とした眼差しを眺めながら推測する。仕事を持つ若い女であることには変わりがないのに、かたや髪結見習い、かたや女郎。堅気《かたぎ》の娘の晴れやかさが眩《まぶ》しすぎて眼の玉が痛い。八重子は急に宝春楼に戻りたくなった。知らず知らずのうちにうつむいていたらしく、髪結に「顔を上げて」と促された。

鏡を見る。髪結は髷《まげ》に赤い鹿《か》の子《こ》を結んでいる。頭ができあがっていくにつれ、自分の容貌が変わっていく。

「ついでに化粧もしてみましょう」

髪結は八重子の浅黒い顔に剃刀《かみそり》をあてて、産毛を剃り眉を整えた。水で溶いた白粉を刷毛《はけ》で塗る。眉を墨で描き、くちびるに紅を引く。ついでに目尻にも紅をのせると、重たい目蓋に物憂げな色気が生まれた。

「ほう、けっこう化けたじゃないか」松風が鏡を覗き込んで感心した。

「すがたも変わって、あなたはもう八重子じゃないわ。お客の相手をするのは八重子ではなく胡蝶。八重子には年季が明けるまでしばらく眠っていてもらいましょう」と背後に立った百代が八重子の両肩に手を置き、神妙な顔つきで言う。

百代と松風も髪を結ってもらった。八重子と百代は潰し島田。松風は江戸時代の吉原の花魁《おいらん》みたいな伊達《だて》兵庫《ひょうご》に鼈甲《べっこう》の簪《かんざし》をいくつも差している。時代がかった頭だが、粋な風情があだっぽい顔立ちによく似合う。

髪結店を出て宝春楼に戻った。見て、と声を上げて百代が玄関を指す。そこには筆で文字が大きく書かれた紙が貼り出されていた。

「『初見世、胡蝶』って書いてあるわ」

玄関に入ると、遣り手のヨシが待ちかまえていた。

「化粧までしてもらって、見違えるようじゃないか。泥つきの自然薯《じねんじょ》が皮を剝いてもらったみたいだね。着物の準備もできたよ。こっちに来な」

ヨシに急かされて茶の間の敷居をまたぐ。部屋に入ったとたん、衣桁《いこう》にかけられている紺地に花筏《はないかだ》が描かれた仕掛が眼に飛び込んだ。真っ赤な長襦袢、黒繻子《くろじゅす》の上衿《うわえり》、紅白の伊達締め。

「……これ、前にいた妓のお古じゃない」百代が顔をしかめる。「なに食わぬ顔でお古を出しといて、それで代金はきっちり借金に足されているのよ。髪結賃も洗濯代も食事代もお茶代も客の丹前下も石鹸も、なにもかも全部おとうさんを通して払わなきやいけなくて、三割増しになる。網走までの旅費だって借金になってるんだから」

三割増しと言われても、算盤《そろばん》のできない八重子にはぴんとこなかった。長襦袢を身につけ、仕掛をヨシに後ろから着せてもらう。裾に綿の入った仕掛の重みが両の肩にずしりとかかった。たかが布なのに、鉄の重りをつけられたようでよろけた。

夕暮れの遊郭、連なる赤い提灯《ちょうちん》にぽっと火が灯った。男衆が金棒を引いて通りを練り歩く、じゃらじゃらじゃらじゃらという音が聞こえる。三和土には水が打たれ、工芸品みたいにうつくしく整った盛り塩が置かれる。番頭は将棋の駒を大きくしたような下足板を束ね、樫《かし》の下足台に勢いよく叩きつけた。七・五・三の拍子。身が引き締まるような鋭く高い音が響く。「ゲソを入れる」と呼ばれる儀式だ。宝春楼の大番頭の銀蔵《ぎんぞう》は、網走の遊郭でだれよりも粋な音色でゲソを入れる。

楼主は縁起棚に飾ってある男根のかたちをした金ぴかの張り子を熱心に拝み、なにやらぶつぶつと口のなかで唱えている。支度を済ませた娼妓たちが上草履の足音を立てて漆塗《うるしぬ》りのつややかな階段を下り、往来に面した狐格子の間に向かう。張り見世と呼ばれる、娼妓が自分のすがたを晒《さら》して客を待つ場所だ。

「廓は縁起担ぎが好きだね。そんなの無駄だよ。この世に神も仏もないことぐらい、あたしらを見りゃわかるじゃないか」

だれよりも遅く出てきた松風が、だらしなく歩きながら楼主を横目で見て毒を吐く。

「初見世さんは最初の客が決まっているから、張り見世に出なくていい」

女たちといっしょに張り見世に入ろうとした八重子――胡蝶は、番頭の銀蔵に呼びとめられた。

使用人の部屋である遣り手部屋で客を待つあいだ、胡蝶は生きた心地がしなかった。壁の向こうの張り見世から娼妓たちの声や客の声が聞こえてくる。心臓が祭り太鼓のように派手に鳴って全身にずしんずしんと響いていた。指さきが震え、暑くもないのに汗が噴き出す。

「初見世さん、お客さま！」

銀蔵の声が宝春楼に響いた。胡蝶は立ち上がり、慣れない手つきで褄《つま》を取って歩く。分厚い上草履が不安定で歩きづらい。ヨシに連れられて客に引き合わされたが、緊張と羞恥《しゅうち》から客の顔を見ることができなかった。玉代《ぎょくだい》のほかに多めのご祝儀をもらったらしく、ヨシはにやにやと顔を歪めて上機嫌だ。

「この妓が初見世の胡蝶です。子どもをひとり産んでいますが、ほかの廓にいたことがない、初心《うぶ》な娘です。昇月さまがはじめてのお客なので、どうかお手やわらかに」

「満で十八の素人あがりと聞いて、ひさびさに初物にありつけるかと思ったのに子持ちかい。ほんものの生娘《きむすめ》なんて廓じゃめったにお目にかかれないが、それにしたってよう」

「昇月さまの初物好みは知っておりますが、勘弁してやってください。ではごゆっくり」

ヨシが去ってふたりきりになり、しばらく沈黙が落ちる。胡蝶は正座した自分の膝に両手を置き、うつむいていた。「おい、酌」と言われてあわてて徳利を手に取る。手もとが狂って派手にこぼしてしまい、舌打ちされた。

「胡蝶っつうと、前にここにいた女郎と同じ名前だべ。気立てのいい女だったが、洗浄のクレゾール、あれを飲んで死んじまった」

はあ、と返事ともため息ともつかない声を半開きのくちびるから洩らす。

「蝶々のことだ、胡蝶ってのは。ひらひら飛んで好きなところへ行ける蝶々と、籠《かご》の鳥の女郎じゃ、まるで違うけどな」

「はあ」

それで会話は終わってしまった。ほかの部屋にも客が入ったらしく、賑やかな酒宴の声が聞こえる。熊のように大柄で毛深い昇月楼の楼主は仏頂面《ぶっちょうづら》をしていた。台の物にはほとんど手をつけていない。酒もはじめに出された徳利がまだ残っている。

「あ、あの、お酒は」

「酒はもういい。それよりも床に入るべ」

言うが早いか、昇月楼の楼主は胡蝶に覆いかぶさった。布団に押し倒され、衿もとが大きくはだける。

「うちの母ちゃんも子を産んだ直後はこんな乳首だった」昇月楼の楼主は胡蝶の乳房を濃い毛が生えた手で鷲掴みにし、がりりと先端に歯を立てる。鋭敏な突起に走る痛みに耐えかねて、胡蝶は悲鳴を上げた。

腰巻の紐がほどかれる。下半身が剝き出しになった。荒々しい手が臍《へそ》をまさぐり、さらにしたへと伸びていく。歯を食いしばり、そのときに備えた。だが、昇月楼の楼主は叢《くさむら》の感触を確かめるように撫でたあと、手を戻した。

「赤子をひり出した穴には興味がねえ」

いったん胡蝶から身を離し、ランプを手に取った。焰が揺らぎ、壁に映ったふたりの影が生きているかのように蠢く。ホヤの上から息をふっと吹きかけて、火を消した。

「昇月さま?」

暗くてよく見えないが、昇月楼の楼主は灯油を手のひらに垂らしているようだ。

「いったいなにを――」

「いいから、いいから」

ぬらぬらと光る手がふたたび胡蝶の下腹部に触れた。指は茂みに隠された襞《ひだ》を通り過ぎ、そのさらに後ろに息づくすぼまりに触れる。菊座を突かれて、胡蝶は「ひっ」と声を上げて膝を強く閉じた。

「や――」

「黙ってれ」闇のなか、昇月楼の楼主の眼が光って胡蝶を射る。

やめてください、という途中まで言いかけた言葉を呑み込んだ。

「足を大きく開いて、膝を胸のほうに抱えれ」

羞恥に眼を閉じ、言われたとおりの姿勢をとる。秘部が男の目前に開かれた。昇月楼の楼主は菊座に灯油をたんねんに塗り込む。内側の粘膜がひりつき、かあっと熱くなっていく。

男の切っさきがあてがわれて、胡蝶の躰は恐怖に震えた。

「さすがにこっちは初物だべ」

ぐっと押し入る感覚に、悲鳴を上げそうになる。大きな手が口を塞いだ。猛々《たけだけ》しいものが、めりめりと音がしそうなほどに不浄の穴を広げていく。

「言うなや、だれにも言うなや」

耳もとで囁かれ、胡蝶はこくこくと頷いた。圧迫感に息が詰まる。脂汗が額《ひたい》や胸の谷間に滲んだ。男のものはすべて胡蝶のなかに収まったらしく、ゆっくり腰を動かしはじめる。太い幹が狭い隧道《すいどう》をこすって行きつ戻りつする。あまりの痛みに意識が遠のき、涙がぼろぼろとこぼれる。

「あずましいな、無口で」

昇月楼の楼主はかすかに笑って胡蝶の口を吸った。

――お前はいちばんいい女だ。

ある男の声が、耳の奥で甦《よみがえ》った。

「口の達者な女郎は男を手玉に取るのは巧いが、文句ばかり言う。無口な女郎は男から金を引き出すのは下手かもしれないが、男に都合がいい」昇月楼の楼主はそう囁きながら腰を打ちつける。

――女は大人しいのがいちばんだ。だからお前は、工場にいる女工のなかでいちばんいい女だ。

ここにはいない男の声が、また聞こえた。

昇月楼の楼主は胡蝶の乳房を摑む。びゅうっと白い母乳が細い線状に飛んで男の顔を汚した。

「うわっ」昇月楼の楼主は声を上げて顔を背ける。頬についた乳をぬぐい、にやっと口を歪めると、乳首を分厚いくちびるで挟んで乳房を揉みしだいた。乳が出る感覚が胡蝶の胸に走る。

「こりゃなかなか乙だな」赤ん坊の太郎のためにつくられた乳を、男はちゅうちゅうと吸って飲む。「うん、旨い旨い」胡蝶は悔しさにふたたび涙を流した。そのあいだも男は裏道を貫いている。

「こっちもそろそろ出すとするか」

耳の横で熱い息を吐きながら、昇月楼の楼主は腰の動きを速くする。う、うおうっ、と呻いて地鳴りのような一撃を叩き込み、男は腰を震わせた。躰の奥に灼熱の迸《ほとばし》りを受けて、胡蝶は意識を失う。

朝、眼を覚ますと横に男はいなかった。便所だろうと思ったが、待っていても戻る気配はない。ずきずきと痛む尻を押さえて部屋を出た。廊下を見渡し、階段を下りる。内所から話し声が聞こえた。半分開けてある障子から覗くと、宝春楼の楼主と昇月楼の楼主が敷島をくゆらせながら喋っていた。

「子どもを産んでいるわりに不慣れだったな。ろくに男を知らないんだべ。反応が薄いから張り合いがないが、こっちの言ったとおりに抵抗せずになんでも受け入れるのはいい。客にいろいろ仕込まれるうちにいい女郎になるしょ。そうそう、母乳。あれは通《つう》好みかもしれねえ」

寸評を述べて、昇月楼の楼主は下卑《げび》た笑みを浮かべる。胡蝶は壁にもたれて息を吐いた。——初見世の客によその妓楼の人間をあてがわれたのは、こういう理由だったのか。

足音を忍ばせて階段を上がり部屋に戻ると、敷き布団に顔を押しつけて泣いた。布団から脂っぽい男の体臭がにおった。

自分を抱いた男の数をかぞえていたが、三日めで両手の指を使いきってしまい、胡蝶はかぞえるのをやめた。張り見世でお茶を挽《ひ》き続ける日もあれば、立て続けに客がついて廻し部屋から廻し部屋へと飛びまわる日もあった。廻し部屋とは、まだ馴染みになっていない客や少ない金で遊ぶ客が案内される、殺風景な狭い部屋である。娼妓の本部屋にすでに客が入っているときにも使われる。

躰の奥深くに精を受けるたび、便所にかけこんで洗浄のクレゾールを注ぎ、そのつめたさに身震いする。内部に傷ができたらしく染みてしかたがない。こしけも出ているらしく、腰巻が汚れている。遊郭の病院である駆梅院《くばい》に検査に行く日が恐ろしい。

そのうち暑くなるだろうと思っているうちに夏は終わったようだった。網走の夏は陽炎《かげろう》みたいに儚《はかな》い。張り見世の火鉢に久しぶりに火が入った。

「だれかこのお客さまを知っている妓はいないか？」

番頭の銀蔵が張り見世にひとりの男を連れてきた。客の少ない夜で、張り見世には胡蝶を含めて数人の娼妓が残っていた。

「前に来たときはひどく酔っぱらっていたんで、女の顔を憶えてないんだ」と洋装の若い男はしきりに頭を掻いている。いちど妓楼に上がると、以降その楼《みせ》では最初についた娼妓以外の妓とは遊べない決まりになっている。客の顔とそのときについた娼妓を憶えておくのも番頭の仕事だが、この客に限って銀蔵の記憶から抜け落ちていたらしい。

あ、と胡蝶は口を開けた。一週間ほど前に相手をした客だった。本人の弁のとおり、男はすでに泥酔した状態で登楼した。廻し部屋に通したのだが、ほかの部屋に顔上がった。

手を上げかけたそのとき、鏡台の前に座って髪を弄《いじ》っていた二葉《ふたば》が振り向いて立ち上がった。

「わたしのひとだわ。あれからずっとあなたを待っていたのに、忘れるなんてあんまりじゃない。ね、早く行きましょ」

二葉は男にしなだれかかり、腕を胸に抱く。階段を上がっていくふたりを胡蝶はあっけにとられて眺めた。

しばらくすると二階がなにやら騒がしくなり、さっきの洋装の男が階段を下りてきた。二葉がその後ろから追いかけてくる。

「やっぱり違う気がする。張り見世を見てきていいかい」

二葉の制止を振り切って、男は張り見世を覗いた。胡蝶と眼が合うと、男の顔がぱっと明るくなる。

「きみ、きみだろう！」

「なにを言ってるの。そんなわけないわ。わたしに恥をかかせないで」

二葉は男の袖を引っ張る。騒ぎが気になった娼妓たちが、階段から顔を突き出して眺めていた。

「あなたのお客じゃないわよね？　胡蝶」

二葉の鬼気迫る鋭い眼で見据えられ、ひくっ、と胡蝶の喉が引きつる。二葉と客は返事を待ってじっと胡蝶を見つめている。ふたりの視線から逃げるように頷いた。

「ほら、やっぱり。戻りましょう」

二葉はまだ納得していない顔の客を引っ張って部屋へ戻っていく。引けの金棒引きの音が外から聞こえて、とうとう売れずじまいだった娼妓たちはため息を吐《つ》いた。

翌朝、客がみな帰って妓楼が静かになってから、胡蝶は百代に声をかけられた。

「ねえ胡蝶、あとでわたしの部屋に来て」

はじめて入るお職の部屋はさすがに豪華だった。かぐわしい三つ重ねの桐箪笥、朱色の漆塗りの鏡台、こんもりと分厚い紫の座布団、崩し字でなにやら書いてある掛け軸、そして鶴が描かれた深紅の絹布団。

「聞いたわ、きのうの騒ぎ。あなたのお客なんでしょ、その洋服さんって。どうしてなにも言わなかったの？」

きょろきょろと室内を見渡していると、百代に問い詰められた。その横には松風もいる。胡蝶が黙って下を向くと、ふたりは同時に嘆息した。

「二葉は悪いやつじゃないが、娼売に関しちゃ意地汚いんだ。そのわりには席順が上がらないけどね。一銭でも多くむしり取ってやろうっていう娼売っ気に客が萎《な》えるのかねえ」

松風が頭を掻きながら言った。

「だれだって必死よ。こんなところ一日も早く出たいじゃない」と百代がむきになって返す。

「廓づとめを終えて晴れて国に帰ったところで、外聞が悪いからどっか行ってくれって懲役帰りみたいに邪険に扱われるに決まってる。女郎の極印《ごくいん》は一生ついてまわるんだ。だったらあたしはずっと廓にいるよ。苦界だって慣れればぬるま湯さ」

「苦界がぬるま湯だなんて、そんなことは思わない。わたしはここを出て好いた男と所帯を持つの」

「さんざっぱら男の醜《みにく》さを見せつけられといて、いまだに男に夢を持てるなんて、つくづく百代はおめでたいね」

「夢じゃなくてもうじき現実になるんだから。ようやく外に出られる」

百代の年季が来年の早春に明けるという話は胡蝶も聞いていた。お職の座が空くので後釜を狙っている娼妓も多いと聞く。

「巽《たつみ》さんといっしょになるのかい？」

「巽さん、鉱夫をやめて樺太《からふと》で流送人夫をやるって言うからついていくの。樺太みたいな北の果て、きっと苦労するだろうけど、ここよりはましだから」

「女郎は贅沢に慣れた芸者と違って良い嫁になるって言うからね。地獄を見てるから、やっと手に入れた仕合わせになにがなんでもすがりつく。まあ、あたしは良い嫁になんかなれそうにないけれど」

黒柿の長火鉢に、梅模様の細工がうつくしい南部鉄瓶が置いてある。その鉄瓶の口から立ちのぼり揺らぐ白い湯気を、胡蝶はぼんやりと眺めていた。

「胡蝶、困ったことがあったらなんでも言ってね」

胡蝶が会話に参加していないことに気付いた百代が、ふっくら笑んで言った。

はい、と答えながら胡蝶はあることを考えていた。

「おい胡蝶、東京の黒崎《くろさき》さんから便りが来てるぞ」

楼主に呼びとめられて手紙を差し出されたのは、まだ初見世の幟《のぼり》が出ているころだった。開封することなく鏡台の抽斗《ひきだし》にしまい、数か月経ってもそのままにしてある。銅貨を飲み込んでしまったみたいに、手紙の存在が胃の腑に重たくもたれていた。毎日、化粧をしようと紅猪口《べにちょく》を取り出すたびに封筒が眼にとまり、ため息を吐く。

「困ったことがあったらなんでも言ってね」と百代に声をかけられた翌日、化粧を終えた胡蝶は意を決して封を破った。便箋は一枚だけだった。いくつか知っている字を拾って読んでみたが、要領を得ない。だが、不吉なことが書かれている気がして、胸がざわめいた。

便箋を胸に抱いて、百代の本部屋をたずねた。失礼します、と襖《ふすま》ごしに声をかける。

「……どなた？」

「胡蝶です」

「どうぞ」

襖を開け、上草履を脱いで部屋に入った。

百代は長火鉢の袖机に紙を広げて、なにやら書きものをしていた。紙を畳んで抽斗にしまいながら、少し照れくさそうに笑う。

「最近来てくれないお客に手紙を書いていたの。好きな男と早くいっしょになるために、ほかの男に『あなたさまが恋しくて胸が苦しい』って手紙を書くなんて、因果な娼売だわ」

すいすい進む水鳥が懸命に足をばたつかせているのに似た、優雅なお職の水面下を見た思いがした。

「あの、これを……」胡蝶は手紙を差し出した。頬が熱い。すう、と息を吸ってから言葉を続ける。「読んでほしいんです」

百代は手紙と胡蝶の顔を交互に見つめ、それから口を開いた。

「廓では読み書きのできない女はめずらしくないわ。わたしだって小学校しか出ていないもの」

百代はお茶をひとくち飲んで口内を潤し、読むわね、と告げて手紙を広げた。

八重子、元気でやっていますか。伝えなければいけないことがあります。太郎が死にました。板谷《いたや》さんからきのう連絡がありました。朝起きたら息をしていなかったそうです。下宿の佐々木《ささき》さんはどうやら前借の金を板谷家に渡さずに使い込んだようです。最近家を建て増して、おかみさんは派手な着物で出歩いていると評判です。太郎は死んでも、前借の額は変わりません。早く廓から出られるよう、頑張って働いてください。

「……太郎ってあなたの息子？　差出人の黒崎さんって？　ねえ待って！」

百代が蒼白の顔を手紙から上げたときにはもう、胡蝶は部屋を飛び出していた。

「待って胡蝶！」

追いすがる百代の声は、胡蝶の耳には届かない。胡蝶は廊下を走り階段を駆け下り台所へまわった。いつもいる女中のトミのすがたが見えない。台所から勝手口の戸を開ける。冷えた空気が胡蝶を呼ぶように流れ込む。

「女工がこんな立派な真珠の帯留めを買えるわけがないだろう。さてはお前が犯人だな」

男の手が八重子の目前で躍り、つぎの瞬間、頰に鋭い痛みが炸裂した。遠巻きに眺めていた単衣《ひとえ》の工場着すがたの娘たちが、いっせいにひっと息をのむ。八重子の頰はじんじんと熱くなり、大きな紅葉が浮かび上がる。

男が左手で弄んでいる桜の花のかたちをした真珠の帯留めは、母の形見だった。顔すら憶えていない母が八重子に残してくれた唯一の品だ。父にかどわかされるまでは裕福な商家の娘だったという母の面影を、その華やかな帯留めは宿していた。ほかの着物などはすべて父が売ってしまったが、気まぐれを起こしたらしくこれだけ娘にくれたのだ。あとで「やっぱあいづも売るからよごしえ」と言われたが、「なぐした」と言い張って隠した。その父も、八重子が東京の八王子《はちおうじ》で女工になって三年めの夏に、酔って博徒《ばくと》と喧嘩をして拳銃で撃たれて死んだ。

「さあ、言え。わたしが金を盗みました、と白状しろ」

私服の刑事は打擲《ちょうちゃく》を続けながら八重子に迫る。

二十畳あまりの部屋に四十人ほどの女工が詰め込まれている寄宿舎では、泥棒騒動は日常茶飯事だ。だが、今回は三十五円と額が大きかったため、主任が警察署に訴えたのだ。やってきた刑事は寄宿舎の部屋で見るからに高価な帯留めを発見し、持ち主の八重子を犯人と決めつけた。

「わ、わだすが……」

また鋭い痛み。目蓋の裏に火花が散る。

「か、か、かねを、盗みました」

「認めたな。よし、お前を捕らえる」

八重子は工場着を襷掛《たすきが》けにした格好のまま刑事に引きずられるようにして警察署に連れていかれ、窓に格子が嵌まっている狭く寒い留置所に入れられた。だが、翌朝には出され、迎えに来た主任の黒崎に引き渡された。

「犯人が名乗り出た。お前と同室の女工だ。郷里の弟が病気で金を送るために盗んだと言っているが、おおかた男に貢ぐつもりだったんだろう」

自動車の後部座席で黒崎が説明した。八重子ははじめて乗る自動車に酔い、必死に口を手で押さえていた。幌《ほろ》をかぶった黒くつややかなT型フォードは、こんな状況でなければ少しは愉しめたかもしれない。

「あの帯留め、おっかさんの形見だってな。ほかの女工から聞いた」

車輪が石を踏んだらしく、自動車がひときわ大きく揺れる。自動車は人通りの少ない道を走っていた。

「お前、あのときなんでなにも言わなかったんだ？」

そう問い詰められても、黒崎を納得させられる答えは見つからなくて、八重子は無言でうなだれた。

「返事ぐらいしろ」黒崎にじろりと睨まれて、いっそう身を縮める。

「……こんなことをされても、なにも言わないのか？」

黒崎は八重子の身八《みや》つ口から手を入れた。乳房の感触を確かめるように揉《も》む。ぞわっと鳥肌が立った。八重子の舌は口のなかで膨らんでしまったようで声が出ない。

「……これでもまだ、だんまりか？」

裾を割り、腰巻に手を入れ、汗ばんだ手のひらで内股を撫で上げる。かたかたと恐怖で歯が鳴った。黒崎は自分の行灯袴《あんどんばかま》の裾をまくり上げ、褌《ふんどし》の前垂れを抜く。毛むくじゃらの股間にそびえる赤黒く醜悪な怒張が見えて、八重子は顔を背けた。四十がらみの黒崎の脂っぽい体臭が鼻腔を刺激し、うっと吐きそうになる。

「乗りもの酔いは瀉血《しやけつ》すると治まるらしいじゃないか。どれ、血を流す手伝いをしてやろう」

黒崎は八重子の片脚を持ち上げ、自分の肩にのせる。八重子はようやく暴れたが、男の本気の力にはかなわない。

「女は大人しいのがいちばんだ。だからお前は、工場にいる女工のなかでいちばんいい女だ」

覆いかぶさる男に耳もとで囁かれたとたん、胸がとろりと揺れた。躰の力が抜ける。その一瞬の隙をついて、黒崎は八重子の若草のあわいに自分の下半身を押しつけた。

焼けた鉄の棒を突っ込まれたような痛みに、八重子は絶叫する。

「やっと声を出したな」

黒崎は笑いながら血でぬかるんだ秘所を抉った。

運転手がちらちらと振り返って後部座席を窺《うかが》っている。好色なひかりを帯びた眼で、苦痛に呻く八重子の姿態を盗み見ている。

「高価なものを持っていて、盗まれるといけない。わしが預かってやろう」

八重子の最奥に精を放ったあとで、黒崎は褌を直しながら言った。

黒崎に奪われた母の形見の帯留めは、まだ返してもらっていない。


ぴーひょろろろろ、と鳥の啼き声が胡蝶の意識を呼び覚ました。目蓋を持ち上げると、鳶《とんび》が大きな翼を広げて旋回しているのが見える。それを眺めているうちに、氷漬けにされたのかと思うほどの寒さが全身を襲った。おそるおそる周囲を見渡す。胡蝶は川に横たわっていた。記憶は宝春楼の台所の勝手口を飛び出したところで途切れている。網走川だと思うが、なぜこんなところに。宝春楼を出たときは夕暮れだったのに、いまは陽が高く昇っている。

びちびちびちびち、となにかが水面を叩いて跳ねる音が胡蝶を驚かせた。おびただしい数の魚が鱗《うろこ》を銀色に光らせて跳ねている。鮭、と胸のなかで呟く。

九月に入ってから網走は鮭漁のために内地から来た男たちで賑わっていた。駅に降り立った男たちは、オホーツクの海に面して立ち並ぶ鮭番屋へ行く前に、長旅の垢《あか》を落とすため遊郭へ急ぐ。きのう登楼した胡蝶の客もそのうちのひとりだった。

「鮭は秋さなると生まれた川さ戻ってくんだず。子っこば産むためだ。餌も食わねで川ば上って、卵ば産んだら死ぬんだず」

布団のなかで男は懐かしいお国訛《なま》りで語った。鮭漁の出稼ぎは東北の人間が多い。

遡上《そじょう》する鮭たちは、胡蝶が知っている鮭のすがたとまるで違っていた。鼻さきが伸びて曲がり、厳《いか》つく歪んだ顔つきになっている。なんて恐ろしげな顔貌だろう。病気らしい、真っ白に染まった魚もいる。尖《とが》った歯を剝き出しにして、尾を震わせながら、つめたい水のなかを逆行している。

そのさきには死が待っているのに、なぜ鮭たちは醜いすがたになってまで懸命に命を燃やすのか。躰の力を抜き、流れに身をまかせてしまえば楽なのに。

ことあるごとに主任の黒崎は八重子を呼び出し、慰《なぐさ》みものにした。月のものが来なくなり腹が膨らむまでそう時間はかからなかった。黒崎には家庭があったし、ほかにも手を出して囲っている元女工がいた。それでも八重子と生まれてくる子のために、埼玉の越《こし》ヶ谷《や》町にちいさな一軒家を借りてくれた。黒崎がその家をおとずれたのは片手で足りるほどの回数で、子が生まれてからはまったく近寄らなくなった。

だが八重子は仕合わせだった。必死に乳を吸う、赤いしわくちゃの顔。自分がいないと死んでしまうかよわい生きもの。ひとに無心に求められることなどはじめての経験だった。だれかを強く想うこともはじめてだった。

「もう四か月も家賃をもらってないよ。黒崎さん、払う気がないね。しかも噂じゃ工場でやらかして解雇されたって話じゃないか。どうすんの、あんた。赤ん坊抱えて働けるのかい？　養子に出すならあてがあるけど」

太郎が三か月を迎えるころ、家の持ち主である佐々木の奥さんは八重子に決断を迫った。

「それとも頼れる身内がいるかい？」

八重子は力なく首を振る。乳を飲んだばかりの太郎は満足げな微笑を浮かべて眠っていた。

「じゃあ養子で決まりだね。だが、太郎を身ひとつで預けるわけにはいかないだろう。かわいがってもらうためには金を添えたほうがいい。知り合いに周旋屋がいるから前借で金をつくったらいいよ」

また紡績工場だろうと思っていたが、佐々木の奥さんの知り合いだという周旋屋が持ってきた話は遊郭だった。

「なあに、楽なもんだ。酒呑んで毎晩客とどんちゃん騒ぎすればいいだけだ。女工と違って、きれいな着物を着て髪をひとに結ってもらえて白粉もたっぷり使えるぞ。工場は化粧禁止で鏡も櫛も没収されるんだろ?」

周旋屋の言葉が偽りであることを、遊郭における娼売のあらましを、八重子は知っていた。女工から娼妓になる娘は少なくない。十になる前から並んで糸を紡いできた仲間が、十八の誕生日を迎えたとたん荷物をまとめて吉原《よしわら》に向かう、そんな光景を何度も見た。寄宿舎で耳にした話から、遊郭の大門のなかでなにがおこなわれているのかおおかた理解しているつもりだ。

「いまは北海道がいい。炭鉱や鰊場《にしんば》に大勢の男が渡っているから、その相手をする女が必要だ。いっぱい稼げてすぐに借金なんかなくなって、おまけに太郎を大学に行かせる金までできる」

大学、という言葉が汚泥のなかの砂金みたいにきらめいた。太郎の前には八重子が味わったことのない果実がぶらさがっている。それに太郎のちいさな手が届くよう、高く高く抱き上げたかった。

岩場に引っかかり、藻掻いている鮭がいた。鱗のところどころが白く黴《か》び、いくつもの深い傷が刻まれて紅色の身が覗いている。

その鮭の濁った目玉に、胡蝶は黒崎に手折《たお》られて叫ぶ自分の顔を見た。昇月楼の楼主に裏の隧道を貫かれる自分を見た。ひと晩に幾人もの男を相手した疲労で階段を這いつくばって降りる自分を見た。連絡船の便所で歯を食いしばり乳を搾る自分を見た。刑事に打擲されてやってもいない罪を認める自分を見た。太郎を養子に出して廓づとめをしろという話に頷く自分を見た。

全身を激しく痙攣させて流れに抵抗していた手負いの鮭は、ふっと動きを止める。そのとたん、鮭はつめたい水に押し流され、回転して腹を見せながら下流へと消えていった。

起き上がった胡蝶は川から離れ、網走に来た日の記憶を頼りに遊郭のほうへと歩き出す。潰し島田の髷がほどけて、髪は後ろにばさりと垂れ下がっていた。鬢付け油と川の水でべとついた髪が首すじにまとわりつく。履き物を履かずに裸足で飛び出していたことにいまさら気付いた。

泥にまみれた足跡を三和土につけながら宝春楼に入った胡蝶を、楼主が憤怒《ふんぬ》の形相で待ちかまえていた。

「まだろくに働いてないのに脱走かい。借金があといくら残ってるのかわかってるのか!」

「おとうさん待って! 事情があるの!」階段から駆け下りた百代が叫ぶ。その後ろには娼妓たちが不安げな面持ちを並べていた。

「やかましい!」

楼主はそう一喝すると、胡蝶のほどけた髪を引っ張った。廊下をずんずん進み、窓のない三畳ほどの行灯部屋の襖を開けて投げ入れる。指のあいだに絡みついた髪の毛を取り、汚らわしげに床に捨てた。酷薄な笑みをくちびるの片側に浮かべる。背すじがぞくりと震えるほど冷ややかな顔貌になった。いつも大口を開けてわざとらしい豪傑笑いをしている楼主の、真の顔を見た思いだった。

顎をぐいと摑まれた。つぎの瞬間、左の頰に鮮烈な痛みが走る。息をつく間もなく、右の頰を張られた。また左、右、左。楼主は自分の暴力に昂奮して平手打ちの力を強める。双眸は異様な輝きを帯び、肌は紅蓮《ぐれん》に染まっている。地獄で死者をいたぶる獄卒が乗り移ったかのようだ。

――うおおおおおおおっ。

突如、胡蝶の喉から、獣じみた雄叫《おたけ》びが迸った。

「なんだ、でかい声出せるんでないかい」

楼主はびくっと躰を震わせて笑う。平手打ちを再開するが、手のひらが痛くなったらしくみぞおちを蹴りはじめた。

うおおおっ、うおおおおっ。胡蝶は何度も吠えた。うおおっ、おおおおおおっ。ひときわ強い力で腹を踏まれて、黄色い汁を吐いて倒れた。

「死んだふりか？」楼主は胡蝶の髪を摑んで持ち上げて、はっと顔色を変える。「うわ、すごい熱でないかい。……ちょっと待ってれ」

いったん行灯部屋を出た楼主は、盥《たらい》を両手で抱えて戻ってきた。

「これで熱を冷ませや」

胡蝶の頭を摑み、水をなみなみと張った盥に顔を突っ込んだ。息が苦しくなり顔を上げようとする胡蝶をさらに深く沈める。意識が遠ざかると、ざばあと首を持ち上げられる。

楼主は噎《む》せて咳き込んでいる胡蝶を床に投げ捨てて、ぱんぱんと手を叩いた。

「とっとと髪結に行って支度すれ。見世開きまであと三時間しかねえ。まさか休みたいとは言わねえべな」

ゆらりと胡蝶は上体を起こす。三白眼の双眸が矢じりのようにぎらぎらひかり、楼主の眼を射た。楼主は一瞬ひるんだ顔を見せたが、すぐに笑いの仮面をかぶる。

「なんだ、死んでなかったか」

楼主を見据えたまま、ゆっくりと口を開いた。

「……わだすは、お職になります」

痛む腹に力を入れ、再度言葉を吐く。

「百代さんがいなくなったあとの、お職になります」

「おめえがか」楼主はふんと鼻を鳴らす。「なれるもんならなってみれ」

楼主が行灯部屋から去ると、胡蝶は盥の水で顔を洗った。水面に映る無残な自分の顔を見つめ、おめえはとんでもない愚かもんだった、と吐き捨てるように言う。さらに言葉を続ける。蝶になれ。どんな汚い場所でもひらひら飛べる胡蝶になれ。

二

歩きはじめてから何時間が経過したのだろう。野付牛で汽車を乗り換え、留辺蘂《るべしべ》という名の駅で降りたころにはすでに陽が沈んでいた。そこから足場の悪い山道をひたすら歩かされている。見張りに前後を挟まれた二十人あまりの男は長い列になり、麟太郎《りんたろう》はその最後尾に食らいつくのがやっとだった。

「おい、学生。遅れているぞ！」

後ろから見張りの男の罵声が飛んだ。

「だいじょうぶか」

前を歩く村木《むらき》が振り向いて、小声で麟太郎を気遣う。

ああ、と返事をした。暗くて顔は見えないだろうけど、無理に笑顔をつくる。村木だって相当につらいはずだ。前を行く下駄の足はときどきよろけている。

革靴のなかで豆が潰れて血が出ているらしく、ぬるりとした感触があった。羊歯《しだ》が幽霊の手のように臑《すね》を撫でている。かさかさと耳もとで音がして、頬に鋭い痛みが走った。立ち止まって頬に触れる。指の腹が頬に伸びる細い線を辿った。木の葉で切ったのだろう。

「急げ急げ！　こんなんじゃいつまで経っても着かねえぞ」

あわてて足を踏み出した麟太郎は、なめし革に似たかたく光沢のある隈笹《くまざさ》を踏んだらしく、足をずるっと滑らせた。あ、と思ったつぎの瞬間には、顔面からぬかるんだ土に着地していた。苦い泥の味が口のなかに広がる。——ここで駄々っ子のように泣きじゃくることができれば、どれだけ楽だろう。一瞬そう考えたが、泥に手をついて罵声が飛ぶ前に立ち上がる。

悪い夢を見ているとしか思えなかった。木々のあいまに覗く星空を見上げ、悪夢の発端を思い返す。ほんの数日前の日本橋《にほんばし》の晴れ空が、あまりにも遠い。

日本橋の丸善二階の洋書売り場で、麟太郎は埃っぽい空気を胸いっぱいに吸い込んだ。それはただの紙のにおいではなく、西洋の思潮の薫香だ。本棚に並ぶ背表紙は開けられることを待つ扉で、まだ知らない世界が本の数だけ広がっている。

書物に囲まれているだけなのに呼吸が乱れていく。高鳴る胸を押さえ、眼鏡の奥の眼を閉じて目眩をやりすごした。逸《はや》る気持ちを焦《じ》らすように戯《たわむ》れに地球儀を指でまわし、それからドイツ書の棚の前に立つ。ゲエテ、ハイネ、ニイチエ。続いてフランス書の棚へ。モオパスサン、フロオベル、ゾラ。ゾラは永井荷風《ながいかふう》の抄訳『女優ナナ』なら読んだ。原語で読んでみようかと思ったが、自分はまだ売笑婦の話を正しく理解できるほど大人ではない気がして、いちどは伸ばした手を引っ込める。

三時間ほど二階で過ごしてから、ゆるやかな曲線を描くアールデコ調の階段を下りた。出口へ向かうついでに一階の文房具売り場をひやかし、オノト万年筆の黒光りする軸とよく研がれた刃のようなペン先に眼を奪われる。漱石《そうせき》が随筆で絶賛していたその万年筆をぜひ試してみたいと思ったが、欲しくなったら困るのでやめた。なにしろいまの自分には本一冊買う金すらないのだ。武蔵野《むさしの》で医者をやっている父は文学など道楽だと思っているので、金の無心をするのは気が引けた。そもそも文学書を買うための金が欲しいと言っても、首を縦には振らないだろう。

赤煉瓦造りの威風堂々とした建物から外に出たところで、背後から肩を叩かれた。振り向くと、麟太郎と同じ詰襟と角帽を身につけた若い男が、かたちのいい口から白い歯を覗かせて笑っている。

「やあ、やっぱり白尾《しらお》だ」と友人の紺野《こんの》は言った。

「紺野か。脅《おど》かすなよ」

麟太郎が歩きはじめると、紺野もついてくる。

「きみはこれから本郷《ほんごう》に戻るの？」

「散歩がてら歩いて帰ろうと思って。きみは？」

「僕は湯島《ゆしま》天神へ。途中までいっしょに行こう」

湯島天神と聞いて、麟太郎の肉の薄い頬がほんのり赤く染まった。

「白尾、顔が赤いぞ。熱でもあるのか」紺野は面白がって麟太郎をからかう。

「いや、べつに。今日はいやに暑いから」

紺野が湯島にいる芸妓と良い仲であることを、麟太郎は彼からたびたび聞かされていた。紺野の父親は貴族院の議員である。法学を学んでいる紺野はやがてその跡を継ぐのだろう。そうなると芸妓を嫁にするのは世間体が悪い。紺野はその芸妓を二号さんにするつもりなのだろうか。いや、学生の時分だけの遊びなのかもしれない。男と女のことは麟太郎にはさっぱりわからなかった。

梅雨入り前の五月半ばの空はからっと晴れていて、微風が心地良い。ふたりは日本橋を渡り、三越呉服店の前を通りかかった。新館を建てている最中で、屋号を白く染め抜いた印半纏《しるしばんてん》に股引すがたの陽に焼けた人夫たちが、荒っぽい声を上げながら働いている。

「ずいぶんと大がかりな工事だなあ」

紺野が立ち止まり、建設中の建物を見上げて呟いた。

「聞くところによるとルネサンス式の建築らしい」

「僕は何度生まれ変わっても、ああいう男にはなれそうにないね。きみだってそうだろう」

汗を光らせて足場を上る人夫を指して、紺野は言う。

「いや、僕は武蔵野の雑木林を駆けずりまわって育ったんだ。体力には意外と自信がある」

「その細腕でよく言うよ」

ふざけて二の腕を摑もうとする紺野から、麟太郎はひらりと逃げた。

人力車とすれ違い、万世橋《まんせいばし》を渡る。共通の友人や教授の噂話に花を咲かせながら歩き続け、湯島の手前で紺野と別れた。麟太郎はまっすぐ本郷の下宿に帰るつもりだったが、初夏の陽気で火照《ほて》った躰を木立の陰で休ませたくなり、上野の公園へ向かった。池之端《いけのはた》から公園に入り、ようやく足を止める。不忍池《しのばずのいけ》の蓮《はす》は小ぶりの葉がぽつぽつと浮かんでいるだけで、極楽浄土の景色となる季節にはまだ遠い。

一時間近く歩いたので息が上がっていた。黒サージの詰襟のなかで汗が流れている。東京帝国大学指定の角帽を脱ぎ、手の甲で額をぬぐった。ゴールデンバットを取り出して咥え、池に建つ弁財天のお堂を眺めながら燐寸《マッチ》で火をつける。公園では東京大正博覧会が開催されている最中で、博覧会の目玉であるケーブルカーに乗る人びとが列をつくっていた。

煙を肺に入れ、長く息を吐いて眼を閉じると、丸善二階の本棚がまなうらに甦った。欲しい書物すべてをわがものにするには、いくら金が必要なのだろう。まださきのことだが、夏休みに入ったら臨時の仕事をしようか。自分にできるのは勉強を教えることぐらいだけれど、教授のつてを頼れば家庭教師の働き口を見つけられるだろう。

思案に暮れながら周囲を見渡したそのとき、とっくに花が散った桜の黒い幹に貼り紙が巻きつけられていることに気付いた。麟太郎は近づき、眼鏡の奥の眼をこらす。

「北海道行人員募集　大岩《おおいわ》周旋店」

貼り紙に書かれている住所は上車坂町《かみくるまざか》で、ここから歩いてすぐだ。

麟太郎は北海道という地に漠然とした憧れを抱いていた。ひろびろとした大地、メイフラワー号の乗組員のような開拓者精神、そして爽涼な夏。麟太郎の胸に、そよそよと清らかな一陣の風が吹いた。

夏休みのあいだ北海道で働くのは妙案に思えた。どういう仕事内容なのかはわからないが、話を聞いてみる価値はある。住所を暗記すると、不忍池のわきを足早に歩いて公園を抜け、上車坂町へ向かった。

大岩周旋店はすぐに見つかった。ごめんください、と息を弾ませて戸を引く。

「……兄ちゃん、なんの用だ？」

帳場に座っている中年男が訝《いぶか》しげな視線を麟太郎に向けた。大島紬《おおしまつむぎ》を着た羽振りの良さそうな男だ。麟太郎はここまで勢いで来たものの、少しひるんだ。

「上野公園で、あの、その、北海道行きの貼り紙を見たのですが――」

「おお、北海道行人員募集か！」

とたんに男の渋面がにこやかになった。立ち上がって麟太郎に近づき、肩に触れる。

「あれはいい話だ。仕事は牧場の牧夫なんだが、なあに、楽なもんだ。草むらに寝っ転がって牛や馬を眺めてりゃいいんだから。それで一日二円。どうだ、やりたいだろう」

麟太郎は大きく頷いた。一日二円とは破格だ。すでに頭にはやわらかい草むらで昼寝している自分が浮かんでいた。

「もうじき出発だから、行くかどうかすぐに決めてくれ」

「え、もうじき出発ですか。僕は大学があるので、夏休みに行きたいと思っていたのですが」

「やめるのか？　こんないい話、そうそうないぞ。とりあえず二階に上がらないか」

でも、と断りかけたが、なかば押し上げられるように梯子を登らされた。二階に上がったとたん、梯子を外される。え、と声を上げて階下を見ると、男がだいじょうぶだと言うように強く頷いた。

麟太郎は角帽を取って頭を掻きながら部屋を見まわした。二階には二十人ほどの男がいた。その中央にかたまった男たちは、あぐらをかいて花札をやっている。もちろんただの遊びではなく賭博のようだ。

「兄ちゃんもやるか？　おいちょかぶだ」

胴元をやっている男がにやっと笑って言った。額から頬をとおって顎まで大きな刀《とう》創《そう》がある、すさまじい人相の男だ。

「いえ、お断りします」

「なんだ？　おれの誘いを断るのか」

刀創の男に凄まれ、震え上がりながら「やりかたを知らないので」と答える。じゃあしょうがねえな、と男は舌打ちして引き下がった。

どこからか臭気がただよってくる。片隅に壺を見つけて近寄ると、きつい刺激臭が鼻に抜けた。うっと鼻と口を押さえて後ずさる。どうやら便所代わりらしい。

壺からも花札の連中からも離れて腰を下ろした麟太郎のそばに、ひとりの若い男がにじり寄ってきた。立て襟の洋シャツに文人絣と袴の、ひとめで書生とわかる男だ。

「お互い、とんでもないところに紛れ込んでしまったな」

書生に小声で話しかけられ、麟太郎は肩から下げていた帆《はん》布《ぷ》製の四角い雑《ざつ》嚢《のう》を抱きしめて、「まったくだ」と頷いた。

「僕は村木だ」書生は右手を差し出す。

「白尾だ。よろしく」

ふたりは握手を交わした。

「きみはいま来たばかりだろう？　僕はこの二階に上がってもう二日になる。どんなきつい仕事でもやる覚悟で周旋屋の戸を叩いたが、想像以上につらい旅路になりそうだ」

「どんなきつい仕事でも……。なぜ、そんな覚悟を？」

「僕は貧しい農村で育ったんだが、勉強が得意だったので世話をしてくれるひとがいてね。寺で書生をしながら大学に通っている。しかし田舎の父が屋根から転げ落ちて躰が麻痺《まひ》してしまったんだ。母は肺病だし、年の離れた弟と妹が合わせて五人いるから、だれかが稼いで養わなきゃならない」

同年輩である村木が背負っているものの重さに、麟太郎は黙り込んだ。書物を買う金がないと嘆いていたわが身が恥ずかしく思え、軽率な行動を後悔した。

「……僕はまだ、行くとは言っていないんだ。店のひとが来たら、ここから降ろしてもらうよ」

降ろしてもらえるかなあ、という村木のため息まじりの呟きを、麟太郎は聞こえないふりをした。

「お前、いかさましただろっ」

賭博をしていた男のひとりがいきなり叫んで立ち上がった。胴元に躍りかかる。顔に大きな刀創がある胴元は男の手を摑んでたやすく押さえ込み、「いかさまなんざ、ひと聞きの悪いことを言うなよ」と薄く笑った。

「袂《たもと》に隠したものを見せやがれ！」

押さえ込まれた男はなおも暴れて怒鳴っている。周囲の男たちはどちらに加勢すべきか迷っているようだった。

「袂？　なんも入ってねえよ」

刀創の男は暴れる男を背負い投げし、懐から短刀を抜いた。場の空気が張りつめる。麟太郎と村木は壁にぴたりと背をつけ、亀のように首を縮めてなりゆきを見守る。

「うるさい」

それまでずっと壁にもたれて眠っているように見えた男が、目蓋を伏せたまま吐き捨てた。小柄な中年男だと思っていたが、よく見ると首や腕は太く、筋肉の筋が浮いている。

「うるさいとはなんだ」

刀創の男がぎらりと光る刃を中年男に向けた。

「いかさまなんざよりもずっとでかい罠《わな》に、わしらはすでにかかっている」

中年男は眼を閉じたまま言った。

「……でかい罠だと？」

刀創の男に聞き返され、中年男はやっと目蓋を上げた。固唾《かたず》を呑んで言葉を待つ男たちを見まわし、ひび割れたくちびるを開く。

「わしらはタコ部屋行きだ。ここはタコ部屋送りの周旋屋だ。『大岩という周旋屋には気をつけろ』とむかしの仲間に言われたことを二階に登ってから思い出すとは……あとの祭りだな」

男たちはざわついた。「タコ部屋だって？」「まさか」「そんな莫迦《ばか》な」と囁きが交わされる。となりの村木に眼で問われ、麟太郎は「知らない」と答える代わりに首を左右に振った。――タコ部屋？　なんだそれは。

「津軽海峡は三途《さんず》の川だ。その向こうに待っているのは地獄だ」

ごくり、と唾を呑み下す音が周旋屋の二階を満たした。刀創の男の手から滑り落ちた短刀が、乾いた音を響かせた。

梢のあいだからわずかに見える空が白みはじめたころ、ようやく一行の歩みはとまった。山深い渓谷に建つ小屋。そこが長旅の終着点だった。たわんだ板壁に、白樺の皮で葺《ふ》いた屋根。あまりにも粗末な小屋を前にして、言葉にならない声が男たちの口から洩れる。

「さあ、入れ入れ」

見張りの男にせき立てられて、二十人あまりの男たちは小屋に足を踏み入れた。鼻をつく臭気。空気は湿ってよどんでいて朝だというのに薄暗い。窓はすべて丸太の格子が嵌まっている。

六尺五寸近いと思われる大男が、奥からのそりと出てきた。犬の毛皮らしいものをはおり、肩につくほどの長髪を落ち武者のような中剃りにしてある。

「おれはここの部屋頭の毒島虎吉《ぶすじまとらきち》だ」

毒島と名乗った男の右の眼窩《がんか》には、目玉の代わりに銀色の玉が嵌まっていた。丸太で塞がれた窓の隙間から差すわずかな陽を受けて、銀色の玉はぎらぎら光っている。

周旋屋の二階の面子《メンツ》に怯《おび》えていた自分はとんだ世間知らずだった、と麟太郎は悟った。

「毒島の飯場は北海道の土工夫のあいだじゃ阿鼻叫喚《あびきょうかん》の無間《むげん》地獄として悪名を轟かせているが、東京から来たおめえらは知らないだろう。だが、おめえらはもう三途の川を渡る六文銭を払っちまった。引き返すことはできねえんだ」

三途の川を渡る六文銭、と言われて、周旋屋を出るときに拇印《ぼいん》を押した証書を思い出した。宿泊料や汽車賃や青函連絡船の運賃や食費など、四十二円を借金したことになっていた。信じがたい金額に一同が騒然としていると、「これはおもての証書だ。周旋屋がぼったくるぶんや見張りに払う金を足して、裏証書ではこの数倍の値段でおれらは売られている」とタコ部屋行きにいち早く気付いた中年男、小久保《こくぼ》が言った。

裏証書に書かれた値段は知るよしもないが、その法外な額に見合う働きを求められているのだ。すでに冥銭《めいせん》は支払われてしまった。

小久保が突然、親方の毒島の前に飛び出した。引き締まった面持ちで腰を落とし、右手を手のひらを見せるようにして突き出す。

「お控えなすって、かようかけましてご仁義は失礼さんでござんすがご免こうむります。見受けまするあなたさんには初のご対面でござんす。従いまして自分生国《しょうごく》は越後《えちご》――」

「やめれやめれ」

朗々とした小久保の口上を、毒島が手を振って中断させる。麟太郎ははじめて耳にする仁義の口上に、度肝を抜かれていた。

「ふん、稼業人の仁義かい。タコには仁義なぞ不要だ。さっさと奥に行って仕事の準備をすれや。さっそく働いてもらうぞ」

すでにくたびれ果てていた麟太郎は、それを聞いて目眩がした。

小屋の奥に進むと幹部らしい男たちが待ち受けていた。

「おれらは棒頭《ぼうがしら》といって、おめえらタコを監視して指導するもんだ。荷物を置いたら着ているもんを脱いでこれをつけろ」

褌と足袋《たび》と草鞋《わらじ》が全員に配られた。褌は女の腰巻のように真っ赤だ。

「赤は目立つからな。逃亡してもすぐに見つかるぞ。まあ、逃げたところで熊の餌になるのが関の山だ。このあたりは羆の巣だから」と棒頭のひとりが笑う。

詰襟を脱ぎながら顔を上げた麟太郎は、刺青《いれずみ》の入っている者の多さに驚いた。小久保は背に巨大な昇り龍を飼っている。顔に刀創のある男、菱沼《ひしぬま》は毘沙門天《びしゃもんてん》やら愛染明王《あいぜんみょうおう》やら鯉やら牡丹やら、墨の入っていない部分のほうが少ないぐらいだ。

丸太棒を握りしめた棒頭たちに引き連れられ、トンネル工事の現場へと向かった。褌一枚の身に山の冷気が染みる。はじめにやらされたのはモッコ担ぎだった。縄を網目に編んだモッコに土や岩石を入れ、それに通したモッコ棒を前後ふたりで担ぐのだ。麟太郎は書生の村木と組んだが、ふたりともよろけてろくに持ち上げることすらできず、棒頭に丸太棒で尻やら背やらを叩かれた。なんとか肩に担いだが、全身の骨という骨が砕けそうだ。すぐに汗まみれになり、肌寒さを感じなくなった。

「九時か。休憩だ」

棒頭の声が響いたときには、麟太郎の肩の皮はずる剝けになっていた。モッコ棒は血を吸って赤く染まっている。立ったまま具も海苔もない握り飯を貪《むさぼ》るように食べて、すぐに作業再開だ。ほーほけきょ、と山にこだまする鶯《うぐいす》ののどかな声が憎たらしい。

「今日の作業はこれぐらいにしておくか」

棒頭が作業終了を言い渡したのは、陽が沈んで互いの顔すら判別できなくなってからだった。

小屋に戻ると土間で立ったまま夕飯を食べた。白飯と塩辛いだけの味噌汁、蕗《ふき》の煮物、油で砂糖と味噌を炒めたもの。それが済むと外にある五右衛門風呂に連れていかれた。入浴できるのはありがたいが、いちどに四人ずつ、五分間だけの烏《からす》の行水だ。親方や棒頭などが入ったあとなので、湯は減って垢が大量に浮いている。

幹部が宴会をやっている声を壁の向こうに聞きながら、粗筵《あらむしろ》の床に饐《す》えたにおいのする染みだらけで薄っぺらな布団を敷いた。壁にずらりと釘が打ってあって、そこに腐りかけた襤褸《ぼろ》布がかかっている。なんだろうと訝しく思って近づいてまじまじと見ると、寝間着だった。前にだれが着ていたのかわからない酸っぱい臭気を発散する寝間着を着て、ふたりでひと組の布団に入る。枕代わりの丸太棒に頭をのせて眼を瞑ると、たちまち意識は薄れていく。

つぎの瞬間、ごおんと激しい震動に脳を揺さぶられ、飛び起きた。なにごとかと驚いて周囲を見まわすと、棒頭が枕の丸太棒の小口を叩いて起こしてまわっている。「朝だぞ、とっとと起きろ」と罵声が飛んだ。一瞬しか眠っていないように感じたが、窓から見える空は白んでいる。時計がないので時刻はわからない。

麟太郎は立ち上がろうとして、全身に走る激しい痛みに呻き声を上げた。脚も腰も腕もずきずきと脈打っている。肩はひと晩のあいだに腫《は》れて、もうモッコなど担げそうにない。剝けた皮膚は赤く爛《ただ》れている。

立ったまま飯と味噌汁と漬け物を食べて、小屋の前で点呼を取られる。麟太郎は「声がちいさい」と怒られ、腫れ上がった肩を叩かれて地面に膝をついた。白狼のような犬に先導され棒頭に前後を挟まれて、まだ薄暗く霧がかかっている森を歩き現場へ向かう。

今日はトロッコを押すトロ押しという作業で、モッコ担ぎでないことに心底ほっとした。掘り出した土や岩石をトロッコに積んで運ぶのが仕事で、モッコ担ぎに比べるとまだ楽だ。だが、棒頭が「遅れるな！　前のトロッコにぴったりつけ！」と急かして後ろから殴りかかってくる。行きも戻りも駆け足をさせられて、すぐに息が上がった。坂道を登るときは全身の骨が軋み、下り坂の曲線では弾き飛ばされそうになって必死にトロッコにしがみついた。汗が眼に染みて痛いがぬぐう余裕すらない。足袋は血で染まり、草鞋は擦り切れて半日で駄目になる。

うぎゃあああっ、と前のほうで声が上がった。

「なんだ、どうした？」

「足が！　足の指が！」

タコのひとりが背を丸めて叫んでいる。どうやら足がトロッコの下敷きになり、指を潰したらしい。

「足の指一本ぐらいで大げさだ。早く仕事に戻れ。ほら、おめえらも見てないでトロを押せ」

契約は六か月間だった。六か月か、と麟太郎はろくに働かない頭で思う。六か月後、自分は五体満足でここを出ることができるだろうか。

睡眠だけが至福のひとときだった。眠っているあいだだけ暴力の恐怖から解放される。両親は心配しているだろうか、大学はどうなっているだろう、友人の紺野は、と煎餅《せんべい》布団のなかで肌を這いまわる虱《しらみ》を潰しながら考えようとしてもすぐに意識は闇に吸い込まれる。

だが、その夜は寝入ってすぐに眠りをさまたげられた。横を向いて寝ている麟太郎の肌をだれかの手がさぐっている。麟太郎は菱沼とふたりでひと組の布団を使っていた。菱沼は麟太郎が眼を覚ましたことに気付くと、にっと笑った。白い刀創が引きつっていびつな人相になる。ぞわぞわと全身に鳥肌が立つのを感じていた。

「おれは十三歳のときから女なしで一週間を過ごしたことがねえんだ。もう限界だ。男色の趣味はないが、この際贅沢は言ってられねえ」

菱沼の手が尻の割れめに差し込まれる。身をよじってその手から逃げようとした。

「やめてください、やめてください、やめて――」

「騒ぐな。こんなところを見られたら、お前もただじゃすまねえぞ」

菱沼は麟太郎の口を手で塞ぎ、耳もとで囁いた。ひっと息を呑み込む。菱沼の言うとおりだった。外にいる不寝番が声と物音に気付いて入ってくるかもしれない。タコ同士の私語すら禁じられているのだ。布団のなかで躰をまさぐりあっているところを見られたら半殺しにされるだろう。

抵抗をゆるめた麟太郎を見て、菱沼はふっと笑う。

「肌がすべすべしてて女みてえだな」

菱沼の腕に彫られた鯉がぎょろりと丸い眼で麟太郎を見ている。熱くかたいものが腰の骨に押し当てられている。周囲のタコたちは疲れ果てて熟睡しており、だれも気付いていないようだ。

脳内でさまざまな考えが浮かんだ。天秤がぐらぐらと揺れる。これ以上痛む箇所が増えるのは避けたかった。覚悟を決めると布団に頭までもぐり、菱沼のほうを向いた。屹立しているものに指で触れ、眼を瞑って顔を近づける。

「ん、なんだ？　お、あ、ああ……」

麟太郎は菱沼の一物《いちもつ》に舌を這わせていた。風呂に入ったばかりだというのに塩辛い味がする。吐き気をこらえて咥えると、菱沼は麟太郎の頭を両手で押さえ、さらに深く呑み込ませた。幾重にも響くタコたちの鼾《いびき》に、菱沼の鼻息がまじる。麟太郎の目尻から屈辱の涙がひとすじ流れた。

頭を抑え込む菱沼の手の力が強くなる。口内を蹂躙《じゅうりん》しているものが大きく膨らみ、痙攣しながら喉の奥で弾けた。苦く粘ついた液体が跳ね返り、口から喉にかけてまとわりつく。麟太郎は激しく噎《む》せて、涙と鼻水をだらだら流した。

菱沼はようやく麟太郎を解放し、ごろりと横を向いた。すぐに鼾がとなりから聞こえてくる。空が白みはじめるまで眼は冴えていた。ようやく眠りに落ちかけた瞬間、丸太の枕をごおんと叩かれて起こされた。

ほぼ一日おきに菱沼の夜這いは続いた。朝の五時から夜の七時までのモッコ担ぎやトロ押しに、深夜の菱沼への奉仕。麟太郎は自分が生きていることが不思議だった。数日前、ひとりのタコが曲線を曲がりきれずにトロッコごと谷底に落ちて死んだ。頭がぐちゃぐちゃに潰れて即死だった。その男と親しくしていたタコが亡骸《なきがら》にすがりつき、知らない言葉で叫んでいるのを聞いて、彼らが日本人でないことに気付いた。いったいどこから、どんな誘い文句で連れてこられたのだろう。棒頭も手伝ってどうにか谷から引き上げ、隈笹の藪《やぶ》に穴を掘って埋めた。警察にも家族にも連絡をした気配はない。眼を瞑るとその壮絶な死に顔や薄紅色の脳漿《のうしょう》や木の枝が貫通した腹が浮かび、鼓動が速くなる。あれは自分だったかもしれない、と麟太郎は思う。

公休は月に一日だと聞かされている。タコ部屋は、平土工夫《ひら》であるタコたち下飯《しもはん》台《だい》、タコのなかから親方の覚えのめでたい者が抜擢される中飯台《なか》、棒頭や帳場や不寝番など特別待遇の上飯台《うわ》という三つの階級に分かれていた。親方の毒島はこのトンネル工事の孫請けにすぎないことを知り、どれほど多くの人間が僕の労働の暴利を貪っているのか、と麟太郎は気が遠くなった。

事件は夜更けに起こった。できるだけ早く終わらせようと、布団のなかで麟太郎は必死に菱沼のものを吸い上げていた。菱沼の息遣いが荒くなる。もうすぐだ。血管の浮いた幹を手でこすり、舌さきで鈴口《すずぐち》を突いて促す。

「巧《うま》くなったな、白尾」

満足げに菱沼が囁いたそのとき、部屋の戸代わりの粗筵が持ち上げられて鋭い声が響いた。

「だれだ。ごそごそと相談しているやつは」

親方の毒島だった。みしみしと床を鳴らしながら近づいてくる。心臓が口から飛び出そうだった。どうか気付かれませんように、と硬直して祈っていると、勢いよく布団が剝《は》がされた。酒のにおいがぷんと香る。毒島の六尺五寸の躰がさらに大きく見えた。

「……ふん。男同士で尺八かぃ」

毒島が持っている鉄の棒がきらめいた。

そのあとの記憶は途切れている。われに返ったときには視界は血で赤く染まり、口のなかに鉄の味が充満していた。腹や背が火をつけられたように痛い。

書生の村木の背が、眼を覆う血のすだれの向こうに見えた。手を左右に広げ、麟太郎を隠すように立っている。

「なんだ、村木。どけ」

毒島が村木の脇腹を鉄棒で殴った。村木は呻いてよろけるが、すぐに顔を上げる。

「白尾は菱沼さんにむりやりやらされていたんです、菱沼さんがすべて悪いんです！」

――ずっと知られていた。

そう理解した瞬間、麟太郎の躰は羞恥で震えだした。

「……菱沼ぁ」

毒島は顔を上げ、便所に逃げ込もうとしていた菱沼を睨む。銀玉の眼に、恐怖に歪む菱沼の顔が映った。

「おれの小屋でなにやってんだ、おらっ」

毒島は鉄の棒をかまえ、菱沼に躍りかかる。着地の震動で粗末な小屋が揺れた。背、尻、肩、腰、頭。菱沼のあらゆるところを容赦なく棒が襲った。たちまち皮が裂け、血が噴き出す。真っ赤な肉が剝き出しになる。刺青まみれの強面《こわもて》の男である菱沼は悲鳴を上げて逃げ惑い、子どものように泣き叫んだ。

やがて悲鳴は途切れた。菱沼は床に伸び、白目を剝いて赤い泡を吹いている。

「おい、水持ってこい」

毒島に命じられて、棒頭のひとりが水の入った桶を持って駆け寄る。

水をかけられて、菱沼ははっと眼を開けた。また棒が舞い、血が飛んだ。背の毘沙門天と愛染明王はずたずたでもはや見る影もない。へたり込んで呆然となりゆきを見つめている麟太郎の膝まで、飛び散った血で濡れた。

失神しては水をかけて起こし、また殴打する。このままでは死んでしまう。自分はいま殺人の現場を見ている。麟太郎の眼から恐怖の涙が流れたそのとき、制裁は終わった。

「……明日ちゃんと働けるよう、手当してやれや」

毒島は興が醒めた顔でタコたちを見まわし、引き上げた。

ひゅうひゅうと菱沼の息遣いだけが響く部屋に、ひしゃげた眼鏡が転がっていた。

麟太郎はそれを拾い上げ、かけようとしたが、もう使える状態ではなかった。

殴られた箇所は、時間が経つほどにずきずきと痛んだ。村木に濡れた手ぬぐいで冷やしてもらったが、熱を持って腫れ上がっていく。ほとんど眠れぬまま朝を迎えた。

当然ながら菱沼はもっと酷《ひど》かった。見事だった刺青は無残に破壊され、代わりに赤や青の痣《あざ》で埋め尽くされている。どこもかしこも腫れて膨らみ、さまざまな絵の具を塗りたくられた水死体のようだ。脂汗を流し、喋ることすらできない。

「菱沼のやつ、動けそうにありません。今日は小屋で寝かしておいていいですか」

タコのひとりが棒頭にかけあったが、「モッコで現場に運んで転がしておけ」と命じられた。

今日の作業はトロ押しだった。歩くだけで全身に激痛が走ったが、ほとんど意地でトロッコを押し続けた。眼のまわりが腫れているせいで視野が狭い。モッコで担いで運ばれた菱沼は、木陰に筵を敷いてそこに寝かされていた。そばに寄ると呻き声が聞こえる。

午後二時に立ったまま塩むすびだけの二時飯を済ませ、トロ押しを再開したころだった。

「逃げたぞー!」

棒頭の声が山にこだました。

驚いて振り向くと、数人の棒頭が谷を滑り降りるのが見えた。その先頭を犬が矢のように一直線に走っている。はっと筵に眼を向けた。そこに寝ていたはずの菱沼がいない。トロッコを停めて谷を見下す。眼鏡をかけていないせいで視界がぼやけているが、ぽつんとちいさな点が遠くへ去っていくのが木々のあいだに見えた。——動けないのは演技で、はじめから逃げるつもりだったのか。

「ぜったいに逃がすな! 捕まえろ」

騒ぎを聞きつけたらしく、毒島が馬に乗って駆けつけた。小柄だが四肢が太く頑丈な道産子《どさんこ》の後ろすがたがみるみる遠くなる。

監視がいなくなったのでしばらく休めるのがありがたかった。汗をぬぐい、腰を下ろした。むせかえるような緑のにおいのなかでゆっくり呼吸する。

十分ほど経っただろうか。突如、銃声が響いた。ぱぁん、ぱぁん、ぱぁん、と三発。驚いた鳥がぎゃあぎゃあ騒ぎながらいっせいに飛び立ち、空が暗くなる。くつろいでいたタコたちのあいだに緊張が走った。

立ち上がり、固唾を呑んで谷底を見つめていると、毒島を乗せた馬が戻ってきた。

後ろを走る犬は尻尾を振って上機嫌だ。疲れ果てた顔の棒頭たちが這い上がってくる。

「……逃げ足が速い男で、逃げられちまった」

馬から降り、肩で息をする毒島のすがたを見て、タコたちは顔色を変えて後ずさる。毒島の言葉を信じる者は、その場にだれひとりとしていなかっただろう。

「おら、なにぼけっと突っ立ってるんだ。とっとと持ち場に戻れ」

まだ硝煙のにおいがする銃口を向けられて、タコたちはあわてて各自のトロッコの後ろに戻った。

「このトンネルは秋には完成させなきゃなんねえ。時間がねえべや。菱沼のぶんも働けや」

毒島が着ている犬の毛皮の袖なし羽織は、どす黒い返り血を吸って濡れそぼっている。手の甲で頬を荒っぽくこすると、顔に跳ねた血が薄く伸びていっそう残忍な人相になった。

三

銀鼠《ぎんねず》に光る日本海が、白く泡立つ波しぶきで絶え間なく砂浜を嬲《なぶ》っている。どんよりと灰色の雲が垂れこめた空に、このあたりの言葉ではごめと呼ばれる海鳥が飛び交う。忘れものをさがすみたいに低く旋回して、嘆くような声で啼いている。

肩を丸め暗い顔をした男が、ひとり、またひとりと柳行李を担いで海辺の番屋を出ていく。例年この時期は大賑わいの射的場も演芸場も料理屋も遊郭も、しんと静まりかえっていた。今年の鰊はいったいどうしてしまったのだろう。まともな群来《くき》に出会えぬまま、とうとう六月を迎えてしまった。雪が残る早春にはじまる鰊漁は五月の頭、八十八夜までが勝負だ。今年は一縷《いちる》の望みを繋いで例年よりも長く漁を続けたが、すべては無駄に終わった。春は去った。いや、今年の春は来なかった。

勇《いさむ》と清《きよし》は瓜ふたつの顔を揃って曇らせて、東北へ帰る出稼ぎの男たちでごった返す留萌《るもい》駅の前で座り込んでいた。鰊漁は博打だと頭ではわかっているが、夜明けの海が乳色に染まり浜が鰊で埋め尽くされた去年の光景が眼に焼きついているだけに、凶漁は理不尽に思えた。

「大和田《おおわだ》炭鉱にでも行くか」

ため息交じりに勇は提案したが、乗り気ではなかった。勇には海の男としての矜持《きょうじ》がある。いつか金を貯めて網を借り、ひと山当てて漁業権を買い網元となって鰊御殿を建てるのが夢だ。ごめが上空を飛ぶ海でヤーレンソーランと沖揚げ音頭を唄いながらつめたい波をかぶって網を手繰《たぐ》るのが自分の仕事であって、陽の射さない坑道でつるはしを振るうのは違う。留萌の周辺では近年立て続けに鉱山が開かれているが、やっぱりここは鰊のまちだ。

清の反応はなかった。胸中は同じだろう。

海の男といっても、勇と清は数年前まで土にまみれて鍬《くわ》を振るっていた。出身はここではなく、洞爺湖《とうやこ》がある虻田《あぶた》村だ。ふたりは香川《かがわ》から入植した両親のもとに生まれた。火山灰粘土質の稲作に向かない土地で、馬鈴薯ばかり食べて育った。火山礫《れき》がびっしり埋まった土地をどうにか掘り起こして種芋を植え、ようやくかわいらしい双葉が開いても、霜が降りるとひと晩で枯れてしまう。賽《さい》の河原で石を積むような開墾にうんざりしていた四年前、明治四十三年の夏に有珠《うす》山が噴火し、畑は泥流に呑み込まれた。もう我慢の限界だった。小学校を出て開墾の手伝いをしていた勇と清は家を飛び出し、鰊漁で賑わうこの地に来たのだ。はじめのころは女たちにまじって獲れたばかりの鰊をさばく鰊漬しをやっていたが、去年から若い衆の一員として海に出ている。

うつむいた勇の目前にあった地面がふいに影で暗くなった。顔を上げると、カンカン帽をかぶった見知らぬ男がにんまり笑っている。四十歳ぐらいだろうか。目尻が垂れ下がった弓なりの眼や、てかてか光る頬肉や福耳が、恵比須さまにそっくりだ。

「兄ちゃんたち、双子かい。おんなし顔してるしょや」

「そう、双子。おれが兄貴でこっちが弟」

勇は幼さの残る顔をほころばせて屈託なく答えたが、清は眼差しに警戒心を宿らせてぷいと横を向く。

「いくつ?」

「数えで十七、満で十六だべ」

「したっけ充分に働けるな」

独りごとのように男は呟いて、うんうんと頷いた。

「働けるもなにも、さっきまで鰊番屋にいたさ」

少しかちんときた勇が、とげのある声で言い返す。

「鰊か。今年はひどい凶漁だっていうんでないかい」

「まあね」勇は太い眉を曇らせ、爪を嚙んだ。

「うちは料理屋なんだが、見込んでいた客がぜんぜん来なくてね。このままじゃせっかく仕入れた魚も肉も無駄になっちまう。兄ちゃんたち、うちで遊んでかないかい？」

「でも金が――」

「そったら水くさいこと言うなや。なんも心配することたねえ、おっちゃんにまかせろ。困ったときはお互いさまだ」

勇の澄んで青みがかった白目が、きらりと光った。去年の豪勢な記憶が甦る。はじめて観《み》た活動写真、見よう見まねで遊んだ玉突き、舌の上でぱちぱち弾けるサイダーの新鮮な味わい、こってりとした牛鍋の旨さ。

「ほんとうにいいのかい？」

身を乗り出した勇の袖口を清が引っ張った。清は険しい顔をして首を振る。だいじょうぶだって、と勇はくちびるをはっきりと動かして双子の弟をなだめた。

「……そっちの兄ちゃんは口が利けないのかい？」

男が怪訝《けげん》な面持ちで清を見た。さっきからひと言も発していないことに気付いたらしい。

「耳が聞こえないんだ。でも話は全部伝わってるから」

勇は男に説明してから清のほうを向き、「行こうよ」と誘う。清はしぶしぶ頷いた。

まずふたりは男に演芸場へ連れていってもらった。観たのは尾上松之助《おのえまつのすけ》の活動写真で『忠臣蔵』だ。すっかり昂奮して、眼をぎょろりと剝いて見得を切る「目玉の松ちゃん」の真似をしながら歩いているうちに、いろは屋という料理屋に到着した。

「あら、おかえりなさい」

ふたりの女が白粉のにおいを振りまいて主人を迎える。

「ずいぶんとかわいらしいお客さんじゃないかい」

女は主人の背後に立つ勇と清に気付いてからかうように笑った。

「こら、大切なお客さまなんだから、丁重に扱いなさい」

勇と清は女たちに奥の座敷へ案内された。すぐに大ぶりの牡丹海老《ぼたんえび》など刺身がこぼれんばかりに盛られたお膳が並べられる。酒の徳利が運ばれ、牛鍋まで出てきた。

「いやあ、竜宮城みたいだべや」

勇がしみじみと呟くと女たちは笑った。

「したっけあたしらは乙姫かい」

「男をたぶらかす女狐めって陰口叩かれることはあっても、乙姫さまとはね。お兄さん口が巧いね、ほらもっと呑んで」

女に酌をしてもらい、勇はまだ呑み慣れていない酒をどんどん喉に流す。あっというまに酔いはまわった。視界が揺れ、躰はぽうっと熱く、口もとがゆるんでわけもなく笑いが洩れる。山ほど盛られた料理も若いふたりの胃にやすやすと収まった。

「そろそろお部屋に移りましょ。

女が勇の肩にしなだれかかって囁いた。首までたっぷり塗られた白粉が強く香る。

「部屋？　部屋ってどこの――」

女のほうを向いて、勇は言葉を失った。いつのまにか女の着物は乱れていた。衿が大きく開いて乳房が半分以上露出し、裾ははだけて白い太股が覗き、ほとんど帯しか残っていない状態だ。

勇が空咳をして眼を逸らすと、女は笑い声を上げてさらに躰をくっつける。甘酸っぱいような女のにおいが鼻をかすめ、頭の芯がじんと痺れた。

そのとき襖が開いた。勇ははっと女から離れる。

「あれ、まだ座敷にいたのかい」恵比須顔の主人だった。

「まだなにも……」

困惑の表情を浮かべる勇に対し、主人はにやっと顔を歪める。

「うちはただの料理屋じゃなくて、あいまい屋なんだ」

「あいまい屋？」

「兄ちゃんたち、番屋にいたってことは七連《ななつら》を買ったのかい？」

七連とは、鰊漁の手伝いとして出稼ぎに来たものの、慣れない仕事に音《ね》を上げてヤン衆相手に春を売るようになった女たちのことだ。身欠《みが》き鰊七連ぶんの金で買えるからその名がついたという。勇は番屋で男たちが買った女について語っているのを聞いて、悶々と眠れぬ夜を過ごしたことを思い出す。ある夜、海岸を散歩していたら、朽ちた小舟が揺れていた。幽霊かと驚いておそるおそる近づいてみると、男が女を組み敷いて腰を振っていた。

「いや、買ってねえよ。七連なんて」

勇は張りのある頬を膨らませて答える。耳まで赤く染まっていた。

「じゃあ今夜が筆下ろしか」主人は目尻をさらに下げ、ほとんど溶けかかった面相になった。「ここはそろそろつぎのお客が来るんだ。さあさ、早く部屋に」

追い出されるようなかたちで座敷を出て、女に手を引かれて廊下を進んだ。部屋に入る前に、清、と呟いて弟を見たが、清はもうひとりの女に部屋へ連れ込まれるところで、呼びかけに気付いてくれなかった。滑らかな女の手に負けて勇も清のとなりの部屋に入る。

布団のほかはなにもない三畳間だった。襖を閉めるなり、女は勇の頭に両手をまわして顔を近づけ、口を吸った。やわらかなくちびるの感触に驚いていると、熱い舌が勇の歯のあいだを割って侵入してくる。舌は独立した生きもののように勇の口内で躍り、絡みつき、粘ついた音を立てた。水飴みたいな唾液をとろとろと流し込まれ、後頭部の毛がざわざわと逆立つような快感が駆け抜ける。

女はくちびるを離し、ふっと笑った。小ばかにされたように感じた勇がむっとした顔で口をぬぐうと、手の甲に紅が移った。

「……清、だいじょうぶかな。あいつはおれの影みたいなもんで、おれがいなきゃ駄目なんだ」

勇は清がいる部屋のほうの壁を見て呟いた。

「心配ないよ、小福《こふく》はやさしい女だから」小福とは清についた女の名前だ。

紅梅《こうばい》、と勇はかすれた声で呼びかける。それが女の名前だった。もちろん本名ではないだろう。紅梅は勇の手を取り、自分の胸もとへと導いた。白い乳房が視界いっぱいに広がる。勇はもう平静を保つことができなかった。ご馳走を前にした餓鬼のように、息を荒らげて飛びかかる。乳房は餅のようにやわらかかった。手のなかでかたちを変えるそれを揉みしだき、ねぶり、甘噛みする。

広げた裾の奥に、黒々とした茂みが見えた。おそるおそる手を伸ばすとそこは熱くぬかるんでいて、待ちかまえていたように指を呑み込む。

「早く、早くおいで」

紅梅はふっくらとしたくちびるに笑みを浮かべて誘う。

勇は褌をほどき、張りつめて天を向いているものを握りしめた。赤く光る切っさきを露で濡れた茂みに押し当てる。入り口をさがして焦っているうちに、くすぐったいような快感が股間を駆け抜けた。いけない、とあわてて腰を引いたときには手遅れだった。勇はがくがくと腰を震わせて白い焔を噴き上げていた。

「……門前でご参拝、最初はみんなそうだよ。つぎはだいじょうぶ」

慰められていっそう恥ずかしさが増したが、細くしなやかな指でしごかれ、すぐに元気を取り戻す。そのまま女の手で襞のあわいへと導かれて、今度こそあたたかく湿った穴に潜り込んだ。根もとまで沈めると、甘ったるい嬌声が耳をくすぐる。とろける肉に包まれ、無我夢中で腰を打ちつけた。深く突き刺すと女陰は歓喜するように受け入れ、引き抜きかけると名残惜しそうに絡みつく。勇の肌から汗がしぶきのように飛び散り、紅梅の顔や首に塗られた白粉を溶かしていく。さっきよりもはるかに強い衝動が勇を襲った。奥までねじ込んだまま、女にしがみついて自身を解き放つ。

ひと晩のうちに幾度紅梅の躰に欲望を注いだのだろう。白濁した汁が白い敷布のあちらこちらに染みをつくっている。昨夜は照れくさくてまともに見られなかった紅梅の顔を眺めた。世慣れた態度からずっと年上だと思っていたが、朝の陽のもとで見ると勇とそう変わらない年ごろのようだ。彫りが深く、前に張り出した眉の骨が目もとに陰影をつくっている。大きな瞳は湖のように澄んでいた。ふと手を見ると指に刺青が入っている。

「……アイヌメノコか？」

「だったらなにか問題があるかい」

鬢のほつれを撫でつけながら、紅梅は大きな眼でぎろりと睨んだ。

いや、問題はないけど、と勇は口ごもりつつ答えてうつむく。

そのようすを見て紅梅はふんと鼻を鳴らした。

「和人《シサム》に身を売るなって怒るアイヌもいるけれど、あたしにはこれしか稼ぐ方法がないんだ。先祖の土地はみんな奪われちまったし、海だって建網《たてあみ》だのなんだの勝手に縄張りが決められてさ。もとは土地も海もみんなあたしらのものだったのに」

紅梅は嘆息して視線を勇から逸らし、言葉を続ける。

「あとあと恨まれるのは承知してるけど、あたしだって胸が苦しいんだ。許してくれとは言わないけどさ」

「恨まれるとか許すとか、いったいなにを――」

しっ、と紅梅は立てたひとさし指をくちびるにあてる。耳を澄ますと、階段を上る足音が聞こえた。勇は眼で問うたが、紅梅は身じろぎもせずに襖を凝視している。かたく沈痛な面持ちで、耳に意識を集中させて。足音は床を震動させて近づき、そして部屋の前でとまった。

襖が開く。主人が福々しい顔を覗かせた。裸の勇を見てにやりと笑む。勇はあわてて布団を引っ張り下半身を隠した。

「どうだったかい、昨晩は。そのぶんじゃ相当愉しんだようじゃないか。そら、勘定書だ」

「勘定書?」受け取った紙に視線を落として、勇は絶句した。ひと晩の遊興費、ふたりぶんでしめて九円三十銭。とても納得できる額ではない。なにかの間違いではないかと思い、勘定書と男の顔を交互に見た。

「ちょっと待ってくれや、きのうは困ったときはお互いさまだって――」

「奢《おご》るとは言ってないべ」

きのうの会話を振り返る。確かに奢ると明言はされていなかったかもしれない。しかし――。

「払えるのか？　払えないのか？」

「九円三十銭って、そんな……払えるわけが……」

力なく呟いたとたん、恵比須さまの顔が不動明王に変わった。垂れていたまなじりが鋭く吊り上がり、背後に燃えさかる焔の幻影まで見える。

「払えないなら警察に突き出すぞ。無銭飲食しやがって、このガキ」

ドスの利いた声で凄まれて縮み上がった勇を見て、不動明王はまたにこやかな恵比須さまに戻った。

「ちょうど知り合いのところで人夫をさがしてるから、そこで働けばいい。どうせ兄ちゃんたち、鰊漁が終わって仕事がないんだろ」

主人は勇の肩に手を置き、粘っこい猫なで声で囁く。ぬるい息が耳朶をくすぐって怖気《おぞけ》を震《ふる》った。だが話の内容じたいはありがたかった。確かにこれから仕事をさがさなければいけなかったのだ。話はすぐにまとまった。いや、勇には意見する権利などなかったから、主人の言うことに従うだけだった。トンネル工事の現場で三か月の労働。それがひと晩の遊興の代償だった。

清とふたり、窓のない行灯部屋に入れられた。しばらく待っていると襖が薄く開いた。主人だと思って身をかたくしたが、紅梅だった。あたりを憚《はばか》りながら廊下に立っている。

「これ、持っていきな」

紅梅は梅模様の風呂敷包みをすばやく手渡した。

間もなく迎えの男が来て、いろは屋をあとにした。勇と清のほかにも、おそらく似たような店で同様にかき集められたのであろう三人の男が、見張りに前後を挟まれて出発を待っていた。

「蛸釣りに引っかかったな」

列に加わるとき、男のひとりが勇の耳もとでそう囁いた。はっと顔を上げて表情を窺うと、男は眼だけで暗く笑ってうつむく。

汽車のなかで、勇は見張りの眼を盗んで風呂敷をほどいた。石鹼と手ぬぐいと丹前下が出てきた。

＊

　「起床！」

　まだ空が暗いうちに、棒頭が丸太枕の小口を棒で叩いてまわる。衝撃で飛び起きた麟太郎は丸太枕に爪を食い込ませた。丸太には細かな傷が刻まれ、「正」の字をつくっている。これでちょうど五個めの「正」が完成した。麟太郎がこの小屋に来て二十五日めの朝だ。

　土間で立ったまま飯をかき込み、棒頭と犬に監視されながら現場へ移動する。今日の仕事はモッコ担ぎだった。大人の男ふたりぶんほどの重さの土砂をモッコに積む。担ぐ前に、モッコ棒についた土をすばやく手で払った。土がついたまま担ぐと皮が擦り剝けやすいのだ。肩はこぶができてこんもりと盛り上がり、何度も皮が剝けては膿《う》んで、そこだけ赤黒く変色していた。

　麟太郎は全身の力を使って後棒を担ぎ上げた。息をとめて棒を肩に載せる。骨がぎしぎしと鳴った。前棒を担いでいる村木の後頭部をじっと睨んで視線を固定し、意識を集中させて歩み出す。だが、すぐに村木の頭はぐらりと揺れて視界から消えた。同時に肩にかかる重さが増して全身の骨が軋む。村木は地面に膝をついていた。

「座ってる場合か！　さっさと運べ」

村木は棒頭に尻をぶたれて立ち上がった。前との距離を縮めるため、駆け足でモッコを運ぶ。

最近、村木はよろけたりつまずくことが増えた。肉体労働に馴染み躰ができてきた麟太郎とは対照的に、村木はどんどん力を失っていくようだ。今朝、村木が食事中に茶碗を落として割ったことを思い出し、不吉な兆候に感じた。

だがそんな思案を巡らせていられるのは最初のうちだけで、モッコの中身を下ろし、駆け足でトンネルに戻ってモッコに土砂を積んで担いで運んで、と幾度も繰り返しているうちに頭のなかは真っ白になっていく。名前も過去も嘆きも汗に変わって麟太郎から流れ落ち、ただの一個の躍動する肉体となる。

陽が暮れてようやく一日の仕事が終わった。小屋に戻り、虱や蚤《のみ》の巣となっている粗筵の床に倒れてはあはあと荒い息を吐く。眼に染みる汗をぬぐっていると、村木の剝き出しの脚が眼にとまった。膝下がまるで赤子の脚のようにぱんぱんに張りつめている。足袋のふちが食い込んでいて痛そうだ。もしや、と思った。

「村木、きみ、脚気《かっけ》じゃないか」麟太郎は小声で訊ねた。

村木は脚を隠すように抱え、くちびるを噛む。

「……このぐらいたいしたことないさ」

「いや、脚気は命取りになる。今日よろけたのだって痺《しび》れのせいだろう？　病院に行ったほうがいい」

「ここのやつらが病院に行かせてくれると思うか？」

もっともだと頷きかけたが、麟太郎は立ち上がり中飯台に声をかけた。

「村木の脚が浮腫《むく》んでいるんです。脚気かもしれない。病院に行かせてください」

「脚気だと？」

いかにも玄人土工夫らしい堂々たる体軀の中飯台は、壁にもたれて汚れた足袋を脱ぎながら麟太郎を睥睨《へいげい》した。

「脚気はろくに働かないくせに白米ばかり喰らう、はんかくさいタコがなるんだ。そったらやつらに情けはいらねえ」

吐き捨てるように言い、汗と泥にまみれた足袋を麟太郎に投げつける。

すごすごと村木の横に戻った麟太郎は、部屋のタコたちが丸太の嵌まった窓から外を窺っていることに気付いた。そういえばなにやら騒がしい。屋外に繫がれた犬がけたたましく吠えている。

「一同注目！」

突如部屋に入ってきた毒島の野太い声が空気をびりびりと震わせた。だらしなく倒れ込んでいたタコたちははっと起き上がり直立する。

「留萌から新入りが来たぞ。減ったぶんは補充しないとな。かわいがってやってくれ」

棒頭に小突かれながら見知らぬ男たちが入ってくる。全員で五人。ずいぶんと若いのもいる。まだ子どもと呼んでもいいような年ごろだ。しかもふたり、同じ顔をしている。

また使いもんにならなそうなやつばかり入ってきやがった、とさっきの中飯台がせせら笑ったが、毒島と眼が合って口をつぐむ。

「いいか、おめえらは今日から毒島虎吉の飯場の一員だ。……おい、よく見とけ」

毒島は新入りの顔を睨《ね》めまわしてから、おもむろに諸肌《もろはだ》を脱いだ。赤銅色の裸の胸には卒塔婆《そとば》らしき縦長の刺青が入っている。大蛇院血風虎鬼居士、と卒塔婆のなかには彫られていた。

「自分でつけた戒名だ。死んだあとに坊主に金払って戒名をつけてもらうのは莫迦らしいべ。おれはいつでも卒塔婆を胸に抱えて、どこにいてもそこが自分の墓場だと思って生きている」

今度はゆっくりと後ろを向き、背を見せる。息をのむ音がいくつも重なって部屋を満たした。毒島の背には一面びっしりと漢字が刻まれていた。麟太郎は耳なし芳一《ほういち》を彷彿《ほうふつ》した。

「般若心経《はんにゃしんぎょう》だ。二百七十八文字彫ってある。おれが背を向けているときでも、この般若心経はおめえらを見ている。背すじを伸ばして働けよ」

毒島は首だけをみなのほうに向け、銀玉の右目をぎらぎらと光らせて言った。佛説摩訶般若波羅蜜多心経《ぶっせつまかはんにゃはらみったしんぎょう》の経題からはじまる経典は、瘴気《しょうき》のようなものを放って見る者を圧倒していた。同じ顔をした少年たちは、猫のように目尻が跳ね上がった眼を目玉が落ちそうなほど大きく開いている。文字は麟太郎の網膜を強く焼いて脳髄を痺れさせた。

粗末な食事とあわただしい入浴が終わり布団に入っても、毒島の背の般若心経は麟太郎の意識から離れなかった。頭の一部がじんじんと熱を持っている。目蓋の裏に文字が躍る。色即是空《しきそくぜくう》……不生不滅《ふしょうふめつ》……真実不虚《しんじつふこ》……。見たのは一分にも満たないほどのごく短い時間なのに、いくつかの言葉は鮮烈な印象を残していた。

大小さまざまの鼾がこだまする部屋で、麟太郎はごろりと寝返りを打った。いつもは蟬《せみ》の抜け殻のごとくからからに干からびて気絶するように眠りに落ちるのに、神経が高ぶっている。眠れない夜などここに来てからはじめてだった。――いや、いちどだけあった。菱沼に夜這いをかけられた夜。忌まわしい顔を思い出してくちびるを嚙むと、北海道行きの青函連絡船で菱沼と交わした会話が耳の奥で甦った。

「あすこにいる娘たち、ありゃあたぶん廓に売られる娘だな」

刀創が走る顔に好色な笑みを浮かべ、菱沼は言った。その視線のさきには、ひとりの男と五、六人の娘。麟太郎たちについている見張りは、逃亡の危険のない海上では監視の眼をゆるめてくつろいでいた。

「まさか、あんなに初心《うぶ》そうな……」

麟太郎は擦りきれた木綿の絣を着た娘たちを眺める。白粉を塗ったことなどいちどもないであろう、頰の赤い素朴な横顔。近づいたら土の香りがしそうだ。こんな娘たちが夜ごと男を受け入れるなんて、想像するだけで痛ましかった。

「なあに、女っつうのは男を知ったらすぐに変わる」菱沼は下卑た声音で言った。「北海道は、熊の出るような山奥でも人間が住んでいるところには女郎屋があるって話だ。これから行くところにもあるといいがな」

その後、船酔いで嘔吐していると、娘たちのうちのひとりが無言で背をさすってくれた。肌の浅黒い、強情そうな顔をした娘。あの娘は麟太郎が野付牛で汽車を降りてもまだ乗っていた。汽車の終点は確か網走だったはずだ。網走。監獄がある地の果て、ということしか知らない。網走にも遊郭があるのだろうか。そこであの娘は男に組み敷かれているのだろうか。いま、このときも。

やるせない気持ちになって寝返りを打ち、菱沼や娘の顔を意識から追い払うと、ふたたび般若心経の刺青に思考は戻った。どうして毒島の背の刺青ごときにこころを揺さぶられているのか、と自問自答して気付く。文字というものに対する、狂おしいほどの思慕。それが自分の底に滾《たぎ》っていることに。

思えば上車坂町の周旋屋の二階に上がって以来、書物というものをいっさい目にしていない。文字を憶えた幼少時から書に淫してきた麟太郎にとってかつてないことだった。ここには新聞すらない。タコになってもうじき一か月が経つ。両親や学友は突如消えた自分をさがしているはずだ。警察には捜索願いが出ているだろうか。大学は退学になっていないだろうか。

気持ちが乱れているのは、待ち受けている運命をまだ知らない新入りが来たせいでもあるのだろう。ここに来たときの自分を重ね、感傷的になっている。上体を持ち上げて寝静まった部屋を見渡す。塞がれた窓の隙間からわずかに差す月明かりに照らされて、あどけない双子の寝顔が見えた。桃のように産毛の生えた頬が光っている。

双子に対して「まだ子どもだから雑夫を務めてもらおう」と棒頭のひとりがめずらしく情けを見せた。雑夫とは昼食の運搬や道具の手入れ、小屋の掃除や風呂焚きなどをする係で、平土工夫として働かせるにはおぼつかない少年や老人が務める。だが、「工事が遅れてるんだ、ガキだからといって甘く見ることはできねえ」と毒島の鶴のひと声で却下された。

周囲の心配に反して双子は充分に働いた。トロ押し作業の日は率先して先頭のトロッコを担当した。先頭車は土取り場に着くのはいちばん最後なのにまっさきに発車しなければいけないので、積み込む時間が少なく息つく間もないのだ。モッコ担ぎの日も決められた回数を運び終えたあとはほかの者の手伝いをした。

飯場の人間は双子の見分けがつかないようで、呼びかけて返事をしたら勇、返事がなかったら清と区別している。それが麟太郎には不思議だった。

「確かに瓜ふたつだけど、見比べれば違いは歴然なのになあ」

夜、立って白飯をかき込みながら、麟太郎はとなりの勇に小声で話しかけた。

「見分けがつくの？」

勇が欠けた茶碗から顔を上げる。

「もちろん。きみのほうが眉がよく動くし、黒目が大きくて八重歯が目立つ。なによ
り雰囲気が違う」

「へえ、家族以外で見分けがつくやつに会ったのってはじめてだ」

勇は尖った八重歯を覗かせて屈託のない笑顔を見せた。

以来、勇は麟太郎を慕い、「白尾の兄ちゃん」と呼んでなにかと懐いてくる。姉が
ふたりいるだけで男兄弟のいない麟太郎は、どう対処すればいいのかわからずまごつ
いた。そのうち、勇は梅模様の風呂敷をねじって鉢巻にするようになったので、だれ
も見間違うことはなくなった。双子は飯場の愛玩動物のように扱われ、とくに炊事番
は気にかけてふたりのぶんだけ飯を多めによそったが、だれからも文句は出なかっ
た。この飯場を生き抜くために、わざと無邪気で幼い少年を演じているのかもしれな
い、と麟太郎は思うこともあった。

あるとき、炊事番はこっそりなにかを勇と清の手に握らせた。

「甘いもんが恋しいしょ。これ、隠れて食えやぁ」

緑がかった薄茶色の透きとおった細長いものが、雪のような砂糖をまとっている。
そばにいた麟太郎もひとかけもらい、口に含んだ。しゃきしゃきとした歯触り。甘み

が全身に染みわたり、脳が恍惚で満たされた。ほのかに土の風味があとに残る。訊ねると蕗の砂糖漬けとのことで、ほぼ毎日食べさせられて飽き飽きしている蕗が甘味に変身したことに驚いた。

「わしの郷里じゃ菓子といえばこれだった。蕗ならこのあたりにいくらでも生えてるべ。またつくっちゃる」

双子が来てから明らかに小屋の雰囲気が変わった。いつのまにか私語厳禁という規則も形骸化し、朗らかな空気が流れる瞬間さえあった。タコのひとりに祭文《さいもん》語りの芸人だった者がいて、「箱根霊験記《れいげんき》」など仇討《あだう》ちものを美声を響かせて語った夜は、帳場や棒頭も平土工夫の部屋に集まって耳を傾けた。たとえ上飯台であっても、娯楽のない人里離れた山奥の粗末な小屋で数か月を過ごす身であることは同じだ。

そうなると、同じ釜の飯を食べているのに名前以外ほとんど知らなかったタコ仲間の身の上も見えてくる。博徒だったが尾羽うち枯らした者、本人ははっきりとは語らないがおそらく警察から逃げ隠れている者、車夫、質屋の番頭、網走監獄から出てきたばかりだとうそぶく者、漁師、彫り師。東京など道外から連れてこられた者は六か月の苦役であるのに対し、道内で集められた者は三か月と短いことも知った。かかった旅費やあいだに入った人間に払った金の差なのだろう。

「じゃあ白尾の兄ちゃんよりもおれらのほうがさきに出られるべ」と勇に笑いかけられて、麟太郎は猛烈な羨ましさで胸が苦しくなり顔を背けた。

菱沼がいなくなってから、麟太郎は村木とふたりで布団を使っていた。ある夜、村木は布団の裂けめから本を取り出して見せた。漱石の『三四郎《さんしろう》』だった。

「よくいままで隠せていたな」

麟太郎は驚いてその本に触れた。紙の手触りが懐かしく、胸が震える。頁《ページ》を開くと西洋の菓子に似た香ばしいにおいが立ちのぼった。規則正しく並んだ文字がうつくしくて眼に染みる。

「荷物を没収されたときにこっそり隠しておいたんだ。田舎から汽車に乗って東京に出てくる日に、これを読んでいたことを思い出す。あれから数年経って、東京から遠く離れた地で読み返すとはね」

この小説は、九州の高等学校を卒業した三四郎が大学進学のために東京へ向かう場面からはじまる。三四郎や村木のように大志を抱いて地方からやってくる者の気持ちは、東京で生まれ育った麟太郎にはよくわからない。だが、本郷の大学構内にある池など馴染みのある風景が描写されているので、小説世界に親近感を覚えていた。

「さしずめ僕らはストレイ・シープか」頁を繰りながら麟太郎は呟く。

ストレイ・シープとは『三四郎』にたびたび出てくる印象的な言葉だ。迷える子。

「ではここは第四の世界かな」と村木が応じた。

三四郎は自分の知った世界を三つに分けている。第一の世界は故郷のように旧態依然とした地、第二の世界は書物によって築かれた学問の地、第三の世界はうつくしい女性《にょしょう》が住まう愉楽の地。

「三四郎はこれほど野蛮で血なまぐさい世界があるとは知らないだろうね」

麟太郎は苦く笑って言い、本を村木に返した。顔を背けて滲んでいた涙を指でぬぐった。

ここに来た当初は朝晩の冷え込みが骨身に染みたが、ようやく布団にしがみつかなくても寝られるようになった。木々は旺盛に枝葉を伸ばし、空を覆い尽くそうとしている。緑のにおいは強く、息苦しいほどだ。

麟太郎と同時期にやってきたタコのなかから、親方の毒島に認められて中飯台に上がる者も出てきた。中飯台は下飯台の平土工夫とはべつの部屋で座って食事ができるし、酒や煙草も呑めるが、仕事じたいは平土工夫と変わらない。かえって逃亡者を追いかける役目が増えるぐらいだ。それでも腕を見込まれて下飯台から中飯台へと上がるのは名誉なことだった。小柄な中年男だが熟練の土工夫である小久保は毒島に気に入られ、麟太郎と同時期に東京から来た面子のなかではまっさきに中飯台に上がった。すでに毒島の盃をもらったという話も聞いている。

「進んで子分になるなんざ阿呆のすることだ。解放されたらあとはしがらみなくどこでも好きなところへ行ける、それがタコの唯一いいところだべ」

監獄帰りを勲章としている男が、小久保のいないところでそう言って鼻で嗤《わら》った。殺されるのを待つ死刑囚のように陰鬱な面持ちで身を縮めていたタコたちが、明るい表情を見せるようになったいっぽうで、麟太郎の胸には不安が広がっていた。村木の病状が日に日に悪化しているのだ。村木は少し動いただけで駆けたあとの犬のように口を開けてはあはあと苦しげな呼吸を繰り返し、モッコを担いで歩き出してもすぐに膝をつくようになった。食欲もないらしく、ほかのタコが餓鬼の形相で貪り食っている横でほとんど箸をつけずに残している。

「脚が燃えるように熱い」

夜、村木は寝床で呻きながら訴えた。

同じ布団で寝ていた麟太郎は起き上がり、タコたちが雑魚寝している部屋を出て、戸の前にいる不寝番に「脚が熱くて眠れないと村木が言っているので、水を使いたいのですが」と頼んだ。炊事場で手ぬぐいに水を含ませていると、毒島や棒頭が花札をやっている声が耳に届く。毒島は酔っているらしく、呂律《ろれつ》がまわっていない。大酒を呑み博打に興じる連中と、病院に連れていってもらえずなすすべもなく弱っていくタコの身の上を比べ、胸のなかにどす黒い汚泥が蓄積するのを感じた。部屋に戻り、濡れた手ぬぐいで村木の脚を冷やしながら顔を覗き込むと、眼球がすばやく左右に振れている。麟太郎はぎょっとして思わず眼を逸らした。

「つまさきがちくちく痛む。蚤が噛みついていないか見てくれないか」

そう請われて、窓から射す月明かりで村木の脚を観察した。脚全体が蚊に刺されたみたいに赤黒く腫れ上がり、通常の二倍ほどの太さに膨らんでいる。足袋の跡がくっきりと段になって足首に帯状の窪《くぼ》みをつくっていた。眼をこらしたが、蚤は見当たらない。そう伝えようとしてふと思い直し、口から出かかった言葉を変える。

「お、いたいた、まんまると肥えた蚤だ……」村木の足の甲に指を押し当てて、存在しない蚤を潰す。「よし、潰したぞ。これでだいじょうぶだ」

「そうか。ありがとう」

村木は安らかな顔つきになり、やがて寝息を立てはじめた。

木の幹にしがみついてシシシシシと早口で啼く蝦夷《えぞ》ちっち蟬の合唱が途絶え、薄《すすき》が金色の穂を風に揺らし、水分を失った隈笹にその名の由来である白い隈取りができるころには、村木はもう支えなしでは立ち上がることすらできなくなっていた。

「とっとと食べれや。陽が暮れるのが早くなってそのぶん働ける時間が短くなってるんだから、時間を無駄にするな」

タコたちが朝食をかき込んでいる土間に、棒頭が顔を見せて急かした。日照時間が短くなるとそのぶん労働時間が短縮されるのはありがたい。

「村木の病気が酷くて起き上がれないようなので、今日はここに寝かしておいていいですか」

麟太郎がおずおずと頼むと、棒頭の眉がぐいと吊り上がった。

「いや、駄目だ。亡者《もうじゃ》だろうとモッコに入れて運べ。どんな状態であっても現場には運ぶ、それが規則だ。目の届くところに置いておかないと逃げられるからな」

麟太郎は村木に肩を貸して立ち上がらせて、小屋の外へ誘導した。モッコに筵を敷き、その上に乗せる。折檻されて半死半生の菱沼を同じようにモッコで現場へ運んだことを思い出し、忌まわしい記憶にぶるっと胴震いした。夜ごとの屈辱、ざっくりと裂けて血糊と肉片にまみれた毘沙門天と愛染明王の刺青、遠い銃声、返り血を浴びた毒島の酷薄な笑み。

そばにいた彫り師の色川《いろかわ》に声をかけて後棒を持ってもらい、せーの、とかけ声をかけて前棒を担ぎ上げる。棒はほとんど手応えなく持ち上がり、思いもよらぬ軽さに二、三歩よろめいた。普段担いでいる土砂の三分の一もないのではないか。

「村木、揺れるだろうけど我慢してくれ」

麟太郎は動揺を押し殺し、正面を向いたまま後ろにいる村木に告げた。

村木をトンネルの口のそばまで運んでモッコから下ろし、筵を地面に敷いて寝かせる。腫れた脚の太さばかり気になっていたが、あらためて眺めると胸にはあばらが浮いて頬はげっそりとこけ、しゃれこうべのかたちが浮き上がっている。幽霊画に似たすがたに息をのんだ。とても二十歳そこそこの若者には見えない。

「駄目だ、寝かせるな。ちゃんと座らせろ」

麟太郎は村木の背に手を当てて座るのを手伝った。浮腫んだ脚はあぐらをかくことすらできず、前に放りだしている。

「モッコの修理でもしてろ」棒頭が破れたモッコを投げてよこした。

十二時間ほどひたすらトロッコを押し、陽が暮れて撤収の号令がかかると、ふたたび村木をモッコに入れた。村木のくちびるは紫色に染まり、がたがたと小刻みに震えている。ずっと動いていた麟太郎には夜風が心地良いが、褌一枚で座ったままの村木には冷え込みが骨身にこたえるのだろう。

小屋に戻り食事と風呂を済ませると、祭文語りだった男がデロレンデロレンと独特の擬音を唱えながら「赤穂《あこう》義士伝」を語り、続いて喉に自信のある者が「東雲節《しののめぶし》」を唄い出した。名古屋の娼妓、東雲がアメリカ人宣教師の手引きにより脱走した事件を風刺したとも、熊本の東雲楼の娼妓たちが起こしたストライキのことだとも言われている、少し前の流行り唄だ。

自由廃業で　廓は出たが
それから　なんとしょ
行き場がないので　屑《くず》拾い
浮かれ女《め》の　ストライキ

哀切でありながら滑稽さも滲んでいる唄が、饐えたにおいと虱と蚤に満ちた掘っ立て小屋に響く。

「……なんだ、女の唄なんか唄いやがって」

唄の最後のひと声が長い尾を引いて空間に溶けてから、タコのひとりが茶化した。

「馴染みの女郎に習ったんだ」

「ストライキか。わしらもやるか」

腕を組んで耳を傾けていた男が呟いた。冗談めかした口調だったが、その眼は真剣みを帯びて仲間の反応を窺っている。

「ストライキ?」勇が首をかしげて聞き返した。

「労働争議だ。待遇の改善を求めて働かずに抗議するんだ」と麟太郎は説明する。

「働かなくていいのか! そろそろ休みが欲しいし、やろうやろう」

「莫迦か。殺されるぞ。それにこの唄の女郎はまだ屑拾いでとどまっているが、こっちは逃げおおせても食いつめてタコ部屋に舞い戻るのが関の山だ。おれなんかタコ部屋はここで六か所めよ」勇や清とともに留萌から来た男が自慢げに言う。

「そもそも無事逃げられると思うか? 工事の終わりは近い。それまでおとなしくしといたほうが身のためだ。明日のためにもう寝よう」

ひとりの男がそう言って話は終わった。タコたちはごそごそとふたりひと組で布団に入る。麟太郎は小屋に戻ってから飯も食わずに寝ている村木のとなりに横たわった。村木の寝間着の襟もとに虱が蠢いているのが見えて、払う気力すらないのだ、とぞっとする。工事が終わって自由の身になったら、まっさきに村木を担いで病院へ向かおう。そう思案しながら布団を首もとまで引っ張り上げる。ふと、毒島の部屋がしんと静まりかえっていることに気付いた。いつもの博打や酒宴の声が聞こえない。まさか、と背すじがつめたくなったがそれ以上考えるのをやめて眠りに身をまかせた。

翌日トロッコを押していると、後ろから毒島のひび割れた声が聞こえた。

「止まれ、止まれ。いったん集まれや」

麟太郎は怪訝に思いながら立ち止まり、トロッコに歯止めを噛ませた。振り返って額の汗をぬぐう。棒頭たちも訝しげな面持ちだ。今日の仕事を開始してからまだ一時間も経っていない。草は露を纏《まと》ったままで山には朝靄《もや》が立ちこめている。こんなに早い時間に毒島が起きてくるのは異例のことだった。

「おう、おめえ、立てや。なに休んでるんだ」

毒島は茂みに敷いた筵に座っている村木に眼を向けた。そばにいたタコからスコップを奪い取り、村木の頭を殴る。村木は声も上げずに人形のように倒れた。

「親方、そいつは病気で――」自分に火の粉が降りかかるのを恐れたのであろう棒頭が説明する。

麟太郎は自分の赤い褌の裾を引き裂くと、倒れたままの村木のそばに駆け寄った。ざっくりと裂けて血が噴き出している右の後頭部に布を押し当てる。

「なにやってんだ、てめえ。邪魔だ」

毒島は麟太郎を張り倒し、村木の腕を引っ張った。腕を掴んだままトンネルのほうへ歩き出す。人間を噛み殺したことがあるといういわくつきの犬までもが不穏な空気を察したらしく、吠えずになりゆきを見守っている。トロッコの列の前を通るとき、毒島は銀玉の眼をぎらりと光らせてタコたちを見据え、口を開いた。

「おめえら、最近ずいぶんと弛《たる》んでるんでないかい。くっちゃべったり唄ったり、おだちやがって。大目に見てたらストライキの相談まで」

ひゅっ、と息をのむ音が渓谷に響いた。

——すべて聞かれていた。

タコたちは恐怖という名の縄できりきりと縛り上げられ、身じろぎすらできない。これからなにが起こるのか。麟太郎は逃げ出したい気持ちで胸が苦しく呼吸もままならないが、一歩も動けなかった。なんとか唾を呑み下す。喉がからからに渇いている。

「ついてこい。タコ部屋っつうもんを教えてやる」

毒島は村木を引きずりながらタコたちに手で合図してトンネルのなかへ入っていく。村木の肌は地面に転がる石に抉られてところどころ血が流れているが、もはや痛みすら感じないらしく、されるがままになっている。仄暗く肌寒い隧道を、毒島を先頭にした列はずんずん進む。トンネル内部ではほかの飯場の土工夫たちが、こんがりと焼き色のついたカステラに似た煉瓦を積み上げていた。煉瓦は江別《えべつ》村の工場から運ばれてきたものだ。

「おい、どけや」

毒島は回転式の拳銃を持った手を振って作業をしている男たちを追い払った。拳銃と凶悪な人相とただごとではない気配に威圧された土工夫たちは、あわてて壁面から離れる。

「白尾、おめえ、前に出ろ」

毒島は銃口を向けて命じる。麟太郎はひくっと頰を引きつらせて硬直した。

「聞こえなかったのか？　早くしろや」

苛立った声で急かされ、転がるように毒島の前に進み出た。毒島は村木を離し、背を蹴って麟太郎のほうへよこす。

「村木をこの壁のなかに立たせろ」

毒島は待避所のつくりかけの壁を顎で指した。

麟太郎は頭を後ろに巡らす。棒頭たちが丸太棒やら鉄の棒やら仕込み杖やら愛用の棒を握って逃げ場を塞いでいる。かといって正面の坑口にはほかの飯場の土工夫があふれていて、突破できるはずがなかった。——拒めない。拒んだが最後、殺される。

しゃがみ、村木の耳に口を近づけた。村木、と震える声で呼びかける。

意識を失っているように見えた村木はうっすら眼を開けた。弥勒菩薩《みろくぼさつ》のような笑みを口角に浮かべ、くちびるをわずかに開く。

「ああ、父《と》っつぁま。躰はだいじげ?」

弱々しくかすれた声だが、確かにそう言った。

同年輩である麟太郎を父親と間違えるほどに意識が混濁していることに、ぞくりと寒気がした。いっぽうでこんな状況になってまで父親の体調を思いやる村木の性根に胸を打たれ、目蓋が熱くなる。歯をかたく食いしばって感情の奔流を押しとどめた。

煉瓦は腰の高さのあたりまで積まれていた。麟太郎は腰を屈め、村木を抱きかかえる。躰は軽く肌は紙のようにかさついており、木乃伊《ミイラ》を連想した。高く抱き上げて、煉瓦壁の向こうに運ぶ。

「そのまま立たせておけ」

鱗太郎は糸の切れた傀儡《くぐつ》のように倒れ込みそうになる村木の両腋《わき》に手を差し込んで、なんとか立たせる。毒島はそばにあった麻袋をたぐり寄せた。袋の中身は玉砂利だった。

「おめえら、玉砂利を隙間に詰めて埋めれ」

タコたちは呼吸をすることすら忘れて立ち尽くした。ずいぶんと長いことそうしていたように思うが、おそらく数秒だったのだろう。小久保が意を決した面持ちで一歩前に進み出る。ふんっ、と鼻から息を吐いて麻袋を持ち上げ、玉砂利をざらざらと煉瓦壁の向こうに流し入れた。

「ほかのやつもやれ。どうせほっといても死ぬんだ、苦しむ時間を短くしてやる。これも人助けだべ」

ひとり、ふたりと麻袋に手を伸ばす。重たい袋を担いで中身を注ぐ。細かな石がぶつかりあう乾いた音がトンネルに反響し、村木の息遣いをかき消す。あっというまに村木の膝下は砂利に埋まり、さらに太股のあたりまで隠れつつある。

「白尾、ぼけっとしてないでおめえもやれや」

鱗太郎は毒島に銃身で頰を殴られた。鉄を舐めたような血の味が口内に広がる。すまない、とこころのなかで手を合わせて、麻袋の前に膝をついた。腰を落として麻袋を腹に引きつけ、下肢に力を込めて持ち上げる。眼をぎゅっと瞑って袋を傾けた。爆《は》ぜるような玉砂利の音が鼓膜を満たし、脳髄を揺さぶる。

「違う違う、煉瓦はイギリス積みだ。その列は小口を手前に向けれ。ああ、そんなにべったりセメントをつけるなや」

普段モッコ担ぎとトロ押しばかりさせられているタコたちは、毒島の指示に従って見よう見まねでセメントを塗り煉瓦を積み上げていく。数時間かけて、待避所には真新しい赤茶色の壁が完成した。村木が正気を取り戻して呻いても、もはやその声が人間の耳に聞こえることはない。

トンネルを出ると外は闇夜だった。雨が強く降っていて、ぬかるんだ泥で草鞋と足袋が汚れていく。村木の涙雨だな、とだれかがひっそり呟いた。雨の音にまじって村木の呼ぶ声が聞こえた気がして、麟太郎は歩きながら何度も何度も振り返った。

豪雨で火が熾《おこ》せないので風呂は中止になった。食欲はまったく湧かないが明日の活力のためにとむりやり飯をかき込んで、夕食を済ませる。部屋に戻って布団を敷いていると、一升瓶を片手に持った毒島が入ってきた。すでに酔っているらしく、魁偉《かいい》な顔は真っ赤に染まっている。

「おめえ、彫り師だったっていうじゃねえか」毒島は色川に声をかけて膝を近づけた。

はい、と色川は正座して答える。

「おれも刺青が好きでよう。そうだ、いまここで彫ってもらいたいやつはいねえか？」

銀玉の右目と血走った左目で周囲を見渡す。タコたちは毒島の視線を避けるように身を縮めてうつむいた。薄暗く不潔でろくな道具もないタコ部屋で刺青を彫るなど、正気の沙汰ではない。

麟太郎も周囲にならってうつむきかけたが、顔を上げると手をまっすぐに上げた。

毒島と視線がかちあう。

「……白尾？　おめえがか？」毒島は意外そうに片眉を吊り上げた。

「よっしゃ決まりだ。色川、道具はなにが必要だ？」

「絹針を何本か、それと墨と箸と糸を用意してください」

「おい、おめえ帳場から取ってこい」と毒島はそばにいたタコに言いつける。

「あと消毒用の焼酎も」と色川。

「焼酎？　それはねえな。この日本酒でいいか」毒島は酒を喇叭《らっぱ》呑みし、濡れた口を手の甲でぬぐった。「で、白尾、なにを彫るべ」

「親方、背の般若心経を見せてもらえませんか」

毒島は頬をゆるませて「おう」と返事をすると、犬の毛皮の袖なし羽織を脱ぎ、その下の着物を諸肌脱ぎにする。あぐらをかいたまま手を床について、ぐるりと躰を後ろに向けた。びっしりと刻まれた漢字が発する圧にたじろぎながら、麟太郎は眼をこらし、二百七十八文字のなかからひときわ強い力で自分を呼ぶ言葉をさがす。色即是空。不生不滅。無無明尽《むむみようじん》。無有恐怖《むうくふ》。

——不垢不浄《ふくふじよう》。

その言葉が目に入ったとたん、まわりの漢字は水に溶けるようにすっと滲んで消失した。

「不垢不浄。この四文字でお願いします」

「そうか。場所はどうするべ。肩でいいか」

「はい」

帳場に借りものに行ったタコが、水を入れた硯《すずり》と墨、油紙《あぶらがみ》で包んだ針、糸、普段食事で使っている箸を持って戻ってきた。手渡された色川の顔が曇る。

「親方、これは絹針じゃなくて木綿針ですが。しかもかなり太い」

「そったら細かいこたぁどうでもいいしょ。木綿針でもやれないことはないべ」

色川はしぶしぶといった面持ちで頷くと、三本の木綿針を糸できつく束ね、それを箸のさきに固定した。糸を歯で切り、あぐらをかいて墨を硯に置く。硯の海から陸《おか》へ水を引き寄せながら磨《す》っているうちに、墨の独特な芳香が広がっていく。清々しいにおいが嵐の海のように荒れ狂っていた麟太郎の胸を鎮めた。透明だった硯の水は黒い金魚が尾を翻すように濁り、やがて黒々と艶めいてくる。

「腕を」

色川は短く言って麟太郎の腕を取った。息がかかるほど顔を近づけて皮膚を指で伸ばし、下書きもせずにいきなり墨を含ませた針さきを刺す。針は規則正しい速度で皮膚を破っていく。

「……針を入れる深さは半紙五枚ぶん。さほど痛みは感じないだろう」

麟太郎はぷつぷつと針が肌を嚙む痛みを歯を食いしばって耐えながら、色川の言葉に頷いた。こめかみや胸に大量の脂汗が流れている。針を抜いたところから透明な液がじわりと滲んで玉のように膨らむ。

「青瓢簞《あおびょうたん》のくせに強情なやつだべや。ひいひい泣きわめいてもいいんだぞ」と毒島がからかった。

「一日ひと文字ずつ彫っていこう」と色川は提案したが、「いえ、今晩のうちに四文字すべて彫ってください。お願いします」と麟太郎は腕を預けたまま頭を下げた。「不」の文字ができあがり、「垢」の字に取りかかる。彫っている色川の額にも大粒の汗が浮かんでいる。

四文字すべて彫り終わったのは明けがただった。毒島はとっくに自分の部屋に戻り、同室のタコたちも鼾を響かせていた。三十分ほど寝て起きると、麟太郎の右腕は二倍ほどの太さに腫れていた。腋窩《えきか》には瘤《こぶ》ができ、指はぱんぱんに膨らんで曲げることすらできない。日本酒の消毒の甲斐なく、針で刺された傷から入った毒が淋巴《リンパ》にまわったのだろうとすぐに理解したが、脚気で浮腫んだ村木の下肢を思い出し、呪いのように感じた。

昨夜とはうってかわって晴天だった。秋晴れの空のもと、麟太郎は自由の利かない腕でトロッコを押しながら坂を駆け上がる。

――ああ、父っつぁま。躰はだいじげ?

村木の最期の言葉が耳の奥でずっと響いている。はじめて聞いた村木の訛りだった。麟太郎は彼の出身地すら知らないことに気付き、歯のあいだから嗚咽を洩らしかけて、殺人の片棒を担いだ自分に泣く権利などないと頰の裏を嚙んでこらえる。

トロッコの軌道のわきに水溜まりができていて、梢や空を映している。たとえ水溜まりに映る自分の顔が醜く見えようと、きれいに見えようと、それは見ているこっちのこころの持ちようであって、顔立ちの美醜とは関係がない。

不垢不浄。汚れてもいなければ、清らかでもない。それがいまの自分だ。

開き直りとも諦めとも違う気持ちでそう言い聞かせ、麟太郎はトロッコを停めて土砂の山にスコップを突っ込み、持ち上げた。黒い土が透きとおった青空に跳ねる。

四

「白尾、おれの身内にならねえか」

毒島にそう声をかけられたのはタコ部屋をあとにする前日だった。六か月という契約期間が満了になる前に、初雪のおとずれよりも早くトンネルは完成した。勇や清や彫り師の色川など六月に留萌から来た面子はすでに飯場を去っていた。

身内になるとは、すなわち親分子分の契《ちぎ》りを交わすということだ。盃事《さかずきごと》や仁義といった事柄とは無縁の世界で生きてきた麟太郎にも、そのぐらいはわかった。刺青の一件で麟太郎は毒島に一目《いちもく》置かれたらしく、あれからすぐに模範土工として認められて中飯台に上がった。「こいつは帝大の学生なんだが、おれの般若心経にあやかって刺青を入れたんだ。ほら白尾、腕まくって見せてやれ」と毒島はことあるごとに周囲に触れてまわった。

「無理強いはしねえ。ここを出たらまっすぐ東京に帰って、北海道でのことはすべて悪い夢だったと忘れてもとのとおり暮らすこともできる。明日、出発する前に返事を聞かせてくれや。それまでよく考えれ」

わかりました、と麟太郎は答えて、飯場を畳むための片付けに戻った。戸についていた頑丈な南京錠は数日前に取り外され、不寝番も見張りをやめていた。自由に出かけることはできたが、山を多少下りたところで畑や民家がぽつぽつとあるだけなので、わざわざ出て行く者はいない。最後の夜には平土工夫にも酒がふるまわれ、親方も棒頭もタコも入り交じって宴会が深夜まで繰り広げられた。

翌朝、麟太郎は五か月間命を賭して働いた報酬としては驚くほど少ない賃金を受け取り、没収されていた荷物や服を返してもらって飯場を出た。振り返って小屋を見る。屋根の下に「祝貫通」の看板が掲げられ、見よう見まねでつくった下手な紙垂《しで》が飾られている。

真新しい枕木の上を歩いてトンネルへ向かった。そこで眠る村木に、最後に手を合わせておきたいと思ったのだ。トンネルでは貫通式がおこなわれていた。軍服に似た制服に身を包んだ鉄道院の役人や、立派な口髭をたくわえ紋付羽織袴を着た風采のいい男がトンネルの前に並んで、写真撮影の最中だ。命を削ってトンネルを掘ったタコはもちろん、孫請けである親方だってその輪には入れてもらえない。

ぼんやりと眺めていると、いつのまにかとなりに毒島が立っていた。

「……鉄道の誘致にかかわった代議士だ」

毒島は口から離したゴールデンバットで、紋付羽織袴の紳士を指した。

「もともとこの路線はオホーツクの海岸をまわる計画だった。だが政党のあいだで醜い争奪戦が起きてなあ。結局山を通る案を推した党派が勝って、それでこんなひでえ工事をするはめになった。調査の段階でこの鉄道工事は地獄を見るとわかっていたのにな」

三百間《けん》にも満たないトンネルに対し三年という工期は、異例の長さだった。この難工事で何人が命を落としたのかは、親方すら把握していないという。

汽車が近づいてくる音が遠くから聞こえてきた。麟太郎は線路から離れて山にこだまする音に耳を澄ます。やがて、日の丸の小旗を誇らしげに斜め十字に掲げた汽車があらわれた。灰色の蒸気を噴き上げ汽笛を鳴らす勇壮な汽車の晴れすがたは、眼球に張った透明な膜で滲んでよく見えなくなった。麟太郎は眼を瞑り、波打つ胸を押さえる。

毒島に持ちかけられた親分子分の話は当然断るつもりだった。検討の余地すらなかった。ここを出たら大学に戻って好きな文学の研究に没頭する。二度とモッコを担ぐことも暴力に怯えることもない。

だが、代議士の男を見ているうちに麟太郎の胸で溶岩のような熱くどろどろとしたものが噴き上がり、それは言葉となって口から飛び出した。

「きのうのお話、お受けします」

短い沈黙のあと、「そうか、決心してくれたか」と毒島は呟いてゴールデンバットをくちびるに戻した。

東京にいたころの自分はあの代議士の側の人間だった。将来は貴族院入りするであろう親友の紺野も。なにも知らずに、気付かずに、多くの人間を踏みつけていた。

麟太郎は毒島から離れ、小屋のほうへ戻った。小屋のわきには布団が積み上げられている。布地が裂けて綿をこぼしている布団を見つけた。裂けめに手を突っ込み、本を取り出す。『三四郎』だ。村木の形見。東京で仲間たちに囲まれ女性に惑う三四郎の大学生活は、いまや遠い世界の夢物語だった。自分はストレイ・シープではない。

ここで、北のタコ部屋で、生きていくのだ。

麟太郎は本に鼻を近づけてそのにおいを胸いっぱいに嗅ぎ、それから大きく振りかぶって谷底に投げ捨てた。


料亭の二階の座敷からは海辺がよく見える。長いこと暗い山奥にいた麟太郎には明るく開けた景色が眩しかった。「最果ての地」「監獄のまち」といった言葉から勝手に抱いていた印象は、実際に景色を眺めて空気を吸うと穏やかなものに変わった。風にまじる潮の香りが新鮮だ。鼻の穴から胸へと深く息を吸い込む。

――生き延びたのだ、とようやく実感した。

久しぶりに着た詰襟はずいぶん窮屈に感じる。とくに肩のまわりが動かせないほどきつい。はじめは肩にできた巨大なモッコだこのせいだと思ったが、筋肉が盛り上がっているからだと気付いた。

「白尾、いつまで外を見てんだ」

麟太郎は欄干から離れ、振り向いて毒島を見た。羽織と袴で正装したタコ部屋の恐ろしい親方は、朗らかに笑って手招きしている。

親分子分の盃の儀式は網走の料亭の座敷でおこなわれることになった。料亭なら野付牛にもあるが、毒島には網走の遊郭に馴染みの娼妓がいるので、その女に会うという用事も兼ねて網走まで足を伸ばしたのだ。毒島と麟太郎のほかに、棒頭の山田《やまだ》、麟太郎とともに東京の周旋屋からやってきた小久保がこの場にいた。小久保はすでに盃をもらっていたが、飯場でのきわめて略式なものだったのであらためて、ということらしい。

媒酌人を務める棒頭の山田が、小久保と麟太郎を毒島と向かい合うように座らせる。山田の前には、徳利や盃や盛り塩や鯛《たい》が、それぞれ奉書を敷いた三宝《さんぽう》の上に載せて置いてある。

「長らくお待たせいたしました。ただいまより、めでたき親子結縁盃の儀式、執りおこなわせていただきます。親となりますかたは毒島組組長、毒島虎吉親方です。子になられますのは小久保忠《ただし》殿、白尾麟太郎殿です。申し遅れましたが、このたび本席の媒酌人を務めさせていただきますのが、私、毒島組棒頭の山田総二郎《そうじろう》です」

山田は朗々と声を張って口上を述べ、白木の三宝から二枚の白磁の盃を順に手に取って懐紙でぬぐった。続いてとなりの三宝に載せた徳利一対の片方を押しいただき、ぴんと伸ばした人差し指と中指を揃えて、すっ、すっ、すっ、と三度徳利の口を切るしぐさをする。左手の指を添えた右手で徳利を持って、二枚の盃にそれぞれ少量ずつ三度に分けて酒を注ぐ。さらにもうひとつの徳利も同じ所作で口を切って注いだ。最後に二本を両手に持って注ぐと、盃の載った三宝をうやうやしく毒島の前に押し出した。

毒島は指さきで盃を摘《つ》まみ上げ、わずかに口をつける。二枚めの盃もほんの気持ちばかり呑んで三宝に戻すと、山田がふたたび口上を述べた。

「じつの親があるのに今日ここに親子の縁を結ぶからには、一家に忠義を、親方に孝行を尽くさなくてはなりません。この盃を背負った以上、たとえ白いものを黒、黒いものを白と言われても、一命を捨てて親方に従ってください」

山田の言葉で麟太郎の脳裏に武蔵野の両親の顔がよぎり、両の膝に置いた拳をさらにかたく握りしめた。

毒島は酒で濡れたくちびるを舐めて、おもむろに口を開く。

「いま媒酌人の言ったとおりだ。これからはおれのほんものの手足となって親身に働いてくれ」

静かな口調だったがその声はびりびりと骨身に響いた。一拍おいて「承知しました」と小久保と麟太郎の声が重なる。媒酌人の山田は、二枚の盃の載った三宝を今度は新子分のふたりの前に押し出した。さきほど毒島が口をつけた盃だ。

「小久保殿に申し上げます。覚悟が決まりましたならこの盃、三口《みくち》半にて飲み干し、懐中深くお納めください」

背すじを伸ばした小久保が張りのある低い声で「頂戴いたします」と答えて盃を持ち上げ、ゆっくり呑み干した。懐紙で包み、着物の懐にしまう。

「白尾殿に申し上げます。覚悟が決まりましたならこの盃、三口半にて飲み干し、懐中深くお納めください」

頂戴いたします、と答えた麟太郎の声はかすれていた。白磁の薄い盃にくちびるをつける。ひとくち、ふたくち、三口、そしてわずかに残っているぶんをすっと啜《すす》る。酒の味はからく、喉を焼いた。懐紙で包んだ盃は、一瞬迷ったが詰襟の胸ポケットに入れる。

「これにて親子結縁盃の儀式は無事終了いたしました。みなさまがた、お手を拝借」

山田の音頭で手締めをおこなった。三本締めの最後の音が壁に吸い込まれて消えると、毒島はふうと息を吐いて、中剃りの頭を掻いた。

「足を崩せや。ああ、堅苦しいのは苦手だ」

渡世人《とせいにん》の盃事などに比べるとかなり簡略化されたものであるらしいが、麟太郎はものものしさに圧倒されていた。もう後戻りはできない、といまさら震えてくる。

儀式が終わったことを察した仲居が料理を運んできた。華やかな衣裳をまとった芸者たちもすがたを見せる。

「北盛亭《きたもり》は道東じゃいちばんの料理屋だ。どんどん食えや」

タコ部屋では魚といえば塩鮭のかけらや身欠き鰊で、それすら出ない日のほうが多かったので、つやつやと輝く鯛や黒鮪《まぐろ》や帆立や牡丹海老の刺身に思わず息が洩れた。約五か月ぶりに見た女人は天女のように眩《まばゆ》くて、気恥ずかしさで芸者の白く塗った顔をまともに見ることができなかった。海老糝薯《しんじょ》の椀ものや茶碗蒸しは上品な風味で、味がないかやたら塩辛いか極端な味つけだったタコ部屋の食事に慣らされた舌をやさしく包む。口に含むごとに陶然として眼を瞑った。

「おれは内地のとある県の山奥にあるちっぽけな集落で育った。地図に載っていない集落だ。もちろん戸籍なんてもんはねえ。里の人間はまるで鬼ヶ島みてえにその集落を恐れてな、ろくに口を利くことすらできなかった。集落のほうでも里の人間を嫌って、里の男と密通した娘は身内の手で嬲り殺された」

芸者に酌をされるがままにぐいぐいと勢いよく呑んでいた毒島が、赤ら顔で語り出した。せっかくの羽織と袴はだらしなく乱れている。

「十二のときに山を出て、貨物船に忍び込んで北海道に渡った。あの集落の息苦しさに比べりゃタコ部屋なんて極楽だった。タコ部屋じゃどこの生まれかなんてだれも気にしねえや。だれよりも重いモッコを担げるやつが正義だ」

男たちも芸者も座敷にいる者はみな居住まいを正し、毒島を見ている。

「どうせ人間は儚いんだ。どんな偉いやつだろうと死んだら灰になるべや。どんなやつだったのか、なにを考えていたのか、そったらもんは関係ねえや。だが、道路や線路はおれが死んでも、おれの息子が死んでも、孫や曾孫《ひまご》が死んでも生き続けるに違いねえ」

毒島の言葉に、座敷は水を打ったように静まりかえった。

陽が高いうちにはじまった宴会は、夕暮れを迎えるころにお開きとなった。

「おれはこれから八丁目に行く。おめえらはゆっくりしてけ」

毒島は立ち上がり、ほどけかかった袴の紐を締め直す。

「親方、八丁目とはなんですか」と小久保が訊ねた。

「ああ、廓のことだ。ほんとうは北通り三丁目と四丁目の一角にあるんだけどな、中通り八丁目の裏にあるからそう呼ばれてるんだ。おれは昇月楼に三泊ばかり流連《いつづけ》するつもりだ。それまで好きに過ごせや」

毒島が去って座敷の空気がゆるんだ。毒島はゆっくりしてけと言ったが、料理はほぼ食べ終わっており、酒も空になっている。

「わしらも八丁目へ行くか。タコ部屋を出て味わう女の肌に勝る美味はない。そのために働いているようなもんだ」

にわかに眼が輝きを帯びてきた山田に連れられて、小久保と麟太郎も料亭をあとにした。海から吹く風のつめたさに身を縮めながら夕暮れの網走を歩く。遊郭は料亭から徒歩で十分ほどのところにあった。通りに面して二階建ての建物が並び、狐格子の隙間から売りものである女たちがすがたを見せている。上野の動物園の檻のような光景が醜悪に見えて、麟太郎はたじろいだ。ちりけまで衿を抜いて白いうなじを見せている女たちを醜悪だと感じたわけではない。生身の人間を品定めして買う立場であることが、どうにも居心地悪かった。

山田と小久保が敵娼《あいかた》を決めて登楼しても、麟太郎は通りのまんなかに立ち尽くしてまごついていた。番頭が「兄さん遊んでいかないかい」「お客さん、いらっしゃい！」とつぎつぎに声をかけてくるが、あいまいな返事をしてかわす。それでも通りから立ち去らなかったのは、連絡船で菱沼と交わした会話が、やりそびれた宿題のようにずっと胸に引っかかっていたからだ。

「あすこにいる娘たち、ありゃあたぶん廓に売られる娘だな」

船底の三等船室で菱沼は顔面の刀創を下卑た笑みで歪ませ、娘たちを眼で指した。そのうちのひとり、船上で夜の黒い海原に顔を突き出して嘔吐する麟太郎の背をさすってくれた娘の顔を思い出す。汽車の座席でちらちらと不安げな視線をこちらに向けてきた、分厚い目蓋が陰気な雰囲気を醸《かも》していた娘。東京から出たことのない大学生だった自分がどうにか北のタコ部屋で生き延びたように、あの娘も荒波に溺れることなく苦界を泳いでいるだろうか。

あけすけな言葉で娼妓の品定めをしている男たちを横目で見ながら大店《おおだな》の前を通り、そのとなりのややこぢんまりとした妓楼を覗く。「貸座敷　宝春楼」と看板には書かれていた。格子の張り見世のなかには娼妓がぽつんとひとりだけ座っている。火鉢にあたりながら腰を曲げてごほごほと咳をしていた娼妓が顔を上げた刹那、麟太郎は、あ、と声を上げた。

顔を白く塗って髪を潰し島田に結い、赤い仕掛に黒繻子の上衿をかけて、すっかり玄人のなりをしているが、その顔には面影があった。視線に気付いた娼妓も口をぽかんと開けて麟太郎を見つめる。短髪の番頭が粋な黒八丈の羽織をひるがえして、麟太郎に近づいてくる。麟太郎は番頭に声をかけられるよりもさきに口を開いた。

「あの妓《こ》をお願いします」

「胡蝶さん、お客さま！」

番頭の声を背後に聞き、麟太郎はあの娘の源氏名を知った。若い衆に迎えられ、漆塗りの階段を上がり二階の部屋へ案内される。「しばしお待ちを」と告げて出ていった若い衆と入れ違いで、今度は娼妓上がりと思われる玄人然とした痩せぎすな年増の女が入ってきた。

「あの妓はひとりお茶を挽いていたことからもおわかりのように、あまり人気のない妓でして。少しお待ちいただければほかの妓も案内できますが……」

麟太郎は面食らったが、「あの妓がいいのです」と押し通した。玉代や遊びかたの説明を受けて「一円五十銭の泊まりで」と話を決める。

「台の物やお酒はいかがなさいます」

「さんざん呑み食いしてきた帰りなので、けっこうです」

また板張りの廊下を歩き、年増女が襖を開けた部屋に入った。

遊郭に足を踏み入れるのははじめてだったが、タコ部屋で猥談《わいだん》を聞かされていたので勝手はわかっていた。初会の客だから廻し部屋という狭い部屋に案内されるのだろうと予想していたが、鏡台や箪笥があるところを見ると娼妓の本部屋らしい。

「いま呼んでまいりますので。しばしお待ちを」

ひとりになった麟太郎はふと鏡台に視線を向けた。そういえばタコ部屋では鏡を見る機会などいちどもなかった。鏡台に近づき鏡にかかっている布を持ち上げると、腰を屈めて覗き込む。——これが自分か、と戦慄した。

仲間同士で散髪していた髪が乱れているのや、数日前に剃ったきりの髭が伸びているのは鏡を見なくてもわかっていたが、面立ちそのものが別人のように変わっていた。もとから細面だったが頬がさらにこけて頬骨のかたちが浮いている。双眸はぎらぎらと血走っていて、涼しげだったもとの面影はない。子どものころから姉たちに羽《は》二重餅《ぶたえもち》みたいだとからかわれていた色白のやわらかな肌は、よくなめした革のように濃く色づき艶めいている。

まじまじと鏡を眺めていると、襖の開く音がした。

「お待ちどおさまでした、胡蝶でございます」

蚊の鳴くような女の声が耳に届く。布を鏡にかけてもとに戻し、顔を襖のほうへ向けた。

「よろしくお頼み申します」

胡蝶は三つ指をついて頭を下げたつぎの瞬間、手を口にあてて臓腑を吐き出しそうな勢いで咳をした。

「肺が悪いのか？」

麟太郎の胸中には胡蝶の身を心配する気持ちだけでなく、遊郭で花柳病ならまだしも肺病を移されたらかなわないという身勝手な思いもあった。

「数日前に川に入って、それで、風邪を」

苦しげな呼吸のあいまに胡蝶は答えた。

「川？　もう寒いのになぜ？」

麟太郎の問いに、胡蝶はぎこちなく弱気な笑みを浮かべる。それ以上詮索するのも気が引けて、話題を変えることにした。

「憶えていますか、僕のことを。あのころとはだいぶ人相が変わってしまったけれど」

「憶えています。五月に、ここに来る道中で」

「連絡船では世話になったね。ありがとう。お礼が遅れてすまない」

いいえ、と胡蝶はうつむいて短く答えた。

「あれからきみは廓でたいへんな思いをしてきただろうけど、僕も地獄のような場所でさんざん酷いめにあった」

「……タコ部屋ですか」

「よく知ってるね」

胡蝶はもごもごと口のなかで返事をしたが聞き取れず、部屋には沈黙が降りた。タコ部屋から解放された勢いで登楼したものの、いざ女と部屋にふたりきりになると戸惑いと羞恥がこみ上げる。ひと組の布団から眼を逸らし、立てた膝に肘を置いて頬杖をついた。

「僕が蛸ならきみは女郎蜘蛛か。どちらも八本脚だな。蛸や蜘蛛だったら、脚の一本や二本失っても平気だったのに」

窓のほうを見ながら独りごとのように言った。沈黙を恐れてさらに言葉を続ける。

「女郎蜘蛛は躰の大きい雌が自分の半分以下のちっぽけな雄を貪り食らう。蜘蛛の名に女郎とつけたのはよっぽど厚顔無恥な男だろうね。食いものにしているのはどっちなのか――」

黙ってうつむいている胡蝶の頭から鬢付け油の香りがただよい鼻をくすぐる。それに白粉と女の肌のにおいが交ざりあって、なんともいえぬ芳香が麟太郎の内なる男を呼び覚ました。下半身がむくりと疼《うず》く。

「……胡蝶」

麟太郎は細かな傷が残る赤銅色の手を伸ばし、胡蝶を抱き寄せた。仕掛の衿を長襦袢ごとぐいと左右に広げる。頂《いただき》に赤い果実をのせた乳房がまろび出た。やわらかな肉を弄んでいると、胡蝶の手が伸びて麟太郎の服を脱がせようとする。

「自分で脱ぐから」

胡蝶の手を制し、自分の服に手をかけた。逸る手で詰襟の釦《ボタン》を外していると、胸ポケットにかたいものを感じた。盃が入っていることを思い出し、自分は毒島の身内になったのだと再認識して身震いする。不安を押し流すようにせかせかと服を脱ぎ捨てて裸になった。胡蝶の裾を割り太股を指で辿り、脚を大きく開かせる。

息を荒らげながら褥《しとね》に組み敷いた胡蝶の躰を見下ろすと、桔梗《ききょう》のような青紫の痣の花がいくつも肌に散っていた。客に暴力を振るわれたのか、それとも噂に聞く折檻か。呆然と痣を眺めている麟太郎の身に、過去の痛みが甦る。棒頭に「もっと早くトロッコを押せ」という罵声とともに尻を丸太棒で叩かれたときの痛み、毒島に鉄の棒で殴られたときの痛み。

すっと頭が冷めた。それでもこの娼妓の胸を借りて男になるのだとみずからを奮い立たせて、肌を重ねる。しかし今度は眼を閉じて身をかたくしている胡蝶に、菱沼に襲われ屈伏した自分のすがたを見てしまい、全身が硬直して動けなくなった。刀創の走った恐ろしげな面相が目蓋の裏に鮮やかに浮かぶ。ぎょろりと丸い眼で麟太郎を見る腕に彫られた鯉、ごわごわした男の毛をかき分けて咥えた瞬間に口内に広がる塩辛い味――。麟太郎はもはや頭だけでなく躰まで冷水を浴びたように冷めきっていた。がたがたと全身が震え、胃から酸っぱいものが逆流する。

「……白尾さま？」異変に気付いた胡蝶が組み敷かれたまま目蓋を開けて、麟太郎の顔を窺う。「どうしましたか」

「いや、なんでもない」麟太郎は口を押さえて布団から離れ、あぐらをかいて背を丸める。「気分が変わっただけだ。……それから『白尾さま』なんて呼ばなくていいよ。ろくな人間じゃないんだから」

呼吸を整えながら、胡蝶に背を向けたまま言った。

胡蝶の細い手が麟太郎の背を撫で、肩に入った「不垢不浄」の刺青に触れる。色川は腕の良い彫り師だったらしく、下書きもせずにひと晩で彫ったとは思えないできばえだ。沈黙している胡蝶から「こんなものを彫って」という責めるような哀れむような言葉を肌ごしに聞いた気がした。乱れた息遣いがじょじょに落ち着き、菱沼の忌まわしい記憶が遠ざかっていく。部屋をあらためて見まわした。客を招くための部屋とはいえ、持ち主の人柄を感じさせるものがなにひとつない空間だった。書物の一冊もない。

「ここには新聞は？」

胡蝶は戸惑った表情で首を左右に振る。

「欧州の戦乱のゆくえは知っているかい？　日本がドイツに宣戦布告したというのはほんとうなのか？　どうなっているのか知りたい」

さがしてきます、と胡蝶は言葉少なに告げて立ち上がった。乱れた長襦袢を直して部屋から出ていく。麟太郎は火鉢であかあかと燃えている炭を借りて、ゴールデンバットに火をつけた。

根もと近くまで吸い終わったゴールデンバットを火鉢に押しつけて消し、布団に入って夢とうつつの境界をただよっていたころ、ようやく胡蝶が戻ってきた。片眼を上げて見やると、枚数の少ない地方新聞を手に持っている。

「ありがとう。悪いがきみ、読み聞かせてくれるかい。僕はもう目蓋が重くて」

だが胡蝶はいつまでも無言だった。かさかさと新聞を開いたり閉じたりする音だけが部屋に響く。麟太郎は目蓋を持ち上げて胡蝶のほうへ視線を向けた。胡蝶はべったりと濃いインクがのった紙面に虚ろな眼差しを泳がせている。

もしや、と麟太郎は思った。

「文字が読めないのか？」

胡蝶は野原で天敵に出会った小動物のような表情で、はっと紙面から顔を上げた。

「……仮名なら読めます。でも漢字は」

「小学校は？」

「途中で女工奉公に出たので」

麟太郎の生家では女中たちもみな当たり前のように読み書き算盤ができたし、年若の女中は奉公しながら高等小学校へ通っていた。いままで読み書きのできない者と触れあう機会があっただろうか、と考えて、はたと気付く。タコ部屋にもおそらく読み書きのできない者がいたのではないだろうか。あそこでは読み書きの機会すらなかったから気付かなかっただけで。

「きみ、名前は」

布団から出た麟太郎は座布団に腰を下ろし、胡蝶に向かって訊ねた。

「胡蝶です」

「それは知っている。ほんとうの名は？」

「……八重子です」

やえこ——弥生子、やゑ子、八重子、矢江子、と麟太郎は空中に指で字を書いた。

「どういう字を使うか知ってるかい？」

「八重桜の八重だって、聞きました」

「なるほどね」

頷きながら帆布製の四角い雑嚢を開け、ノートと木製の筆箱を取り出す。畳の床にノートを広げ、さらさらと鉛筆で大きく「八重子」と書いた。

「これがきみの名前だ。ほら、鉛筆を」

鉛筆を渡してノートを胡蝶のほうへ向けた。背後にまわり、鉛筆を握った胡蝶の右手を上から包み込む。麟太郎に誘導されるまま、胡蝶は鉛筆の芯を震わせて字を書いていく。

「そうそう、上手だ。末広がりの八が重なる、とてもめでたい名前だね。開運の名だ」

胡蝶はくしゃっと顔を歪めた。笑みとも泣き出しそうな顔とも違う、腹のなかが読めない表情だった。麟太郎は鉛筆を取り返し、さらに字を書く。

「この楼の名前、宝春楼はこう書く。宝に春」

「宝に春……そんな名前だったんですか」

「網走のような冬が厳しくて長い地では、春は特別な意味を持つのだろうね」

宝春楼、宝春楼、と胡蝶は角張った金釘文字を繰り返し書いた。

「語彙《ごい》、つまり知っている言葉の数は、知識の量そのものだ。言葉を憶え、漢字を憶えていくなかで考える力は増していく。きみはこれからどんどん賢くなっていくだろう。どんなに濁った場所にいても、その水に染まってはいけないよ」

結局、ノートを使い切るまで漢字を教えてそれから眠った。翌朝、眼を覚ました麟太郎が胡蝶をさがして首を動かすと、胡蝶はノートの端に教えた字を何度も書いていた。

手水場《ちょうずば》に案内してもらって顔を洗い、身支度を調える。雑嚢から角帽を取り出してかぶったが、もう自分には似合わない気がして脱いだ。

「これは僕の通っていた大学の学帽だ。ここに置いていくよ」

通っていた、と過去形で語ったとたん、胸が火傷《やけど》を負ったようにひりひりと痛んだ。

麟太郎は胡蝶に見送られて宝春楼を出た。一夜の夢が醒めて腑抜け面の男たちが妓楼から出て通りを歩いている。あくびをしながら寝癖がついた頭を掻いている男、顔を隠すために帽子を目深にかぶっている男。遊郭を出てあてもなく歩いていると、書店を発見した。吸い込まれるようにちいさなその店に入り、小説本をいくつか手に取ってぱらぱらとめくる。しかし文字が頭に染み込んでいかない。鮮烈なタコ部屋の記憶と比べると物語はどうしても色褪せてしまい、没入できそうになかった。

顔を上げると、色鮮やかな少年雑誌や少女雑誌が眼にとまった。川端龍子《かわばたりゅうし》による少女絵が表紙に描かれた「少女の友」に手を伸ばす。麟太郎のふたりの姉が女学校に通っていたころ、この雑誌を毎月愉しみに読んでいたすがたを思い出し、懐かしさに胸がほんのりあたたかくなった。夕食のさなかにもちゃぶ台の下でこっそり読もうとして、父に大目玉を食らっていたっけ。記憶のなかの姉たちの顔が、うつむいてノートに下手な字を書く胡蝶の真剣な面持ちに変わる。同じ時代、同じ国に生きている女なのに、「今日は帝劇、明日は三越」の宣伝文句に踊らされた暮らしぶりの姉たちと、北の遊郭に幽閉されたあの娼妓はなんと遠く隔てられているのだろう。

ぱらぱらとめくると、小説や詩が載っている。女学校の卒業年齢を越えていて、しかも夜ごと金で男に抱かれる身である胡蝶には、ここに載っているお話は幼稚な夢物語かもしれないといったんは棚に戻したが、いや、だからこそと思い直す。

「おやじさん、これください」

帳場で算盤を弾いている男に告げて、「少女の友」をかざして見せた。

十銭を払って店を出ると来た道を引き返す。客が去った遊郭はがらんとしていた。宝春楼の前では番頭が地面を掃き清めている。

「胡蝶にこれを渡してくれないか」

麟太郎はなかば押しつけるようにして番頭に少女雑誌を渡すと、返事を待たずに足早に立ち去った。しばらく歩いてから振り返って、宝春楼の唐風の大きく張り出した屋根を仰ぎ見る。

——八重子、またいつか。

平成二十八年十月

海苔のようにべったりとした黒い髪を、頭の低い位置でひとつに束ねた沙矢は、大学構内のカフェテリアで具がほとんどないカレーライスを食べていた。いま、この空間でリクルートスーツを着ているのは沙矢だけだ。ようやくスーツを着ていても汗をかかない季節になったが、大学からスーツすがたの学生は減ってきている。少し前までモノトーンだったゼミも色彩を取り戻しつつあった。

スプーンを口に運びながらスマホをチェックする。ＬＩＮＥにメッセージが届いていた。数か月前に印刷会社のグループディスカッションで同じ班になった他大学の男の子からだ。『住宅メーカーの二次面接、通った！　来週三次！　いい加減決めたいっす』。沙矢は『おめでとー。頑張って！』と文字を打ち、猫のキャラクターが親指を立てているスタンプを送る。彼とは最近こまめにやりとりしているが、情報を交換したり励ましあったりしているだけで、いまのところ恋愛に発展する気配はない。恋愛、という言葉を思うと、拓真の顔が浮かんで胸が針で刺されたように痛んだ。

去年の夏休みのあと、旅行の約束を反故《ほご》にされたのがどうしても許せなくて、意地を張ってしばらく無視していたら、拓真からの連絡はいっさい来なくなってしまった。電話もメールもLINEもレスポンスはない。情緒不安定になって何十回も着信を残したり泣きながら留守電にメッセージを吹き込んだこともあったが、折り返しかかってくることはなかった。はじめての彼氏で、将来結婚できればいいなと漠然と考えていただけに、自然消滅を狙っているかのような態度はショックだった。拓真にとって私はそれほど大切な存在じゃなかったんだと思うと、自分がみじめで叫び出しそうになる。

一時期は拓真を忘れるため、友だちに頼んで合コンを開いてもらったり男の子を紹介してもらったりしたけれど、ぴんとくる相手には出会えず徒労に終わった。就活が本格化してからは、なるべく拓真のことを思い出さないように日々を送っている。

沙矢はカレーの最後のひとくちを食べ終わると、皿を横によけた。となりの椅子に置いてある黒い合皮のリクルートバッグを開き、クリアファイルを取り出す。なかにはメールで回答してもらったアンケートをプリントアウトしたものが入っていた。卒論の資料だ。ここ数か月は卒論の作業を中断して就活に専念していたが、気分転換にと持ってきたのだ。

網走の図書館で偶然手に取った本に書いてあった、ひとりの女性の人生。あの女性を知ったことで、卒論テーマも決まった。日本の性風俗産業の歴史とそこに従事する女性の変化について。構成についてはすでに担当教授のゴーサインをもらっている。

現代のセックスワーカーの女性たちにインターネットで接触して依頼したアンケートの結果を読みながら、沙矢の意識は網走の図書館へ飛んでいく。

あの日、図書館で見つけた本の「娼妓から網走の名士へ」の章を読んだあと、沙矢は司書の女性に網走のむかしの地図はないかと訊ねて戦前の詳細な市街地図を見せてもらった。「大日本職業別明細図」というもので、細かな手書きの文字で商店などの名前が書き込まれている。眼をこらして見ていると、××楼という妓楼らしき店が六軒ほど並ぶエリアを発見した。遊郭と呼ぶにはこぢんまりとしているけれど、ここがあの女性がいた場所だろう。

地図をコピーして図書館を出た。来たときと同じ道を通り、網走川を渡る。手もとの古い地図と周囲の風景を比べながら歩いた。地図によると当時の網走駅は現在よりも海に近い場所にあったらしい。駅の周辺に店が少なかった謎も解けた。本来の網走の中心地はこっちだったのだろう。交差点を横断し、さらに歩く。昭和のころに建ったのであろう年季の入った建物が多かった。瓦屋根などは見当たらず、トタン屋根を載せた灰色の四角い殺風景な建物が多い。複数のスナックが入っている雑居ビル、廃墟らしきパチンコ店。懐かしい雰囲気の商店街はシャッターが目立つが、それは日本全国どこの地方でも見られる光景だ。

地図を見ながらぐるぐると歩きまわり、お好み焼き店や焼き肉店やラーメン店がぽつぽつとあるエリアで立ち止まった。遊郭があったのはこのあたりだろうと目星をつける。営業していない店が多いのは昼間だからだろうか。夜は賑わっているのだろうか。建物を観察しても、地面を凝視しても、ここが遊郭だったと示す形跡はなにもなかった。

——ねえ、ここには借金でがんじがらめにされた女性たちが閉じ込められていて、若い日々をひたすら搾取されていたんです。知っていますか？

店のひとつに入ってそう訊ねる自分を想像してみる。もちろん実行はせず、地図をデイパックにしまうと駅に向かって歩きはじめた。

忘れられるのって、風化するのって、いいことなんだろうか。それとも悪いことなんだろうか。沙矢にはよくわからなかった。

「待たせた？　ごめん」

肩を叩かれて物思いから現実に引き戻された。首を巡らせるとリクルートスーツを着た由紀が立っている。スーツ仲間が来たことに内心ほっとした。

由紀は沙矢の向かいの席に座るなり、「どうよ？　シュウくんは」と訊《き》いてきた。就活という言葉を使うのも聞くのもいい加減うんざりなので、「シュウくん」と彼氏のように呼ぶのが最近由紀と沙矢のあいだでは流行っている。

「最終の返事待ち」と沙矢は簡潔に答えた。

現在、葬儀会社が最終面接の返事待ちで、外食チェーンが二次面接まで進んでいる。当初希望していた旅行会社は、就活が解禁になった直後に立て続けに書類選考で落とされて、自分には適性がないのだとすっかり意欲がしぼんでしまった。ＯＧ訪問で会った先輩から仕事内容を聞いて、激務ぶりにひるんでしまったというのもある。

とにかく、どんな業種や職種であっても最初に内定をくれた企業に就職しようと決めていた。早く終わらせて身軽になりたい。思うことはそれだけだ。就職してからが本番だと言うけれど、そんな正論、いまの自分には刺さらない。今年は売り手市場だとニュースで言っていたことを思い出し、苦戦しているのは自分だけの気がしてますます焦燥感が募る。先日、ゼミで内定式の話をしている子たちがいて、その場で泣きそうになった。

「握手は？」

「なかったんだよねえ」

沙矢はアンケートをバッグにしまいながら大げさなため息を吐いた。最終面接で面接官から別れ際に握手を求められた場合は内定確定、という噂は必ずしも正しいわけではないが、就活生のあいだでは常識だ。

「私もなんか食べようかな」沙矢のカレー皿を見た由紀がバッグから財布を出して食券機に向かった。

テーブルに置いたスマホが振動する。母からＬＩＮＥのメッセージが届いたらしい。

『保育士講座の資料が届きました。企業で肩肘張って男のひとと競争するよりは、子どもと触れあうほうが沙矢ちゃんには向いていると思います。将来自分の子を育てる予行演習にもなるしね。沙矢ちゃんのことはママがいちばんわかってるよ』

――保育士講座？　まったく身に憶えのないことで困惑したが、食卓テーブルに通信教育のチラシが置いてあったことを思い出す。母はそれを見て資料請求したに違いない。

沙矢は首を振ってスマホを置いた。母なりに就活に苦しむ娘を心配しての行動だろうけれど、余計なお世話としか言いようがなかった。自分だって子育てで保育士の世話になったことがあるのだから、決して楽な仕事ではないと知っているだろうに。そもそも沙矢は子どもがあまり得意ではない。

さらにメッセージが届いた。『また勝手なことして、って怒ってる？　でも、あなたのためだから』。――あなたのためだから。流行りの丈にしていた制服のスカートの裾を沙矢に無断で長く伸ばしたときも、沙矢が買ってきた服を「安っぽくてみっともない」と貶《けな》して自分の見立てた服を与えるときも、母はそのひと言で反論を封じてきた。

コップの水を飲み干す。思考はまた去年の夏の北海道旅行へ戻っていた。金華の小高い丘で見た追悼碑が思い浮かぶ。網走の遊郭にいた女性の件と同様に図書館の本を読んで知った、常紋トンネルの悲惨なタコ部屋労働。トンネルの壁から出てきた人骨。

帰りの特急オホーツクで、常紋トンネルに入る際に意識して窓の外を見ていたが、想像していたよりも短くてあっというまに通り過ぎてしまった。こんなに短いトンネルの工事で多くの血が流れたのだから、広大な北海道の大地にはどれほどの数の屍《しかばね》が眠っているのだろうと思うと、ぞわっと寒気がした。

「ねえ、タコ部屋って知ってる？」

うどんを載せたトレイを持って戻ってきた由紀に訊《たず》ねた。言ってすぐに、なんで私こんなこと訊いちゃったんだろうと後悔する。

「タコベル？　タコスの？　渋谷にあるよね、食べたことないけど。私、メキシコ料理って苦手で」

由紀の見当外れな返事にふっと笑いが洩れた。

「違うよ、タコベルじゃなくてタコ部屋。戦前とか、むかし、労働者を監禁して過酷な肉体労働させてたやつ」

「ああ、『蟹工船』的な？」

「そうそう。『蟹工船』は船だからタコ『部屋』ではないけど」

「……むかしのことかなあ」由紀はうどんを食べる手を止めて、なにかを考えるように天井を見上げた。

「え？」

「いまもあるんじゃないの？　そういうのって」

「タコ部屋が？」

「うん。かたちは違うかもしれないけど。ほら、福島の原発作業員とかさ。監禁はされてないだろうけど、ピンハネされまくってるケースもあるらしいって一時期話題になってたじゃん。五次下請けとか六次下請けとか、東電と現場の作業員のあいだにいっぱい企業が挟まってるって話。ほかの業界でもそういうのってたぶんあるでしょ、不当な労働みたいなのは。外国人の技能実習生の問題も根っこは同じじゃない？　なんていうか、使い捨ての労働力はいくらでも雑に扱っていいって土壌が、この国にはむかしからずっとある気がしてる」

「不当な労働……」

「まあ、うちらは労働させていただくために必死こいて頑張ってるんだけどね」

「由紀、スーツ着てるけどこれから面接？」

「うん。通販会社の最終面接。あー、緊張する」

「シュウくんが終わったらお祝いに旅行にでも行こうよ」

「卒論が待ってるけどね」

「滅入ること言わないでよ。台湾食い倒れツアーがいい？　それともハワイかグアムでリゾートしちゃう？」

「うーん、私、旅行はパスかな。就職したら奨学金を返していかなきゃいけないから。借金返済生活が待ってると思うと遊ぶ気になれなくて。旅行、宮澤《みやざわ》先輩と行ったら？」

「拓真？　仕事で忙しいから無理じゃないかな」

拓真とは別れたも同然の状態だということを由紀には話していなかった。自分でも納得できていないことを、うまくひとに説明できそうにない。

「えっ、沙矢、知らないの？」由紀は驚いた顔を見せた。

「なにが？」

「宮澤先輩、仕事辞めて千葉の実家に帰ってるって話だよ」

ＬＩＮＥを送っても既読にすらならない。メールを送っても返事は来ない。電話はいつも八回コール音を響かせてから留守電に切り替わった。大学の教務課で実家の電話番号を教えてもらおうとしたが、プライバシー保護のため断られた。拓真のむかしのバイト先なども訪ねてまわり、ほかの学部に同じ中学の出身者を見つけて実家の電話番号を教えてもらうことができた。

緊張しながらかけた電話に出たのは、お母さんらしき女性だった。

「拓真くんの大学時代の友人の上原といいます。あの、拓真くん、いらっしゃいますか」

「はい、少々お待ちくださいね」

ぱたぱたとスリッパの乾いた足音と、たくまー、お電話よー、上原さんって子からー、という声がスマホの向こうから聞こえる。

――ほんとうに実家にいるんだ。なんで連絡くれなかったの？　私のこと、どう思ってるの？　なんで会社、辞めたの？　感情が乱れて胸のなかがぐちゃぐちゃになる。

「もしもし？」と電話に出た拓真の声を聞いた沙矢は、「拓真……」と呼びかけたきり、涙があふれて言葉が出てこなくなった。

「沙矢、ごめん」

どうして、どうしてなの、としゃくり上げながらどうにか言葉を振り絞る。

「……会おうか。電話じゃうまく説明できそうにないから。沙矢が厭じゃなければ、だけど」

拓真の家の最寄り駅である本八幡《もとやわた》の、駅直結ショッピングセンターに入っているコーヒーチェーン店で待ち合わせることになった。出かける前に、三年前の誕生日にもらったピアスを刺そうとしたが、ピアスの穴は就活のあいだにすっかり塞がっていた。

沙矢が店に着くと、拓真はすでにテーブルにいた。最後に会った去年の夏のげっそり痩せたすがたとはうって変わって浮腫んで太っている。沙矢はカウンターでアイスコーヒーを注文して受け取ってから、拓真の席へ向かった。

「久しぶり」むりやり笑顔をつくって声をかける。

「わざわざ来てもらっちゃってごめん」

拓真は眼が隠れるほど髪が伸びていた。家を出る前にあわてて髭を剃ったのか、顎に血がこびりついている。

「東京からわりとすぐなんだね。こっちのほうってあんまり来たことないから、もっと遠いのかと思ってた」

「ああ、うん」

しばらく沈黙が流れた。沙矢はアイスコーヒーのストローに口をつける。さきに言葉を発したのは拓真のほうだった。

「もう内定出た？」

「ううん、まだ」

「秋採用もあるし、焦ることないよ」

「そうだね」

また会話が途絶える。今度は沙矢が沈黙を破った。

「いつ、こっちに帰ってきたの？」

「七月ごろかな」

「会社を辞めて？」

「そう」拓真はうつむき、テーブルに載せた手を握りしめたり開いたりしていたが、意を決したように顔を上げた。「自殺未遂したんだ。会社で」

「……え？」

「あの日、上司に罵倒されてたんだけど、いつものことだから慣れっこだったはずなのに、突然壊れた蛇口みたいにじゃーじゃー涙が流れて。オフィスのフロアから飛び出して、そのさきは記憶があいまいで。気付いたらトイレの床に倒れてて、まわりにひとが集まってた。個室のドアの上の部分に、ネクタイが引っかかっているのが見えた。喉がすごく痛くて、なにか言おうとしても声が出なくて。あとから自分がなにをしようとしていたのか知った」

拓真はひと息にそう言い、紅茶を喉に流し込むように荒っぽく飲んだ。

「……去年の夏に会ったとき、すごくやりがいを感じてるみたいなことを言ってたのに、あれは強がってただけなの？　ほんとはあのとき、つらかったの？」

鼻の奥がつんと痛んで視界が涙の膜で歪む。気付けなかった自分がふがいなくて許せない。

「あのときは本気でそう思っていたんだ。……いや、わからない。洗脳みたいな状態だったのかもしれない」

拓真と別れた沙矢は国分寺《こくぶんじ》の自宅に帰るため、御茶《おちゃ》ノ水《みず》で総武線各駅停車から中央線快速に乗り換えた。ちょうど会社員の帰宅時間に重なったらしく、車内はスーツの大人で混雑している。吊革に摑まりながら、つい彼らの顔を窺ってしまう。仮面のような無表情の奥に隠された感情をさぐろうとする。

新宿で大勢が降りて目の前の席が空いた。腰を下ろすのと同時に、手に持っていたスマホが振動する。画面を見るとメールが届いたところだった。就活に使っているメールアドレスはスマホにも転送されるように設定している。メールの件名を見て、息をのんだ。

『採用内定のご通知』

最終面接の返事待ちだった葬儀会社からのメールだった。面接から一週間以上経っていたので、駄目だったのかと諦めかけていた。

『先日は当社の社員採用試験（最終面談）にお越しいただき、誠にありがとうございました。選考の結果、上原様を当社社員として採用することに決定いたしましたのでご連絡いたします。つきましては、ご提出いただく書類を本日郵送いたしますので――』

死ぬほど欲しかった内定のはずなのに、急に不安で泣きそうになる。これでよかったんだろうか。就活の枠組みのなかで自分の人生を決めていいんだろうか。小学生のころ、「将来の夢」の作文でなんて書いたっけ。死や亡骸と向きあう仕事を、はたして自分にこなせるんだろうか。

――人生最後のセレモニー。こころのこもったお見送り。一期《いちご》一会《いちえ》のご縁。ご遺族に寄り添う。感動を届ける。社員同士の絆。ご遺族からいただくほんものの「ありがとう」。

企業説明会での話や採用情報のサイトには、羅紗《ラシャ》でくるまれた言葉があふれていた。やわらかく分厚い羅紗を剥いだら、なにが出てくるのだろう。

最終面接で交わした会話が脳裏に甦る。

「ご家族のかたには弊社を受けていることを話していますか」

「はい。どんな時代であっても社会に必要とされる、やりがいのある仕事だって応援してくれました」

「そうですか。家族に反対されて辞退するひともたまにいるんですよ」

嘘だった。沙矢はまだ、両親にこの会社を受けていることを話せていない。

「弊社を志望した動機をお聞かせください」

最終面接だけでなく、その前の面接でも繰り返し訊かれた質問。もちろん履歴書にも書いてある。

「祖父の葬儀のときに、てきぱきとスムーズに、でも事務的ではなく私たち遺族のこころに寄り添いながら、素晴らしい式をおこなってくれた葬儀会社のひとに感銘を受けて、この業界に興味を持ちました。業界研究をするなかで御社のことを知り、御社の企業理念である――」

つくり話ではない。でも真の志望動機とは言いがたい。だからといって「企業説明会の御社のブースはがらがらで、ここなら私でも採用されるかもしれないと思ったんです」と正直に答えて内定をくれる企業はないだろう。

沙矢は考える。もしかしたら私の志望動機は、母への反発なのではないか。母の思う「沙矢ちゃん」は葬儀会社で働かないだろう。知り合いの噂話をしているときやテレビでニュースを見ているとき、無邪気で無自覚な差別心を垣間見せる母のことだから、娘が葬儀会社で働くと言い出したら動揺して偏見をぶつけてくるに違いない。卒論だってそうだ。女性問題への関心は建前で、性の話題を取り上げることで娘には清らかであってほしいと願う母に当てつけているんじゃないか。自分がその世界に飛び込む勇気はないから、研究という隠れ蓑《みの》を使って。

むかしは母のことが純粋に大好きだった。親友みたいな母と娘だった。いつからこうなってしまったのだろう。——そう、あれは中学二年の夏休みだ。

それまでは近所の美容室に母とふたりで通っていたが、友だちに連れられてお洒落な店に行き、雑誌の写真を指して髪をカットしてもらった。帰宅した沙矢を見て、母はひとことだけ冷ややかに呟いた。みっともない髪型、と。翌日、いつもの美容室に連れていかれて母の指定する髪型に直された。あれ以来ふたりの関係は微妙に変わってしまった。母は、沙矢の選ぶものをことごとく否定するようになった。

沙矢はスマホ画面に表示された内定通知メールを眼球が痛くなるほど見つめ続けた。デジタルの文字の向こうには闇が広がっている。

大正四年二月より

一

窓硝子はいちめん真っ白に凍りつき、霜の花が咲いている。まるで透かし模様の障子紙を張ったようだ。冬の底、二月の室内は分厚い綿入れ半纏を着ていてもなお寒く、三人の女はひとつの長火鉢に座布団を近づけて座っていた。楼主の部屋である内所には最近薪《まき》ストーブが置かれたが、娼妓の部屋はあいかわらず火鉢のみだ。

「ねえ知ってる？　もうじき新しい妓《こ》が来るんだって。おとうさんと銀さんが話してるのを聞いたの」

百代は白粉を塗っていない頬を光らせて、蜜柑の皮を剝きながら話題を提供した。

おとうさんとは楼主のことで、銀さんは番頭の銀蔵のことだ。

「百代の後釜か。ま、どんな妓であっても稼ぎ高では百代の代わりにはならないだろうけど」

松風は敷島をくちびるから離し、天井に向かってふうと煙を吹いて言った。

「松風、蜜柑は？」

「あたしは一個で充分。果物より煙草のほうが好きだね」

胡蝶はふたりを眺めながら蜜柑の房を口に含んだ。粒が弾けて甘酸っぱい果汁が口のなかに広がる。百代が馴染みの客に蜜柑をどっさりもらったので、胡蝶と松風は部屋に呼ばれてご相伴《しょうばん》にあずかっていた。室内には柑橘《かんきつ》の爽やかな香りが立ちこめている。宝春楼のお職である百代の年季明けがいよいよ迫っていた。春のおとずれとともに、百代は自由の身になる。

「樺太行きの準備はしてるのかい？」

「あったかくなってから行こうって巽さんが言ってるから、まだ」

「ここには何年いたんだっけ」

「五年。長かった」

「五年かあ。あたしなんか数えで十三の年に芸者屋に売られて、十八で惚れた男に騙されて吉原の大門くぐって、二十二で仙台《せんだい》の小田原《おだわら》遊郭、二十六からはここ。どんどん北上してるから、あたしもつぎの廓は樺太かもねえ。ああ、寒いのはもうたくさん」

「樺太で再会したらまた仲良くしましょうね」

「そのときはあんたはもう堅気の奥さまじゃないかい。あたしと道ですれ違っても無視するに決まってるよ」

「その程度の仲じゃないでしょ、わたしとあなたは」

百代と松風はなごやかに会話を弾ませているが、胡蝶は座布団の上で尻をもぞもぞと動かしながら潮どきをさぐっていた。一瞬沈黙が落ちたのを逃さずに口を開く。

「……わだすはそろそろ髪を結いに。蜜柑ごちそうさまでした」

立ち上がったとたん、視界がぐらりと揺れて白く霞んだ。座布団に手をついてうずくまる。

「どうした、なにもないところでつまずいて。耄碌《もうろく》するにはまだ早いよ」

松風は笑いながらも心配そうな眼差しを向ける。

「……胡蝶、月のお客さまでしょう。わたし、鼻が特別に利くから血のにおいがわかるの」

百代に臭気を指摘されて、胡蝶は頬を赤らめた。

「あなた今月まだ休みを取っていないでしょ、今日は休みなさいよ」

宝春楼の娼妓たちの休日は月に一日だけと定められていた。体調のすぐれない日にその休みを使う者が多い。その一日以外は、たとえ月の障《さわ》りのときでも海綿を押し込んで客を取らなければならない。月経のあいだずっと休んでいたら、生きているうちには廓を出られないほど借金がかさんでしまう。

「そうそう、休みな。あたしはお月さんのときは痛みが酷くて起き上がることすら難儀だよ。廓づとめが長いせいで躰が冷えきってるからね。『松風は肌がつめたくて氷を抱いているようだ』って客にも文句を言われたさ。洗浄のクレゾール、あれがいけないんだ」

「早くおヨシさんに休みたいって言ってきなさいよ」

「いえ、このぐらいなら平気」

胡蝶は口角を引き上げて笑顔をつくり、痛む下腹をさすって立ち上がった。

「精が出るねえ。先月はとうとうあんたに席順を抜かされちまった」

席順とは張り見世での座る順番で、稼ぎ高で決まる。楼主や遣り手の態度の差はもちろん、宝春楼では風呂に入る順や食事の順までこの席順で決まるので、娼妓たちは毎月壁に貼り出される席順を見て一喜一憂していた。

「肌もぐんと白くなって艶が出てきたじゃない。いつも風呂で熱心に糠袋《ぬか》でこすってるおかげね」

「積もりたての雪のように真っ白な百代さんに言われるなんて、そんな」

「あら。この妓、お世辞も巧くなった」

「あたしも胡蝶に世辞を習おうかな。ちったあ客の受けもよくなるかもしれない」

からからと笑うふたりに「またあとで」と告げて胡蝶は部屋を出た。階段を下りて一階の奥にある番頭部屋を訪ねる。

「銀さん、あの、このあいだの手紙、できていますか」

「ああ、できている」

煙管に刻み煙草を詰めていた銀蔵は立ち上がり、簞笥の抽斗を開けた。封筒を取り出して胡蝶に渡す。胡蝶が封筒から紙を取り出して広げると、男が書いたとは思えないたおやかな字が並んでいる。水中でゆらゆらと揺れる細い水草のような字だ。胡蝶は達筆だと評判の銀蔵に客に送る手紙の代筆を頼んでいた。

「ありがとうございます。お代はつぎの玉割《ぎょくわり》の日に」

玉割とは客の払った玉代の分け前だ。雀の涙であるうえに、髪結賃や洗濯代や衣裳の月賦などを支払うと自由に遣える金はほとんど残らない。

「あの、わだすが渡した紙は」

「ああ、これか」

銀蔵がくず入れから紙を拾い上げて差し出す。銀蔵に頼む際に「これを清書してください」と言って渡した紙だった。胡蝶は頬をかあっと染め、ほとんど引ったくるようにして受け取って袂に押し込んだ。

部屋に戻った胡蝶は箪笥から硯箱を取り出した。長持を文机《ふづくえ》の代わりにし、借金をこしらえて揃えた書道具を並べる。袂からくしゃくしゃになった紙を取り出し、広げてしわを伸ばした。いびつなかたちの平仮名と片仮名が入り交じっている下書きの横に、銀蔵が清書した手紙を並べた。

『私のことを憶へてゐますか。胡蝶はあなたさまのことを忘れた日はありません。朝晩お灯明を上げて、あなたさまが来るやう祈つてゐます。早く来てくだされ。あなたさまのゐない冬の夜は寒くてたまりません。胡蝶』

わ、た、し、と声に出しながら「私」という漢字を指で宙に書いてみる。幾度か同じ動作を繰り返してから座り直して背すじを伸ばした。水挿しを傾けて硯に水を垂らし、墨を磨る。透明な水が艶のある黒に変わると、それを小筆に含ませて、銀蔵の手本を見ながらひと文字ひと文字ぎこちない手つきで書いていく。

──朝晩お灯明を上げて、か。

胡蝶は手を動かしながら重いため息を吐いた。灯明を欠かさず上げているのは事実ではあるが、祈っているのは客が来ることではなく、息子の太郎の成仏だ。

一枚の半紙を文字で隙間なく黒く塗り尽くし、ふやけた紙に穴が開くまで、胡蝶は同じ文面を繰り返し綴った。


建てつけの悪い戸が軋むような、大砲の轟きのような、巨大な動物が呻くような、奇怪な音が夜の空気を震わせて海の方角から響いてくる。流氷鳴きと呼ばれる、波のうねりで氷が揺れてこすれる音だ。流氷は一月の終わりごろに接岸し、紺碧《こんぺき》の海を蒼白い大地に変えた。

空がしらじらと明けはじめようとしていた。数刻前までは艶《なま》めかしい声があちこちの部屋から洩れていた宝春楼は静まりかえっている。胡蝶は口をぽっかりと開けた間抜け面で眠りこけているかたわらの男を一瞥《いちべつ》すると、布団から出た。乱れた長襦袢を直して綿入れ半纏をはおり、鬢の後れ毛を撫でつける。静かに襖を引いて廻し部屋から冷気に満ちた廊下に出て、素足に上草履を履いた。両腕を抱いて身震いしながら小走りで自分の本部屋へと急ぐ。

そのとき、流氷鳴きに重なるように、叫び声が妓楼に響き渡った。手負いの獣が頭を振りまわしながら咆哮《ほうこう》しているような絶叫だ。胡蝶はびくっと肩を縮めて足を止める。それは息継ぎのわずかな間を置いてふたたび響いた。

以前、夜伽《よとぎ》の最中に昂奮した客に首を絞められたことがあった。廊下に控えていた若い衆が異変に気付いて部屋に飛び込み、客を殴って引き離してくれたが、思い出すだけで息苦しくなる。首には指の跡が赤い帯となってしばらく残り、白粉を濃く塗って隠さなければならなかった。よその妓楼では客に匕首《あいくち》で刺された娼妓もいると聞く。

また悲鳴が響いた。室内で繰り広げられている地獄絵図を想像して、寒気とは違う震えが足もとから這い上がった。唾を呑み下し、音を立てぬようにそろそろと歩を進める。声は百代の本部屋から聞こえているようだった。胡蝶は部屋の前に跪《ひざまず》くと、源氏襖《げんじぶすま》に張られた明かり取りの障子紙にひとさし指を突き刺して、ちいさな穴を開けた。

ランプの明かりを映して赤く色づいた肌に、まず視線を引きつけられた。ぬらぬらと光っているのは汗をかいているためだろうか。肉づきのよい腰が跳ね、重たげな乳房が舞う。乳房の先端は茱萸《ぐみ》の実のように熟《う》れて、いまにも弾けそうなほど膨らんでいる。腰が持ち上がった瞬間、手入れを施された漆黒の叢に突き刺さる赤黒い剛直が覗き、その逞しさに胡蝶は息をのんだ。

一糸まとわぬすがたの百代が寝そべった男の上で卑猥に踊り、叫んでいる。この妓楼では客と褥をともにするときに、長襦袢の帯を解いてすべてを脱ぐことはめったにない。ひと晩に複数の客を取るのにいちいち身支度するのがめんどうだからだ。脱がせたがる客はいるが迷惑な客として陰で疎《うと》まれていた。

「あぐっううう……おおおぉ――」

夜ごと百代の部屋から洩れ聞こえる仔猫のように甘やかな声とはまるで違う、恥も外聞もかなぐり捨てた声。鬢がほつれ髷が落ちかけ、口の端からはよだれが垂れている。みだらに歪んだ品のかけらもない顔は、眼を弓なりにしておっとりとほほ笑む普段の百代とは別人のような人相だ。百代が腰をくねらすたびにぐちょぐちょと粘ついた水音が響く。むんとなまぐさいような甘ったるいようなにおいが、廊下にいる胡蝶のところまで迫ってくる。敷布に大きな染みができているのが薄暗いなかでも見てとれた。

「巽さん、もっとぉ、もっと深く抉って、壊して、わたしを殺して、巽さぁん……」

咆哮のあいまにかろうじて聞き取れる言葉を口走る。胡蝶ははっと眼を見開いた。

——巽さん。百代さんの間夫、いとしいひと。

百代はみだらに蕩《とろ》けた正視に耐えないほど下品な表情で、眼だけはかろうじて理性を宿して男を見つめている。胡蝶は長襦袢の合わせ目に手を差し込み、自分の乳房をぎゅっと摑んだ。速い鼓動が手に伝わってくる。

「あひっ、ひいいい、もう駄目、気をやる、気をやってしまう……ひああっ、あ、ぐあああああっ！」

百代はおとがいを天井に向け、壮絶な絶叫を上げて全身をがくがくと痙攣させた。仰《の》け反《ぞ》った喉の白さが網膜に焼きつく。息をするのも忘れて見つめながら、遣り手のヨシの言葉を思い出していた。

「いちいち気をやっていたら疲れちまって躰が保たないからね。芝居の巧さも器量のうちだよ」

ヨシはことあるごとに娼妓たちにそう語ったが、胡蝶には「気をやる」という言葉がわからなかった。いや、言葉が意味するだいたいのところはわかる。躰がその感覚を知らないのだ。それでも「芝居」は、鶯の雛《ひな》が親鳥の真似をして啼きかたを憶えるように、ほかの部屋から夜ごと聞こえる声音を倣《なら》って習得した。以前は眼をかたく瞑ってされるがままの人形になっていたが、最近は媚《こ》びを含んだ上目遣いで見つめたり、眉間《みけん》に力を入れてわざと苦しげな表情をつくったりと技巧を凝らしている。「お前もようやく女の悦びがわかりかけてきたな。いい声で啼くようになった」と常連の客に言われたこともある。

だが、百代の嬌態を目の当たりにして、自分の芝居など児戯のようなものだったと悟った。早く立ち去らなければと思っているのに、全身から力が抜けて動けない。腰巻だけでなく長襦袢の尻まで濡れているのが感触でわかった。海綿で吸いきれなかった血が洩れたのかと焦って指を腰巻のなかに差し入れる。ぬるりと熱い襞に指は呑み込まれ、下腹が快感でうねった。んん、と声を洩らして指を抜く。かざすと透明な蜜が糸を引いているのが見えた。

底冷えする廊下にいるのに顔が熱く、腋や胸の谷間にじんわりと汗が滲んでいる。火照った躰を抱え、よろける足で自分の本部屋へ向かった。

静かに部屋に入ると、材木商だというもうひとりの客がごろりと寝返りを打ち、大あくびした。

「どこ行ってたんだ。便所か。おめえも寝るべ」

布団を持ち上げて招き入れようとする男の首に、胡蝶は抱きついた。雪焼けした赤ら顔に覆いかぶさって口を吸う。

「ぬわっ、胡蝶？　なんだおめえ急に」

困惑している男の褌を解いて、そのなかに息づくものに触れた。右手で握り、しごき上げる。ぐったりと脱力していたそれは、手のなかで張りつめていく。百代の叢に出入りしていたものを思い出し、胡蝶の息遣いは荒くなる。綿入れ半纏を脱ぎ捨てて長襦袢と腰巻をまくり上げた。両膝を布団について男をまたぐ。

「そんなにこれが欲しいのか。おめえもとんだ好きもんだな」と男もその気になって笑った。

胡蝶はかたくなった肉太刀を右手で摑み、その先端を自分の秘められた暗がりへあてがう。そこは潤んでぱっくりと口を広げ、男を待ちかねていた。ひと思いに腰を下ろす。肉襞はぬちゃりと卑猥な音を立てて、わずかな抵抗もなく根もとまで呑み込んだ。

「……んあああっ！」

胡蝶は全身を突っ張らせ、天井を向いて仰け反った。未知の快感が下腹から脳天まで稲妻のように突き抜ける。客に請われて男の上に乗った経験はあったが、そのときはどう動けばいいのかわからず戸惑うばかりだった。だがいま、胡蝶の腰は勝手にうねって快楽を貪っている。

「ああ、いい、気持ちいい――」

半開きの口から偽りのない喜悦の声が迸る。接合部にあふれる蜜は白く泡立ち、ぐちゅぐちゅと音を響かせている。

「おお、ええか。おれのがそんなにええのか」

客が誇らしげに笑ったが、胡蝶の瞳は組み敷いた男を映していない。見ているのは百代と間夫の切なく激しい交わりだ。百代の弾む白い乳房、ぽってりと赤いくちびるからひとすじ垂れたよだれ、涙を浮かべていとおしげに男を見つめる双眸――。客と娼妓、金を仲立ちにした関係であることは揺るがないが、胡蝶が知っている交歓とはまったくのべつものだった。

ぞくぞくと肌が粟立ち、意思とは関係なく声が出る。腰をひときわ深く沈めた。男を最奥へと導くと、蜜壺は勝手にきゅうきゅうと締め上げる。

「こら、そんなに暴れるな。う、くぅ……」

男は胡蝶の腰を両手で摑んで引き寄せて、痙攣した。胡蝶のなかで限界まで膨らんだ大蛇が、猛《たけ》り狂って頭を振りまわし精をぶちまける。

「あ、あああああっ――!」

胡蝶は凄絶に顔を歪ませて全身を震わせながら、一匹の牝獣《めすじゅう》となって絶叫を上げた。白い靄に溶けていく意識のなかで、はじめて知る絶頂を味わう。

遅い朝、客を送り出した胡蝶が百代の本部屋の前を通ると話し声が聞こえた。間夫はまだ帰っていないらしい。会話の内容は聞き取れないが、甘くやわらかな笑い声が耳をくすぐり、胡蝶の胸をあたためた。部屋の掃除をしてから一階の茶の間に向かう。冷めたかたいご飯にお湯をかけて啜っていると松風がやってきた。

「巽さんが百代の部屋に流連《いつづけ》をしてるんだ。巽さんって活動の役者みたいにきれいな顔をしてさ。暗い坑道にこもりっぱなしの鉱夫にしとくにゃもったいないね。とにかくおかめ顔の百代とは不釣り合いな色男なんだ。あんたも見てみたいだろ、おいでよ」

「いえ、わだすはいいです」

昨夜覗き見た百代と間夫の嬌態が脳裏に甦り、胡蝶の頬は赤らんだ。向こうには覗きがばれていないとはいえ、どんな顔をしてふたりを見ればいいのかわからない。

「そうかい。ま、きのうのあんたはすごい乱れっぷりだったからね。ゆっくり休むといいよ。羽を伸ばせる時間なんてたいしてないけどさ」

松風は笑いながら茶の間から出ていった。

――聞かれていた。胡蝶の顔はさらに赤くなる。

お湯漬けを食べ終えて茶の間を出ると、内所のほうから声が聞こえた。聞き慣れない訛りがあるしゃがれた男の声だ。楼主のもとに客人が来ているらしい。興味を惹かれつつ階段を上がっていると、部屋から飛び出した百代が廊下を駆けてくるのが見えた。

「父ちゃんだ！　父ちゃんの声だ！」

百代は顔を喜びで輝かせて、童女のような声を上げた。

そうか、百代さんのお父さんか。黒地に真っ赤な彼岸花が描かれた仕掛をひるがえして階段を駆け下りる百代の後ろすがたを見ながら、胡蝶は合点した。もうじき年季が明けるので、今後について楼主と相談するのだろう。あるいは間夫との樺太行きを知らず、百代を迎えに来たのかもしれない。

部屋に戻り、冬が来る前にタコ部屋帰りのあの男にもらった少女雑誌を広げた。読める字を拾って読み、挿絵を眺めて話の内容を想像する。だが、そんなのどかな時間は長く続かなかった。ばたばたと騒がしい足音が聞こえたので廊下のほうを見やると、勢いよく襖が開いて百代が飛び込んできた。昨夜の化粧が残る顔は涙で濡れている。

「お待ち、待ちなよ百代！」あとを追って松風も部屋に入ってきた。

「なにがあったんですか」

とっさに「少女の友」を火鉢の陰に押しやって隠すと、ふたりの顔を見比べた。

「父ちゃんが、父ちゃんが……」百代の声は嗚咽にかすれて要領を得ない。

「百代の父ちゃん、追《お》借金《い》したんだよ。返すのに少なくともあと五年はかかる額を」

泣きじゃくる百代の背を撫でながら、代わりに松風が説明した。

「そんな――もうじき出られるはずだったのに」

「お職の百代ならまたすぐに返せるさ。男を手玉にとって働こう」

百代は返事をせずによろよろと窓のほうへ歩く。朱塗りの欄干にすがりつき、肩を震わせた。

「わたし、窓から父ちゃんが出ていくのを見ていたの。父ちゃん、そこの昇月楼に入っていった……」

胡蝶と松風は同時に息をのんだ。昇月楼は宝春楼の向かいにある妓楼だ。

「娘をかたに借金して女を買うなんて！」

「なんて酷い――」

部屋には重苦しい沈黙が落ちた。百代の洟をすする音だけが響く。

「百代」

背後から男の声が聞こえた。振り向くと、着流しすがたの若い男が襖に手をかけて立っている。切れ長の双眸は涼しげでありながら目張りを入れているようにくっきりと濃く、鼻梁《びりょう》は西洋人みたいに高い。きのうは暗いうえに百代の陰になっていたので顔を確かめられなかったが、あまりの美丈夫ぶりに胡蝶は眼を見開いた。

「巽さんっ！」

百代が欄干から離れて男に走り寄る。鉱夫らしい厚い胸板に顔を埋め、百代はひときわ大きな嗚咽を洩らした。

＊

向かいに座っている髭だらけの男が、帯に差した煙草入れから紙巻き煙草の朝日を取り出した。燐寸《マッチ》をこするが湿気《しけ》っているらしくなかなか発火しない。汁まで飲み干した蕎麦のどんぶりを置いたスエは、舌打ちしながら燐寸をこすっている男の眼を盗んで、自分の帯のあいだから紙を取り出した。黄色く変色した紙は折り目のところが裂けていて、いまにもふたつに破れそうだ。

ようやく火のついた朝日を咥えた男が、スエにうろんげな眼差しを向ける。出立の朝からいままで見て見ぬふりをしてきたが、とうとう我慢ができなくなり口を開いた。

「一日に何度も見て、いったいなにが書いてあるんだ。その薄汚え紙には」

「な、なんでもねえ！」スエは震え上がって後ろ手に紙を隠す。

「そんなに怯えるな。おっちゃんは見てくれは怖いがそう悪い人間じゃねえつもりだ。世間のやつは女衒だの人買いだのと蔑《さげす》むけどな、人助けだと思っている。悪いのは貧しさだ。おっちゃんはそこから這い上がるための手助けをしてるんだ。お前の働きで、親も弟や妹も飢え死にせずに済む」

スエは手紙を帯にしまい、おずおずと顔を上げた。

「……なあ、廓さ行ったら赤いべべ着て毎日白い米ば食べられるて、ほんとだべか」

――アカイベベ　キテ　マイニチ　シロイコメバ　タベテル。ココハ　ゴクラクミテエヂヤ。オメモ　イモウトト　オトウトバ　マモッテ　ケッパレヤ。

トメ姉からの手紙は、当時八歳かそこらだったスエのために片仮名だけで書いてあった。十年前に受けとった手紙は繰り返し読んですっかり暗記している。赤いべべ着て毎日白い米ば食べてる。ここは極楽みてえじゃ。おめも妹と弟ば守ってけっぱれや。

「赤いべべに白い米か、ははは、紅白でめでたいな。嘘じゃない、廓は毎日がめでたいお祭り騒ぎさ。金紗縮緬《きんしゃちりめん》の着物着て御殿みたいな部屋でご馳走食って酒呑んで宴会だ」

「金紗縮緬……」

スエは男の言葉をうっとりと鸚鵡《おうむ》返しに呟く。見たことがないので思い浮かべられないが、口が甘味を食べたときのように満たされた。

「そのぼさぼさの髪もおひいさまみたいに結い上げてもらえるぞ。家の仕事はいっさいやらなくていい。炊事も洗濯もひとまかせ。ほんの二、三年酔っぱらいに酌をしてりゃ借金がきれいさっぱりなくなって家に帰れる、こんなに楽な稼業はない。しかも上客に見初《みそ》められたら立派な家の奥さまになれるぞ」

「炊事も洗濯もひとまかせ」という部分がとくにスエの胸に響いた。物心ついたころから弟妹の子守や農作業の手伝いをし、成長してからは地主の家で女中奉公していたスエは、学校に通う余裕すらなかった。ねんねこ半纏で赤子を背負って近所の小学校のまわりをうろついて、窓から黒板を覗き見て文字を学び、軒下で聞き耳を立てて唱歌を憶えた。

「食べ終わったか？　じゃあ宿に行こう。はじめての船旅で疲れただろ。おかみさん、お勘定！」男が鳥打ち帽をかぶって立ち上がる。

店の外に出ると雪交じりの風がびゅうびゅう吹いていた。風は刃物のようにつめたく頰を切る。スエはあわてて頭巾《ずきん》をかぶった。歩幅の大きい男に必死でついていきながら声を張り上げる。

「ここは函館だべ？　んだば姉っちゃがいるはずだじゃ。姉っちゃに会いたいじゃ」

「楼の名前はわかるか？」

「わがんね……」スエは力なくうなだれた。

「函館の廓はわりにでかいから、楼がわからないとさがせねえな。きっと元気でやってるさ。同じ北海道にいればいつかは会えるだろう。姉ちゃんの名前はなんていうんだ？」

「トメ。トメ姉だ」

「トメにスエか」男は髭面を歪めて苦笑した。「どっちもこれで最後の子にしようと思って名付けたんだろうな。なのに弟と妹が際限なくごろごろと生まれちまって。まったく貧乏人の子だくさんだ」

くつくつと肩を震わせて笑う男の鳥打ち帽をかぶった後頭部から眼を逸らす。白く舞い上がる地吹雪の向こうに、別れてきた三人の弟妹と両親を一瞬見た気がした。

「ツケだと？　はんかくさいこと言うなや」

宿屋の主人がぎろりと周旋屋の男を睨んだ。

「頼む、ぎりぎりの旅費しか持ってねえんだ。帰りには娘の代金が入るからそれで払える。お願いだ」

押し問答している男ふたりをよそに、スエはしゃがみ込み、囲炉裏のそばで丸くなっている三毛猫の背を撫でていた。かじかんで赤く膨《ふく》れた手にやわらかなぬくもりが伝わる。猫はごろごろと喉を鳴らした。

「おめえが連れてくる娘っこなんざ、二束三文にもならん貧乏ったらしい小作人のガキだろうが。こないだのは猪みてえだったな。今回の娘っこは猿か？　熊か？　ほれ、見せれや」

スエの視界に大きな影が落ちた。顔を上げると、宿の主人がぬっと近づいてくる。染みだらけの節くれ立った手が伸びてスエの御高祖頭巾《おこそずきん》を摑んだ。

「いでえっ」

頭巾とともに髪まで引っ張られて、スエは悲鳴を上げる。頭巾ははらりと囲炉裏の灰に落ちた。宿の主人は眼を剝いて呆然とスエを見つめている。ごくり、と音を立てて唾を呑み込み、口を開いた。

「……たまげた。こんなめんこい娘っこ、見たことねえべ」

「わしもいままで百人以上の娘を運んだが、間違いなくいちばんのべっぴんだ」

「ああ、そうだろうや。……こんなべっぴんを吹雪のなかに追い出すわけにはいかねえ。しょうがねえや、ツケで許してやるか」

「すまない。恩に着る」

交渉がまとまり、ふたりは二階の部屋に案内された。部屋に入ると黴のにおいが鼻腔をくすぐり、スエはちいさなくしゃみをした。

「布団はそこの押し入れのなかだ。勝手に敷いてくれ」

宿の主人が去ると、周旋屋はため息を吐いた。スエはさっそく押し入れを開けて布団を下ろす。

「こんな宿にしか泊まれなくてすまんな。網走に着いたらふかふかの絹布団に寝られるぞ」

「この布団だって家のよりずっといいすけ。それに手足ば伸ばして寝られるなんて贅沢だじゃ」

「……お前は顔がきれいだし気立てもいい。すぐに人気が出て借金も返せるだろう」

男は髭だらけの頬に笑みを浮かべて言った。布団に入り、すぐに大きな鼾をかきはじめる。スエも船旅の疲れが出てあっというまに意識を失った。だがしばらくすると、ひとの気配に眠りをさまたげられた。

高い体温、酒と煙草のにおい、荒い鼻息。周旋屋の男が便所に立った帰りに寝ぼけて布団を間違えたのだろうか、とまどろみながら考える。だが、となりから大きな鼾が聞こえてくることに気付いて、はっと眼を見開いた。暗い部屋のなか、宿の主人の顔面が間近に迫っている。スエの着物を両手で摑んで開こうとしている。

ひっ、とスエの口から短い声が洩れた。

宿の主人は舌打ちし、「起きたか」と呟く。「なあに、すぐ終わる。ちょっと我慢しれや」

「やめてけろ！　やめてけろじゃ！」

手足をばたつかせて抵抗するスエを、主人は馬乗りになって押さえつけた。荒々しく伸びた手がほとんど膨らみのない乳房をひねり上げる。スエが痛みに悲鳴を上げると口をふさがれた。

「暴れるな、静かにすれ」主人はスエの紅潮した頰を張りながら、もうかたほうの手で雪袴の紐をほどこうと引っ張っている。「もったいぶるな。どうせ楼に着いたら毎晩厭というほど男を取るんだ。これは予行演習だべや」

雪袴が膝の下まで下ろされた。男の指が、だれにも触れられたことのない部分を蹂躙する。

「毛も生えてねえのか。子どもみてえな躰だな」

そう鼻で嗤った主人に膝の裏を摑まれ、脚を開かされた。嚙みしめた歯を恐怖でかたかたと鳴らしながら必死に脚を閉じようとするが、痩せぎすな娘の力ではとてもかなわない。顔を背けて眼を閉じた刹那、ごん、と鈍い音が聞こえた。スエを押さえつけていた主人の腕や脚から力が抜ける。おそるおそる目蓋を上げると、主人の向こうに髭面を憤怒で歪めた周旋屋の男が見えた。

「いてえじゃないか！　なにすんだ」宿の主人が後頭部を押さえて振り返り、怒鳴る。

「それはこっちの台詞《せりふ》だ」

「おめえだって娘っこを味見してるんだべ。独り占めすんなや」

「ほかの下劣な周旋屋といっしょにするな。大事な商品を傷ひとつつけずに届けるのがわしの仕事だ。さあスエ、こっちにこい」

スエはわあっと泣いて周旋屋の男に抱きついた。男は指で荒っぽく涙を拭くと、床に畳んで置いてあった頭巾を拾い上げてスエの顔を隠すように巻く。

「こんな宿はとっとと出よう。もうじき朝だから駅前で時間を潰せばいい」

荷物をまとめ、擦りきれてあちこちにつぎのあたった綿入れ半纏をはおって宿から出ると、外はまだ薄暗かった。藁沓《わらぐつ》で夜のあいだに降り積もった雪を踏みしめ、ぶるんと震える。坂を下っていると西洋風の建築物が見えてきた。昨夜は吹雪で気がつかなかったが、このあたりには塔の頂に十字を掲げた洋館がいくつも建っている。スエは足を止め、口を開けて荘厳なすがたを見上げた。

「おい、なにぼけっと立ち止まってるんだ」

「おっちゃん、あれは?」

「ああ、教会だ。耶蘇のお寺さんみたいなもんだ。函館には異人さんが多いからな」

洋館を通り過ぎてもスエは何度も振り返り、寒空に向かって伸びる十字を見つめた。

ほう、と熱い息が宝春楼の楼主の口から洩れた。

「……こったらきれいな娘、見たことねえべや。西洋人形みてえだ」

楼主は糸のように細い眼を限界まで見開いてスエを眺める。象牙の指輪を嵌めた指をスエの顔に伸ばしかけたが引っ込め、腕組みした。「汚い手で触ったら、染みがつ いちまいそうだな」と照れ笑いする。

「わしもこの稼業は長いが、この娘以上の上玉には今後も出会えそうにない。性格も素直で申し分ない」周旋屋は満足げに頷きながら言った。

「でもよう、あまりにも幼すぎないかい。ほんとうに満で十八か？　せいぜい十三、四にしか見えねえべ」

「親に戸籍を見せてもらったから年齢は間違いない」

「ロシヤの血でも混じってるのかねえ」

「いや、正真正銘、青森の南部産だ」

スエは男たちの会話をよそに部屋を見まわしていた。以前の奉公先よりも立派なお屋敷だ。楼に到着して、まず広い間口と唐風の大きな屋根に度肝を抜かれた。なかに入ると中庭があって枝ぶりのよい松が生えており、豪勢な造りだ。顔が映りそうなほど磨き込まれた階段のさきにはどんな部屋があるのだろう。ふと縁起棚に飾ってある品に眼が止まる。——あれは、男のひとのあれ、だろうか。勇ましく天井を向いている金ぴかの張り子を見て、スエは頬を赤らめた。

「宝春の旦那、どうか容姿に負けない名前をつけてやってください」

「名前か。それはもう来る前から決めておいたんだ。薄雲《うすぐも》だ」

「ほう、由緒正しい源氏名ですかい。スエ、『源氏物語』を知っているか？」

唐突に話しかけられたスエはぷるぷると首を振った。

「知らないか。薄雲の巻はな、惚れていた女に死なれた源氏が和歌を詠《よ》むんだ。入り日さす峰にたなびく薄雲はもの思う袖に色やまがえる、ってな」

「女が死ぬ話なのかい。そりゃ不吉だべや」

「旦那、知らずに名付けたんですかい」

男ふたりが顔を見合わせて笑った、そのときだった。どおんと大きな音がして地震のような震動が楼を揺らした。縁起棚の男根や招き猫や撫《な》で牛《うし》が落ち、御神酒《おみき》がこぼれる。スエは倒れて畳の床に手をついた。

「……なんだ？　なにが起こった？」

楼主が呆然とした顔で天井を見上げた。音は二階から聞こえた。

「はて、なにかが爆発したような」

火薬らしきにおいが立ちこめる。静まりかえった部屋に、鴨居から落ちた埃がはらはらと雪のように舞った。枯れ枝のごとく痩せこけた中年の女が、足をもつれさせながら部屋に駆け込んでくる。口を鯉のようにぱくぱくと動かし、ようやく言葉を発した。

「百代が、百代が」

「百代がどうした」

「間夫と心中した――」

「心中だと!?」

楼主は血相を変え、大股で部屋を飛び出した。階段を駆け上がる音が楼に響く。あとを追おうと一歩踏み出したスエの肩を、周旋屋が押しとどめた。

「見ないほうがいい」

周旋屋は深い色をした双眸でスエを見つめ、そう告げた。

＊

鼻腔から脳天に突き上げる強烈な火薬のにおいにひるみつつも、綿入れ半纏の袖で口と鼻を押さえて百代の本部屋に入った胡蝶を待ちかまえていたものは、灰色の煙だった。それが薄れていき、血の海がすがたをあらわした。柱や障子や家具は木屑となって散乱し、肉色や桃色のかけらと血糊をまとっている。豪華だったお職女郎の部屋は巨大な屑箱に変わっていた。三つ重ねの桐箪笥も漆塗りの鏡台も絹布団も原形を留《とど》めていない。

「百代さん、百代さんっ！　返事ばしてください！」

胡蝶は血の気が引くのを感じながら叫び、木屑を踏んで進む。畳には大きな穴が空いている。ぬるりと上草履が滑り、やわらかいものを踏んだ感触が伝わって脚が震えた。胃から酸っぱいものがこみ上げ、強く袖を口に押しつける。

焔が視界の端に見えた。爆発で火がついたのかと用心しながら近寄ると、それは焔ではなく、黒地に描かれた真っ赤な彼岸花だった。彼岸花の仕掛を揺らしてふわりと笑う百代のすがたが脳裏に甦る。

「百代さん！」

彼岸花の仕掛にすがりつき抱き起こそうとした胡蝶の喉から、「ひっ」と声にならない空気が洩れた。仕掛を手放して後ずさる。百代は人形のようにごろりと転がり、おもてを上げた。

笑うと弓なりになるやさしげな眼もふくよかな頬もぽってりと赤いくちびるも、そここにはなかった。弾けた石榴《ざくろ》の実のような肉塊が剥き出しになっている。耐えきれず顔を逸らすと、潰し島田に結った鬘《かつら》のようなものが転がっているのが見えた。その前髪と髷のあいだに挿してある鼈甲の櫛には見憶えがある。お客からもらったの、そう言って見せてくれたことがあった。

視線をふたたび百代の顔へ戻す。額だったと思われるところから上部がなくなっている。そのなかに収まっていたはずの脳みそは、ごくわずかしか残っていない。部屋じゅうに飛び散っている桃色や灰色のかけらの正体を知って、とうとう嘔吐した。

「なんて……ひどい……」

躰をくの字に曲げて吐いていると、松風の震える声が背後から聞こえた。胡蝶は振り向き、少し離れたところに男ものの着物を見つけた。着物は肩から腹にかけて大きく抉れて、内臓をこぼしている。顔の損傷は百代ほどではないが、美丈夫の面影をさがすことはできなかった。

松風がふらふらと歩み寄って、もたれかかるように胡蝶の肩を抱いた。

「きのう、百代があたしの部屋に来て、いちばん気に入っていたはずの鶴の刺繍の仕掛をくれたんだ。へんだなと思ったけど、まさか」

語尾は震えて嗚咽に溶ける。胡蝶の胸にもようやく哀しみが押し寄せ、涙で地獄絵図が歪んだ。

「百代さん……百代さん……」

胡蝶は骸《むくろ》に向かって手を合わせ、口のなかで念仏を唱える。騒ぎを聞きつけて部屋を覗き込んだ二葉が、悲鳴を上げてへたり込んだ。

無残な頭部に絹布団の切れ端をかけて隠してやりながら、松風は慟哭《どうこく》する。

「あんなに仲良くしてたのに、あたしは百代のほんとうの名前すら知らないんだ」

どたどたと騒がしい足音が聞こえて顔を上げると、楼主が乗り込んできた。

「ああちくしょう！　なんてことを」楼主は嘆いて頭をかきむしる。「たんまり借金しておいて心中かい。間夫がヤマからダイナマイトをかっぱらってきたんだな。お職だからって甘やかしていたらこのざまだべや。どうしてくれるんだ、この千二百円もの借金は」

楼主は伝家の宝刀のように懐から紙を取り出した。借金の証文だ。

「なにがなんでも百代の家族からむしり取ってやる。父ちゃんと弟をタコ部屋に送ればちったあ金がつくれるか。母ちゃんも年食ってるがどこかの廓に売れるしょや」

楼主が振りまわす証文を、松風が横から奪い取った。

「あ、こら、なにしやがんだ」

取り返そうとする楼主の手から逃げて、松風はその紙をくしゃくしゃと丸めて口に放り込む。

「やめれ、返せ！」

松風は喉を大きく鳴らし、眼を白黒させて呑み込んだ。

「食っちまった……なんてアマだ。吐け、さっさと吐けや！　借金残して勝手に死んじゃならねえ、命はおめえら娼妓のものじゃない、雇い主のもんだ！」

楼主の大声に、鋭く乾いた音が重なった。考えるよりもさきに胡蝶の躰が動いて楼主の頬をぶっていた。楼主は頬を押さえ、啞然とした顔で胡蝶を見る。

「……おめえらぁっ！」

楼主が激昂したそのとき、きれいであどけない顔をした娘があらわれた。空気を切り裂く甲高い悲鳴を上げて失神したその娘を、あとを追ってきた髭面の男が抱きとめる。

＊

鋸《のこぎり》で木材を切る音、金槌を振るう音、職人たちの足音、「口動かさねえで手ぇ動かせや！」と親方が新入りを怒鳴る声。日中の宝春楼は破壊された部屋の修理で騒がしい。

宝春楼は百代の心中があった日とその翌日だけ休業し、火薬のにおいが残っているまま営業を再開した。借金の証文を飲み込んだ松風と、楼主を平手打ちにした胡蝶は、数日間仕置きで行灯部屋に閉じ込められた。血の海を見て倒れたスエは高熱を出して寝込み、血糊と肉片と脳漿の悪夢にうなされ続けたが、ようやく熱が下がり鑑札も下りて、今日はいよいよ初見世だ。

胡蝶に連れられて髪結から戻ってきたスエの頭を見て、遣り手のヨシは険しい表情になった。

「銀杏《いちょう》返しはふたつごころっていうから、この娼売には向かないのに」

「いっそ桃割れにしましょうか。そっちのほうが似合うでしょうけど」

胡蝶は少しむっとした顔になって言い返す。

「さすがに桃割れはまずかろう」ヨシはしぶしぶ引き下がった。

スエはヨシに茶の間へ連れていかれた。諸肌脱いで化粧を施してもらい、白地に赤い椿が咲き誇る仕掛を着せられると、いつのまにか茶の間に集まってきていた女たちがわあっと華やいだ声を上げた。

「ほら、鏡を見て」胡蝶がスエを鏡の前へ押し出す。

鏡を見たスエの頬が、白粉をたっぷりと塗り込めているのにもかかわらずぽっと赤く染まった。

「……おひいさまみてえじゃ」

「自分で言うことかい。まあ、そのとおりだけどさ」と松風が笑う。

「いままでたくさんの初見世さんを見てきたけど、この妓はとびきりきれいだ」と老いた女中がはしゃいだ声で言う。

「これが娼妓の衣裳じゃなくて婚礼衣裳だったらねえ」

だれかがそう呟くと、部屋はしんと静まりかえった。

陽が暮れると赤い提灯に火が入り、妓楼が建ち並ぶ一角は幻想的に輝く。二月の網走という極寒のなか、ここだけあたたかに見える。外からは金棒引きの音が聞こえ、番頭がゲソを入れる鋭い音が響き渡る。

スエ——薄雲は胡蝶の座敷に出ることに決まっていた。初見世の相手は薄荷《ハッカ》商の野《の》田《だ》だ。

「野田さんは年寄りだけどやさしいわ。若いひとを相手にするより躰が楽でいい」

「おら、なんも知らねすけ、よろすくお願いしますじゃ」

薄雲は胡蝶に向かって頭を下げる。

「初見世は初々しいほうがお客も喜ぶから、そのままでだいじょうぶ」

薄雲は顔を上げてしげしげと胡蝶を眺めた。自分とたったひとつしか歳が違わないのに、ずいぶん大人びて見える。網走に来る前に子を産んだという噂を聞いた。東京にいたこともあるらしく、山形出身のわりにお国言葉はあまり出ない。

宵の早い時間に若い部下を連れて登楼した野田はいかにも好々爺《こうこうや》といった小柄な老人で、座敷で薄雲をひと目見るなり相好《そうごう》を崩した。

「こったらまあ、なんとめんこい。まだほんの嬢ちゃんじゃないかい。おぼこいのう」

つるりと光る禿《は》げ頭を掻きながら、にこにこと笑っている。

「薄雲です、よろすくお願いします」

若い部下は胡蝶の馴染みで、さっそくふたりで冗談を交わしている。心中事件以来浮かない顔をしていた胡蝶が笑っているのを見て薄雲はほっとしたが、まるで好きあっている男女のような親密さにはどきりとした。

「嬢ちゃんには酒はまだ早いしょや。ラムネ持ってきてもらうべ」

廊下に控えていた若い衆が「はい、ただいま！」と返事をして台所へ走る。すぐに海を閉じ込めたような色の硝子瓶を持って戻ってきた。

「どれ、わしが開けてやろう」

野田が瓶を受けとる。ぽんっ、と軽快な音をさせて開栓すると硝子玉が落ち、波が弾けるように無数の気泡が立ちのぼった。

「さ、飲んでみれ」

薄雲は受けとった瓶に口をつける。ひとくち飲み、眼を白黒させて派手に噎せた。

座敷に笑い声があふれる。

「……たまげたあ、口のなかがぱちぱち鳴って花火みてえじゃ。けど、うんめえ。こったらにうめえもん、はずめて飲んだなす」

薄雲は夢見心地できらきら光る瓶のなかの硝子玉を眺めた。

「そうかうまいか。これも食べれ。わしは年寄りだからろくに食べられないんだ」

「ほんとうはわだすらは台の物に手をつけちゃいけないけど、野田さんが言うから特別に」と胡蝶が薄雲に耳打ちする。

朗らかな宴席だった。胡蝶はいま大流行しているという松井《まつい》須磨子《すまこ》の「カチューシャの唄」を唄い、野田が趣味の詩吟を披露した。薄雲も一曲請われて郷里の子守唄を唄った。末の弟をおぶって唄っていた日々を思い出し、胸がちくんと痛む。

「子守唄を聴いたら眠くなったべや。そろそろ部屋に上がらせてもらうか」

野田が大あくびをしながら立ち上がった。

さんざん宴を愉しんだのに、部屋に移動してなにをするのだろう。戸惑って胡蝶に視線を向けると、胡蝶は乱れた裾から覗く太股を男に撫でられて甘い声で笑っている。淫靡《いんび》な光景に声をかけられなくなった薄雲は、「さ、嬢ちゃん、行こうか」と野田に肩を抱かれて座敷を出た。廊下に控えている若い衆が意味深な含み笑いで薄雲を見て、「初見世さん、頑張って」と声をかける。

部屋には布団が敷かれていた。ひと組の真っ赤な絹布団に、ふたつの枕。

薄雲は頭のてっぺんからつまさきまで衝撃の稲妻に打たれて言葉を失った。よろけて野田に抱きしめられる。古い蔵のにおいに似た野田の体臭が鼻をかすめた。ずっと残り火のようにくすぶっていた違和感の正体が、くっきりとすがたをあらわす。

――周旋屋に連れられて旅立つ自分を見送る母《か》っちゃのつらそうな面持ち。「これは予行演習だべや」と言って襲いかかった宿屋の主人。病床で熱に浮かされながら聞いた艶めかしい声。「若いひとを相手にするより躰が楽でいい」という胡蝶の言葉。

それらが示すたったひとつの現実から眼を逸らして、気付かないように自分自身をごまかしてきた。

「さあ、嬢ちゃんはどんな宝物を隠し持っているのかな」

野田の酒臭く熱い息が顔にかかる。呆然と開いた薄雲の口に、かさついた老人のくちびるが覆いかぶさる。ちゅうちゅうと鼠《ねずみ》じみた音を立てて吸われた。野田を穏やかでやさしく親切な老人だと思っていた自分の甘さを呪いたくなった。

椿の仕掛が肩を滑り、畳の床に落ちる。枯れ葉のような手が肌に触れ、長襦袢の衿もとを大きく割られた。

「おお、これはこれは。白い肌の雪景色に、オンコの赤い実がふたつ。俳句でも詠みたくなる風流な眺めだべ」

野田の指がほとんど膨らみのない乳房の先端を摘まむ。触れられたところからさざなみのように鳥肌が立った。逃げ出したいと思ったが、家族の顔がぱっと頭に浮かび、頭がしんと冷える。――これで家族が腹いっぱい飯《まま》食えて、地主の取り立てに怯えずに済むのなら。

腰巻に手を差し込まれた。毛虫が這いずりまわるような不快感を、くちびるを噛みしめてこらえる。

「雪うさぎのようなぷっくりとかわいらしい膨らみだ」

耐えるつもりだったのに、長襦袢の裾にもぐった野田にぴったりと閉じた女のあわいを指で左右に開かれて、薄雲はとっさに老人の禿頭を蹴り上げていた。

「厭《や》んたっ！」

短く叫んで廊下に飛び出す。一目散に便所に向かった。あ、こら待て、と若い衆が追ってくるが、捕まる前に便所の戸を閉めて奥にあった箒《ほうき》をつっかえ棒にする。壁に背をつけてずるずるとへたり込んだ。涙が両の眼から噴き出す。わあああん、と声を上げて泣く。周旋屋の男の声が耳の奥で甦った。

――ほんの二、三年酔っぱらいに酌をしてりゃ借金がきれいさっぱりなくなって家に帰れる、こんなに楽な稼業はない。

「嘘こきじゃ……。あのおっちゃん、嘘ばこいとった……」

――赤いべべ着て毎日白い米ば食べてる。ここは極楽みてえじゃ。おめも妹と弟ば守ってけっぱれや。

「トメ姉も嘘こきじゃ、みんなしておらば騙しとった！」

薄雲は天井を見上げて叫んだ。

「薄雲！　出てこい！」若い衆の声と戸を叩く音と震動が薄雲を脅かす。

「早く開けなさい！　折檻されたいのかい」遣り手のヨシも怒声を上げている。

戸を睨みつけていると、「まあまあ、おヨシさん」と野田ののんびりとした声が聞こえた。戸の外の会話に耳を澄ます。

「厭がるのをむりやりするのはわしの好みじゃないんでね。今夜はもういいよ」

「でも……」

「最初がこんな年寄りなのは若い娘にはやはりつらかろう。初見世の札が取れたころにまた来るよ。そのころには廓の水にも慣れてるしょ」

「野田さま、ほんとうに申し訳ありません。ほら、薄雲、せめて玄関までお見送りを」

「おヨシさん、いいんだいいんだ」

「ご祝儀を弾んでいただいたのにこんなありさまだなんて、なんとお詫びすればいいものやら――」

遠ざかっていく声を聞いているうち、ようやく薄雲の呼吸が整ってきた。だが、明日からのことを思うと視界が真っ暗になり、奈落の底に落ちていく気がした。

部屋に戻り、野田の体臭が残る布団に入った薄雲は、なにも考えないようにして眠りに逃げた。翌朝、部屋の外でひそひそと交わされる会話で眼を覚ます。泣いたせいで目蓋が腫れて痛い。

「なんだと、そんなことが。野田の親分は太い客だっつうのに困った娘っこだべや。そったらもん、乱暴な客をあてがって自分の娼売を思い知らせてやりゃあいいべ。荒療治だ」

「いえいえ、無理強いしたって駄目ですよ。こういう事柄は最初が肝心だ。男が怖いって思ったらもう、いい娼妓にはなれない。せっかくの芍薬《しゃくやく》が蕾《つぼみ》のまま枯れてしまう。あたしが張形で教えてやってもいいが、ここは銀さんにひと肌脱いでもらいましょう」

「ああ、銀蔵か。それがいいべ」

布団のなかで息を殺しているうちに楼主とヨシの話はまとまったらしく、階段を下りていく足音が聞こえてきた。

腹の虫が鳴っても茶の間に行くことなくとろとろと惰眠を貪《むさぼ》っていると、静かに襖が引かれた。男が音を立てずに部屋に滑り込む。みなが銀蔵と呼んでいる宝春楼の大番頭だった。薄雲はひっと短く声を上げて布団ごと後ずさる。

「怯えるな。おヨシさんに頼まれてきた」

薄雲は布団から眼だけを出して銀蔵を観察した。年のころは三十二、三だろうか。柔和短く刈り込んだ髪が清潔で、すっと筆で描いたようなまっすぐな眉が凛々《りり》しい。

な表情を浮かべているが、その眼光はどこか蝮《まむし》を思わせた。黒八丈の羽織をりゅうと着こなした、郷里ではまずお目にかかれない鯔背《いなせ》な風情の男だ。長襦袢だけしか身につけていない自分のすがたを思い出し、薄雲は羞恥を感じた。

「おらばどうするつもりじゃ。あっちゃ行ってけれ」

威嚇する猫のようにまなじりを上げて睨《ね》めつけながら、ヨシがなんのために銀蔵を差し向けたのか悟っていた。そして今度こそ拒めないのだということも。

「これはお前が乗り越えねばならない試練だ。つらいだろうが辛抱してくれ」

「ちょすなっ！」

薄雲は手足を振りまわして暴れた。手が銀蔵の頬を打ち、足が腹を蹴る。だが銀蔵は逃げることも抵抗することもなく、されるがままになっている。握った拳が銀蔵の口のあたりをかすめ、ごりっと厭な感触が手の甲に伝わった。銀蔵は顔を背け、ぺっと唾を吐いた。血のまじった唾液が畳に飛ぶ。その赤い色を見て、薄雲の頭がすっと冷えた。銀蔵は口の端を親指でぬぐいながらゆっくり顔を戻す。その胸もとに銀色に光るものがあった。

「……これか？　十字架だ」

視線に気付いた銀蔵が、首から下がる銀色の鎖を摘まんで持ち上げる。薄雲は函館で見かけた、洋館の塔の頂きで輝く十字を思い出した。

「耶蘇の仏さまのだべ？」

「そうだ」

薄雲はその首飾りを手に取り、眼を凝らす。十字には腰布だけを身につけた長髪の男が架かっていた。痩せこけてあばらが浮いている、苦悶の表情を浮かべた男。

「主イエスだ。手首と足首を釘で打たれて磔《はりつけ》にされている」

「痛そうじゃ」薄雲は顔をしかめて呟いた。

「イエスは人類すべての罪を背負い、死をもって贖《あがな》った」

「人類すべての罪？」

「そうだ、だれもが生まれながらに持っている罪だ」

部屋に沈黙が落ちた。しばらくうつむいていた薄雲は顔を上げ、銀蔵を見つめて口を開く。

「……せば、おらがここでつらい目さ遭《あ》うのも、だれかの罪ば肩代わりしてるんだべか」

「それは私にはわからない。だが、お前がそう考えることで少しは納得できるのなら」

薄雲はふたたび長い睫毛《まつげ》を伏せて畳に視線を落とし、考え込む。

「薄雲、これをお前にやろう」

銀蔵は鎖を外して薄雲の首にかけた。十字架が胸もとできらりと光る。少し前に雪がやみ、窓から清浄な陽が射していた。ちゅんちゅんと雀がさえずっている。

「ほんに、いんだが？　大事なもんなんだべ」

「いいんだ。私にはこれがあるから」

銀蔵はそう言いながら黒八丈の羽織を脱ぎ捨て、その下の着物から肩を抜いて諸肌脱ぎになった。背を薄雲に向ける。――そこには一面、精緻な刺青が彫られていた。中心では観音でも天女でもない女が後光をまとっている。薄衣を頭にまとって眼を伏せ、両手を合わせている西洋の女。

「聖母マリヤだ」

「マリヤ……？」

「耶蘇の観音さまみたいなものだ」

薄雲はそっと指を伸ばし、やわらかな笑みを浮かべているマリヤの頬の線に触れる。男の肌に触れているというのに不快感はなかった。銀蔵の肌はひんやりとつめたく、蠟《ろう》のようだ。刺青の輪郭をひとさし指でなぞっていると、銀蔵はゆっくり上体の向きを変え、薄雲を腕のなかに抱いた。

「あ……」

目蓋にくちびるが降ってきて、眼を閉じた。濡れたくちびるは目蓋から鼻のさき、そして薄雲の半開きの口へと下りていく。あやすようにくちびるを吸われ、その心地良い感触に薄雲はわずかにあえいだ。

いつのまにか長襦袢の腰紐も真っ赤な腰巻も解かれていた。銀蔵はまだ引っ込んで眠っている幼い乳首を吸って目覚めさせる。股のあいだに手をやり、さねを指の腹でそっと撫でて、さやから出した。

あ、あああ、ああ。

くちびるから甘い声が洩れる。銀蔵の舌や指で触れられたところからほどけていく。躰をくねらせて、むず痒いような官能に翻弄される。脚は勝手に開き、腰が天井に向かって上がる。

「力を抜いて」

言われなくても、薄雲の躰はとろとろに蕩けてどこにも力が入っていなかった。

「小柄なお前にはつらいだろうが、これが馴染めばどんな男でも受け入れられるようになる」

そう囁きながら銀蔵は薄雲の脚を摑み、大きく開いた。

もらったばかりの十字架を握りしめ、ぎゅっと眼を瞑る。銀蔵が腰を前に突き出した。まだ男を知らない花園をひと思いに貫く。――鋭い悲鳴が、客を送って二度寝の床についた娼妓たちの眠りを破った。

すべてが終わったあと、薄雲が握りしめていた手のひらを開くと、十字架が食い込んで血が滲んでいた。

「……赤いべべ着て毎日白い米ば食べてる。ここは極楽みてえじゃ。おめも妹と弟ば守ってけっぱれや」

薄雲は涙のあとの残る頰を敷布につけたまま、虫の音のようにかぼそい声で呟いた。

「なんだそれは」銀蔵が着物を直しながら不審げな顔を向ける。

「手紙じゃ。五郎《ごろう》とキヨと六郎《ろくろう》に手紙ば書くんじゃ。みんな待ってるすけ」

「……そうか」

銀蔵に頭を撫でられて、薄雲はひとつぶの涙をこぼした。

二

セメント樽を担いでいる肩は痛みを通り越して感覚がなくなっていた。背や腰や脚の骨が軋んで不吉な音を立てている。いまにも全身がばらばらに砕けてしまいそうなのを、気力でなんとか繋ぎとめている状態だった。肩の皮はずり剝けて地面にどす黒い血を滴《したた》らせている。見張りの棒頭が声を出して長いあくびをした。

木の幹の向こうにつまさき立ちの足指が見える。

——こらえてくれ、清。

勇は聞こえないとわかっていながら双子の弟に呼びかけたが、食いしばった歯のあいだからすうすうと息が洩れただけで声にはならなかった。

眼球だけを動かして空を窺う。東の空が白みはじめている。もうじき朝陽が昇る。

「陽が昇るまで持ちこたえたら、おめえらを放免してやる」

親方の声が朦朧《もうろう》とする意識のなかで甦った。脱走に失敗した双子に試練を与える声だ。殺されることを覚悟していたのでそれを聞いたときは温情に驚いたが、すぐにこの親方は前にいた部屋の毒島親方と同じぐらいか、いや、それ以上に残酷な男だと思い知らされた。猫が捕らえた鼠を息絶えるまでじっくりと弄ぶように、タコを手のひらの上で転がして遊んでいる。

　勇が担いでいるセメント樽には縄が巻かれていた。その縄は頭上の太い枝を通って垂れ下がり、つまさき立ちになっている清の首に繋がっている。勇が樽の重さに負けて体勢を崩すと清の躰が持ち上がって首が絞まるというからくりだ。

　待ち望んだ太陽が鬱蒼と茂る木々の向こうに頭の先端を覗かせた。透明な尊いひかりが網膜に染み、涙が浮かぶ。——賭けに勝ったのだ。頬を持ち上げてかすかに笑ったそのとき、上から押し潰されるような目眩がした。視界が暗転する。

　気付いたときには、勇はセメント樽を担いだまま膝をついていた。

　ずっと幹ごしに見えていた、清の足首が消えている。ざわざわと全身の毛が逆立った。耳の奥で砂が流れるような音がし、悪寒が背すじを駆け上ってつめたい汗が毛穴という毛穴から噴き出す。

　勇はおそるおそる、顔を上げた。

　赤紫の膨れた顔、だらりと顎の下まで伸びた舌、弛緩した四肢。縄は宙に浮いた清の首にきつく食い込んでいた。

「うわあああっ！」

勇は絶叫とともに跳ね起きた。

「だいじょうぶ？　うなされてたしょ、すごい汗」

紅梅の心配そうな眼差しに覗き込まれて、ここがタコ部屋ではないことを思い出す。留萌のいろは屋だ。料理屋に見せかけて奥で女が春を売る、いわゆるあいまい屋。額を流れる汗を細い指でぬぐってもらい、勇は長い息を吐いた。

「……清の夢を見てたの？」

紅梅のアイヌメノコらしい彫りの深い顔立ちには同情が滲んでいる。

「いや、違う」勇は見え透いた嘘をつき、ごろりと横を向いた。

紅梅は悩ましげなため息を吐いて、勇の背に裸の胸を押しつける。

「また行くのかい？」

どこへ、というのは言わなくても伝わった。勇はすでに三か所のタコ部屋を経験していた。数日前にその三か所めの飯場から解放されて留萌に戻ってきたばかりだ。

去年の九月に常紋峠のトンネル工事の飯場を去った勇と清は、同時に解放されたほかのタコたちと旭川の中島遊郭に連れていかれて遊んだ。気付けば三か月の労働で得た金はきれいさっぱりなくなり、それどころか借金ができていた。有無を言わさずに新たなタコ部屋へと連行され、そこからは同じことの繰り返しだ。

「ああ、行くさ。だってまたここに来るための金をつくらなきゃいけないっしょ」

勇は紅梅を安心させようと悪戯《いたずら》っぽく笑って見せた。

「だからってなにもタコ部屋に行かなくても。鰊漁は？」

「もう三月だし、いまさら」

「でも今年は去年とはうって変わって大漁だって話だよ。海が群来《くき》で真っ白に染まってるって」

一瞬、悔しさが竜巻となって勇の躰を駆け抜けた。もしも去年大漁だったなら。タコ部屋に行くことも、清を喪《うしな》うこともなかっただろう。いまごろ海鳥の声を頭上に聞きながらふたりで並んで沖揚げ音頭を唄い、網を手繰っていたはずだ。

「途中参加なんかみったくないっしょ」

わざと軽い口調で、未練を断ち切るように言った。そもそもとなりの部屋には見張りが控えていて、タコ部屋に行かずに逃げることなど至難の業《わざ》だ。今夜の遊びだって向こう三か月の労働の対価として前借りしている。勇は自分を見張っている男の賃金のぶんまで働かなければいけない。

「小樽へ行くのは？　栄えてるって話じゃないかい」

「莫迦こくな。おれは港の荷役夫《にやく》じゃねえ、一人前の土工夫だ」

そうだ、過酷な飯場から飯場へ身ひとつで渡り歩く土工夫だ。極限まで自分の躰を痛めつけ、その報酬としてもらった金は遊興でぱあっと遣う。宵越しの金もしがらみも安穏な眠りもおれには必要ない。

＊

北海道はまだ氷点下まで冷え込む日もあるのに、ひさびさにおとずれた東京は甘やかな春のにおいに満ちていた。通りの桜のつぼみは雛あられのようにふっくらと膨んで、明日にもほころびそうだ。

麟太郎は足を止め、懐から封筒を取り出した。封筒に書かれている住所を町名札と照らし合わせる。封筒の宛名は村木正一《せいいち》様、となっている。トンネルの壁に生き埋めにされる村木の痩せこけた顔が脳裏に浮かび、心臓がぎしりと音を立てて軋んだ。

肩に担いでいる柳行李を下ろし、額に滲んだ汗を手の甲でぬぐう。着物の下に着ているメリヤスの肌着がじっとりと湿っている。柳行李は村木の遺品だった。常紋峠の飯場を去るとき、小屋の横に廃棄されていたのを持ってきたのだ。柳行李の底からは、父親の怪我を知らせる家族からの手紙、そして若い娘を描いた似顔絵らしきものが出てきた。

谷中《やなか》にさえ行けば村木が身を寄せていた寺がすぐ見つかるだろうと思っていたが、谷中という土地は角を曲がるたびに寺院があらわれるのでなかなかめあての寺に辿り着けない。麟太郎はさっきから路地の坂を登ったり下ったりしていた。

トンネル工事が終わり網走で盃をもらったあと、毒島親方に連れられてべつの鉄道工事の現場に移動したが、じきに雪が人間の背丈ほども降り積もって工事を続けられなくなり、飯場は解散となった。麟太郎は毒島の知り合いの材木商を紹介され、冬のあいだ置戸《おけと》の山奥で木を伐採して過ごした。木材は堰《せ》き止めた川に溜め、雪融けのころに鉄砲水を利用して一気に下流へ送るのだという。燐寸が日本の重要な輸出品である昨今、軸に使われる白楊《ドロノキ》の需要が高まっており、北海道の白楊はさかんに伐採されていた。

三月も半ばになってようやく雪が溶けはじめ、半月後には鉄道工事を再開できそうだという話を聞いて山を下りた麟太郎は、東京に戻るならいましかないと考えた。

柳行李を担ぎ直してうららかな谷中の坂道を歩きながら、「数日東京へ行ってきます」と告げたときの毒島の顔を思い出す。毒島は酒で赤らんだ中剃りの頭を掻きながらにやりと笑い、口を開いた。

「そったらこと言って逃げるつもりだべ。だがな、おめえはぜったいここに帰ってくる。もとの暮らしにゃ戻れねえよ」

それを聞いたときの、ぞわっと肌が粟立つ感覚が甦る。およそ十か月ぶりに生まれ育った東京の地を歩いていても、じつのところ自分がどうしたいのかわからなかった。武蔵野の家の門をくぐればもとの暮らしに戻れる。大学に復学し、ひとり息子を医者にしたかった父の小言を聞きながら文学を学び、紺野をはじめとする裕福な学友と軽口を交わし、ときには議論して過ごす。――だが、自分はほんとうにそれでいいのだろうか。

思案に暮れながら顔を上げると、古めかしい木の山門があった。漆塗装が剝がれかかった扁額《へんがく》には、さがしていた寺の名前が彫られている。麟太郎は息を吐いてしばらく門を眺めてから、意を決して寺の敷地に足を踏み入れた。

手入れの行き届いた松や桜の木を眺めながら石畳を歩く。腰の曲がった老婆が寺の左の小道からのっそりと出てきて、麟太郎に訝しげな視線を向けた。軽く会釈する。すれ違いざま、線香のにおいが鼻腔をくすぐった。寺の裏に墓地があるらしく木陰に卒塔婆と墓石が見える。トンネルの壁に閉じ込められた、墓に埋葬されることのない村木の遺体を思い出して、胸が大きく波打つ。そばに生えている松の木に手をついてうつむき、乱れた呼吸を整えていると、背後から声をかけられた。

「あのう、どうなさいましたか」

鶯の鳴き声のようにかろやかに澄んだ、娘の声だった。

なんでもない、と言おうとして振り向いた麟太郎は、口を薄く開けたまま硬直した。娘はかたちのよい眉を寄せて心配そうな眼差しを向けている。

村木の荷物の底に入っていた鉛筆書きの似顔絵は何枚もあった。どれも同じ娘を描いた絵だ。襷掛けにして井戸の水を汲んでいるすがた、額の丸さがわかる横顔、猫を抱いているやわらかい表情、照れくさそうにはにかんだ顔、口を半開きにした寝顔。おそらくどれも本人を目の前にして描いたものなのだろう。巧いとはいえ、素人の手遊びの範疇《はんちゅう》を出ない絵なのに、どれも息遣いが伝わってきそうなほどのなまなましさがあった。ふたりの親密さと、村木の娘への想いが絵に滲んでいた。

目の前にいるのはまさにその似顔絵の娘だった。女中だろうかと一瞬考えたが、そのわりには着ているものの質が良い。桃割れはふっくらときれいに結ってあり、そこにかけられた赤い鹿の子は真新しかった。

「これを、上野駅で拾いました」麟太郎は柳行李を両手で持って差し出した。

「なかに手紙が入っていて、宛名の住所がこのお寺で。ちょうどこのあたりに寄る予定があったので、ついでに」

語尾がわずかに震えた。娘は桜桃のようなくちびるをぽかんと開け、あっけにとられた顔で柳行李を受け取った。

では失礼します、と告げて娘に背を向ける。

「待って！　お願い待って！」

振り向くと娘の必死な形相が眼に迫ってきた。

「これの持ち主のことを知りませんか」

「いえ、僕は拾っただけなので、なにも」

言えるはずがなかった。家族を養うため北海道に向かい、タコ部屋で衰弱してトンネルの壁に生き埋めにされたことなど。自分も砂利を注いで殺人に荷担したことなど。

「お願い、どんな話でもいいから知っていることがあったら教えてください」

なおも食い下がる娘を払いのけるようにして門へ向かった。途中から駆け足になる。はあはあと息を切らして谷中の路地を走った。

われに返ったときには武蔵野村の生家の近くを歩いていた。切符を買った記憶も電車を乗り換えた記憶もないが、茫然自失の状態のまま躰が勝手に動いていたらしい。

玉川上水を流れる水の音が耳に心地よい。頭上では大きく枝を広げた欅《けやき》の葉がそよそよと揺れている。桑畑や麦畑が広がるのどかな田園地帯として知られる武蔵野も、北海道の原生林の畏《おそ》れを感じるほどの荒々しさを体験したいまとなっては、しょせん都会の田舎だと思う。じゃれるように甘噛みすることはあっても本気で殺そうと牙を剝くことはしない、人間に飼い馴らされた自然。

子どものころから何千回と通ってきた角を曲がると、ひときわ目立つ白と青磁色に塗られた洋風建築が木立のあいだに見えてくる。木造二階建てのハイカラな病院は、奥に家族の住居も兼ねている。

麟太郎は建物に近づいて足を止め、三角形の庇を掲げた玄関を見上げた。そこにあるはずの「白尾病院」と書かれた木の看板が掛かっていない。窓を覗き込んだ。待合室は薄暗く、がらんとしていてひとの気配は感じられない。窓枠に立派な蜘蛛の巣がかかっており、腹の膨らんだ灰色の蜘蛛がじっと獲物がかかるのを待っている。周囲を見渡すと、いつも庭師によってつねにきれいに刈られていた生け垣が荒れていることに気付いた。いびつに伸びた黐《もち》の木の生け垣は、ところどころ茶色に枯れて穴が空いている。

どくん、と胸が波打った。急激に汗が冷え、メリヤスの肌着がひんやりと不快に湿る。

上車坂町の大岩周旋店の敷居をまたいだのは去年の五月。それから北海道で夏を迎え、秋になり、凍てつく冬を経験して、いま麟太郎は桜が咲きかけている春の東京に立っている。タコ部屋にいたころは毎朝丸太に爪を食い込ませて「正」の字を書き、ただ日数が経過することだけに希望を繋いで暮らしていた。暴力と死の恐怖に絶えず晒されていたときは契約の半年が永遠に感じたが、こうして東京のうららかな陽気に包まれているとすべてはうたた寝のあいだに見た短い悪夢のように思えてくる。少なくとも、患者で賑わっていた病院が荒廃するほどの時間は経っていないはずだ。

麟太郎は扉を叩こうと握った拳を開き、だらりと下ろした。

来た道を引き返す。まとまらない思考が渦巻く頭を垂れて、足を引きずるように歩いていると、肉や油や大蒜《にんにく》のにおいに鼻腔をくすぐられた。顔を上げ、洋食屋を見る。子どものころから誕生日や入学式などの祝いごとの日は、いつも家族でこの店を利用していた。オムライス、ライスカレー、ポークカツレツに海老フライ。どれも長いこと食べていない。空腹を感じた麟太郎は立ち止まり、店さきを眺める。ちょうどそのとき、勝手口の扉が開いて見習いの少年が出てきた。

「ねえ、ちょっときみ」

ごみを捨てている少年に背後から声をかけた。坊主頭の少年は振り向き、饅頭のような顔に怪訝そうな表情を浮かべる。麟太郎は厨房《ちゅうぼう》で働く少年のすがたを記憶していたが、少年のほうは憶えていないらしい。

「あそこの白尾病院は今日は休みなのかい？」

自宅である病院を指差しながら訊ねた。

「白尾病院？　もうずっと休みだよ」

「休み？　なぜ――」

「白尾先生が死んだからさ」

「……死んだ？」

まさか父が、と耳を疑った。やや太り肉《じし》ではあったが持病はなく健啖家《けんたんか》で、声が大きくいつも大股で闊歩《かっぽ》していた父が――。

「一年近く前だったかなあ、あそこの兄ちゃんが行方不明になったんだ。それですっかりまいっちまったらしくてさ。先生、夜に酔っぱらって出歩くようになって、車に轢かれて死んじゃった」

「そうか……車に……」

足もとにぽっかりと暗い穴が開いたかのようで、立っているのがやっとだった。目眩で躰が揺れ、息がうまくできない。

「でも上の姉さんが医者と結婚するらしいから、そのうち再開するんじゃないかな」

「結婚？　医者と？」

長姉には駆け出しの弁護士の婚約者がいた。姉と若い弁護士は出会いこそ見合いだったが互いに好きあっていた。それなのに婚約を破棄してその医者と結婚するのだろうか。

「なんでもひどく年寄りの医者らしくてさ、家のためとはいえ気の毒だね。あれじゃ身売りだ」

少年はどこで聞きかじったのかませたことを言い、口の端に下品な笑みを浮かべた。

「兄さん、客じゃないならどいてくれよ。まさかごみ漁りじゃないだろうね」

少年はぎろりと疑いの視線を向ける。その眼差しに蔑みの色がまじっていることに気付き、たじろいだ。

「邪魔をして悪かった」

謝って引き下がろうとしたそのとき、男が扉から顔を出した。この店の料理長だ。

「次郎《じろう》、なにをのろのろしてる！　油売ってないでさっさと戻ってこい！」

「はいはい、いま行きます」

料理長はちらりと麟太郎を見たが、とくに表情を変えることもなく顔を引っ込める。

少年が店に戻ってから、窓硝子に映る自分の顔を見た。まだらに雪焼けした顔に、伸びて邪魔になるたび自分で切っている髪。一着しか持っていない袷《あわせ》の着物は着たきり雀ですっかり色褪せて、ところどころ擦りきれている。

自分の外見の変化には慣れたつもりだったが、あらためて汚らしさにおののいた。なにせ麟太郎を子ども時代から知っている料理長ですら気付いてはくれなかったのだ。それに、服を着ていて見えないが肩には刺青まで入っている。

――北海道に戻ろう。

モッコだこと筋肉のせいで詰襟が躰に合わなくなったのと同様に、ここはもう自分のいられる場所ではなくなってしまった。

電車に乗った麟太郎は北へと鉄道が延びている上野駅に向かう前に、日本橋の丸善に寄った。かつて毎日のように通っていた二階の洋書売り場へと続く階段は、麟太郎を拒んでいるかのように見える。一階の和書の売り場を歩き、与謝野《よさの》晶子《あきこ》の『みだれ髪』と石川啄木《いしかわたくぼく》の『悲しき玩具』を手に取った。どちらもすでに読んだ本だ。自分のためではなく、網走のあの娼妓のために買い求めるつもりだった。文字どおり身をすり減らす毎日を過ごしているあの娘には、わずかな時間のあいまに開いたり諳《そら》んじたりすることができる歌集や詩集が向いているだろう。
胡蝶——いや、八重子がこれを受け取ったときの顔を想像すると、冷え冷えとしていた胸が燐寸を擦ったようにぽっと熱を持った。

＊

松風はときどき脚のつけねの淋巴節が腫れて寝込む。横根《よこね》と呼ばれる病状だ。何度も駆梅院で手術をしたが、畑に湧く虫のようにしぶとく再発するらしい。

「松風さん、あんべ悪《わり》いが？」

夕方、張り見世に出る準備をする前に薄雲は松風の部屋を見舞った。

「ん……薄雲か。ああ、砂糖、砂糖を舐めたい」

松風は目蓋を持ち上げて薄雲を一瞥し、苦しげに口走る。

「砂糖？」

「弱ってると甘いものが恋しくなるんだ。かわいい薄雲、後生だから台所から盗んできてくれないかい」

「んだども……」

砂糖を盗んだことを吝嗇《りんしょく》な楼主に知られたら、と想像するだけで恐ろしかった。楼主やヨシに見つからなくても、女中から告げ口されるかもしれない。

「棚のいちばん右の壺が砂糖だよ、そのとなりは塩だからくれぐれも間違えないように」

さてはなんども盗んでいるなと思い、薄雲は笑った。

「わがったわがった。せば取ってくるすけ、待っててけろ」

「恩に着るよ。……それにしてもあの琴らしきもの、聴いているとますます具合が悪くなる」

琴の音がもたつきながら同じ旋律を繰り返しているのが、さっきから聞こえていた。曲のかたちになっていない不安定な音色はもどかしく、落ち着かない気持ちにさせられる。

「豚に真珠、猫に小判、文子《あやこ》お嬢さまにお琴だね。まったく」

文子お嬢さまとは楼主の娘の名前である。女学校に通っていて数えで十七になるぞうだ。ちょうど一週間前、楼主の家族の暮らす家が火事で全焼した。火事が起こる直前に近所で鬼火を見たひとがいるらしく、百代の怨霊じゃないかと一部の客は噂している。家を建て直すあいだ、楼主の内儀と娘は宝春楼の一階で暮らすことになった。だが、ふたりはひとつ屋根の下に暮らす娼妓たちを避けるように生活しており、宝春楼の娼妓はまだだれもそのすがたを見ていなかった。

薄雲は松風の部屋を出ると、階段を下りて茶の間のとなりの台所へ向かった。さいわい女中はいない。竈《かまど》のわきに備えつけられた棚には大小さまざまの壺が並んでいる。松風に教えられたとおり、いちばん右に置かれた飴色の壺に手を伸ばした。蓋を持ち上げると眩いほどの輝きを放つ純白の小山があらわれた。躰が勝手に甘い味を想像して口のなかに唾液が滲む。薄雲は胸をときめかせながらひとさし指を舐め、小山に突っ込んだ。

「あら、こんなところに頭の黒い鼠がいる。なにを漁っているの」

びくっと身を震わせて振り向くと、ちいさな丸髷を結って地味な紬の着物をまとった女が立っていた。年のころは四十代半ばだろうか。冷ややかな眼差しで薄雲を見下ろしている。——これが奥さまか、と薄雲は理解した。

「汚い手を砂糖壺に突っ込んで、ああおぞましい。残りの砂糖は捨てなければ。おトミさん、どこにいるの？　来てちょうだい！」

　女は廊下に向かって女中の名前を呼んだ。

　すぐに騒々しい足音が近づいてくる。だが一陣の風とともにあらわれたのは、老いた女中ではなくひとりの少女だった。矢絣《やがすり》のお召に海老茶色の袴を合わせ、前髪と鬢《びん》を大きく膨らませた束髪《そくはつ》に結っている。

「お母さまのけちんぼ！　いいじゃない、砂糖ぐらい。わたしなんてきのう、お父さまが隠していたお饅頭を盗んで食べたんだから」

　喋りながらくるくると表情が変わる。目尻の跳ねた大きな眼は、陽射しを受けて揺れる湖面のようにひかりを湛《たた》えていた。

「文子だったの、あの饅頭を食べたのは。警察への付け届けのために買っておいたのに」

「おいしかったわ、ごちそうさまでした！」

　少女は悪戯っぽく笑い、袴を摘まんで西洋式のお辞儀の真似をした。くるりとまわると薄雲に顔を近づける。桜の花のような淡く清楚な香りが鼻さきをふわっと撫でた。

「あなた、わたしが持っていた西洋人形に似てる。火事で燃えてしまったのだけど」

「文子、女郎と喋るのはよしなさい。病気が移るわよ」内儀の声は怒りで震えている。

「名前はなんていうの？」

文子は母を挑発するようにさらに薄雲に近づいた。庇のように張り出した前髪がいまにも薄雲の額に触れそうだ。

「薄雲だなす」

「ふうん、きれいな名前。またね、薄雲！」

文子はとびきりの笑顔を見せると、来たときと同じようにかろやかに駆けていった。頭の上で揺れる鶯色の大きなリボンの残像が、薄雲の目蓋に残る。

その後、薄雲は遣り手のヨシにこってり絞られた。内儀が壺のなかの砂糖をすべて捨てると言い張るので、新たに購入する砂糖の代金を来月の玉割の日に払わなければいけなくなった。

まだろくに稼げていないのに借金が増えてしまった、と涙ぐみ、肩を落として階段を上がる。ふと、ひとの気配を感じて顔を上げると、文子が階段のいちばん上の段に腰をかけてお手玉をしていた。近くまで来てお手玉ではなく饅頭だと気付く。つやつやとした茶色の饅頭が宙を舞っている。文子は薄雲の顔を見てお手玉をやめた。

「さっき話していたお饅頭、まだ隠し持っていたの。ひとつあげる」

そう言うなり饅頭を投げてよこす。落としそうになりながらなんとかそれを受け取った。薄雲はいままで小豆の餡《あん》が入った饅頭を口にしたことはたったいちどしかない。地主の老母が亡くなったときに配られた葬式饅頭を、女中仲間と分けあって食べたときだけだ。

ずっしりと持ち重りのする饅頭を見つめる。とても旨そうだ。ごくりと生唾を呑み込み、だが薄雲はかぶりを振った。潰さぬように気をつけながら懐にしまう。

「食べないの？」

くちびるについた餡を舌で舐め取りながら、文子が訊ねてきた。

「……松風さんがあんべ悪《わり》ぐって、甘いもん欲しがるすけ」

「ふうん。松風さんってあなたのお仲間？　だったらわたしのを半分あげる」

文子は食べかけの饅頭を半分に割り、見比べて大きいほうを薄雲に渡した。

「……いいんだが？」

「どうぞ」文子はにっこりと笑んでみせる。

しばらく躊躇したあと、おずおずと文子のとなりに腰を下ろした。餡がこぼれそうな饅頭をゆっくり口へ運ぶ。茶色い皮の黒糖の風味が口のなかに広がった。その直後に、餡の暴力的なまでの甘さが舌の上で弾けて薄雲の全身をゆさぶる。んめえ、と感に堪えない声が洩れた。鼻のつけねがつんと痛んで、泣きたいような気持ちになる。

「あなた、お女郎さんなの？　女中ではなくて？」

んだ、と饅頭を咀嚼《そしやく》しながら頷く。網走に来てから三か月が経った。まだ肌寒い日が多いが、積もっていた雪は消え、窓から入る陽射しはときおり春のぬくもりを帯びている。薄雲の躰はもう、男を受け入れても裂かれるような鋭い痛みを感じることはない。

「……このお饅頭だって、あなたたちの働きのおかげで食べられるのよね」

最後のひとかけになった饅頭をまじまじと見つめ、文子は呟いた。

「女学校の授業料もお琴もお人形もこの袴もみんなそう。わたしの暮らしはあなたたちの犠牲のうえに成り立ってる」

薄雲は顔を上げ、となりに座る文子を眺める。さっきまで朝の雪原のように輝いていた文子の顔は曇っていた。

「犠牲って、イエスさまみてえなごどが？」

「イエスさま？　あなたキリスト教徒なの？」

「銀さんに教《お》へでもらったじゃ。よぐわがんねけど、おら、イエスさまとマリヤさまが好きだすけ」

「網走にも教会があるのよ。聖ペテロ教会。ここから桂《かつら》ケ岡《おか》の方角へ十分ぐらい歩いたところ」

「桂ケ岡？」

「チャシといってね、アイヌの砦の跡があるの。わたしの通っている女学校のすぐ近く。いちど教会へ行ってみたら？」

文子の無邪気な提案を聞いたとたん、口のなかから饅頭の甘さが消えた気がした。徒歩で十分の距離であっても、籠の鳥である薄雲にはオホーツクの海の向こうとなにも変わらない。ヨシや楼主に土下座して頼んだところで結果は見えている。

二ツ岩の陰の海岸タンネシラリにある解体場で鯨《くじら》が捌《さば》かれるのを見学したこと、一《いち》松《まつ》座という演芸場で観た芝居のこと。母親の眼を盗んで頻繁に二階に上がるようになった文子は、いつも薄雲を相手に一方的に話し、満足すると帰っていく。文子の話を聞くたび、薄雲は自分の住んでいる網走についてなにも知らないと感じ、不自由な身であることを再確認させられた。

今日の文子は物憂げな顔をしていた。

「どしたっきゃ？　腐《あめ》ったもんば食ったが？」

うううん、と文子は首を左右に振る。

「女学校の先生でわたしにきつくあたるひとがいるの。穢《けが》らわしい家の子だって軽蔑しているんだわ」

「悪《わり》い先生だべなあ」

「違うわ、あの先生が正しい。網走のひとはみんな『宝春楼のお嬢さま』って猫なで声で話しかけてくるけど、陰ではなんて言われているのか、わたし知ってる。廓の娘だと知って、それでも好いてくれる男のひとなんているのかしら。それどころか商売のことで頭がいっぱいのお父さまのことだもの、どこかの年寄りとお見合いさせられるかもしれない」

好いてくれる男だの、お見合いだの、あまりにも遠い話だ。薄雲の胸を見透かしたように、文子は顔を上げてふっと自嘲気味に笑った。

「贅沢な悩みだと呆れているでしょう。わたしとあなた、生まれた家が違うだけで、ほんとうはなにも変わらないのに」

火事で全焼した家が完成するまでもうしばらくかかるらしい。会えなくなるのは寂しいが、ここで暮らさないほうが文子にとってはいいだろうと薄雲は思った。

「以前お父さまに、こんな稼業はやめてくださいってお願いしたの。そうしたら、廓がなかったら監獄から釈放された極悪人がまちの娘を襲うから必要なんだって言われた。そのときは怖い話だと思ったけど、でも、やっぱり間違っている気がする。あなたたちだけを酷いめに遭わせていいの？　それに、監獄から出てきたひとがまた悪さをすると決めつけていいのかしら」

文子は浮かない顔のまま立ち上がり、かもじをたっぷりと入れて膨らませた椎茸みたいな髪を揺らして階段を下りていった。庇髪《ひさしがみ》といって女学生のあいだで流行している髪型らしい。

宝春楼に夜がやってくる。宵の口の紅灯街に娼妓たちのさざめきと、客を呼び込む番頭たちの声、そわそわと張り見世を覗いて歩く男たちの高揚が満ちる。「薄雲、こっちに来て。髷がほつれているから直してあげる」と胡蝶に声をかけられて、薄雲は張り見世に置いてある鏡台の前に座った。「どうせ今夜もお茶っ挽《ぴ》きなんだから、客に見える半分だけ化粧をして白粉代を節約したいよ」と文句を言っている松風は、それでも首すじまで白く肌を塗り込めている。

今夜はなかなか口が開かなかった。空に星が瞬《また》くころになってようやく胡蝶の馴染みである呉服屋の若旦那が来て、つぎに、長いこと駆梅院に入院していて最近復帰したばかりの御法《みのり》に初会の客がついた。今夜はこのまま引けの金棒引きが巡回する時間を迎えてしまうのか、と諦めかけたところに、ほろ酔いの男ふたりがやってきた。坊主頭の中年の男が娼妓たちの顔立ちや体型や具合について下卑た冗談を言い、その横でまだ二十歳にもなっていないであろう若い男がゴールデンバットを咥えて薄ら笑いを浮かべている。まだ五月だというのに、ふたりとも使い込まれたヌメ革のようなよく陽に焼けた肌をしていた。

ふたりの男は登楼し、二葉と薄雲が呼ばれた。

「身なりからしてあいつらタコだね」

娼妓を連れて廊下を歩きながらヨシは忌々《いまいま》しげにそう言い捨てた。

「タコ？」

「タコ部屋の土工夫さ。荒くれ者ばかりでやっかいだ。お馴染みになったところで数か月にいちどしか来やしない。帯広《おびひろ》の木賊原《とくさわら》遊郭じゃ、豆成金たちがお大尽遊びしてたいそう繁盛しているそうじゃないか。帰るときに十円札に火をつけて自分の下駄をさがしてるってさ。うちもそういう客に来てもらいたいね」

二葉は坊主頭の男に、薄雲は若い男についた。ふたりの男は決まりで出る酒と台の物をあっというまに胃に収め、さらに酒を注文してぐいぐい呑む。

「棒頭が鼻持ちならねえやつで、飛びっちょしてやった。いまごろあいつ親方に大目玉食らってるべ」

坊主頭の男に勇と呼ばれている若い男が痛快そうに肩を揺らして笑った。

「飛びっちょ？」

「逃走することだ。命からがら山を下りて周旋屋に飛び込んで、前借金でこうやって遊んでるってわけさ」

「周旋屋に前借金ばするって、せっかく逃げたのにまたタコ部屋さ行ぐのが？　なして——」

「金になるし、身ひとつで渡り歩くのが性に合ってるんだ。しんどいけど、くたくたになってなんも考えなくてすむ」

「それに貧乏人が女を抱くにはこれしかねえべ」

坊主頭の男はそう言って二葉の太股をさすった。

「とにかく今夜は娑婆《しゃば》で過ごす最後の夜だ。たっぷり遊ぶぞ」

十本近い空の徳利が床に転がるころ、ようやくそれぞれの部屋へ移る流れになった。「タコなんざ廻しで充分だ」とヨシが言ったので、本部屋ではなく廻し部屋だ。

裸になった勇の肌を見て、薄雲は息をのんだ。白い裂けめのような傷跡、火傷の跡らしき爛れ、まだ色が濃い痣などかぞえきれないほどの傷がある。肩は何度も擦りきれたらしく黒ずんで足の裏のようにかたくなっていた。

「……ほんとはいぐづなんだ？」

薄雲は少年の面影を色濃く残している勇の顔を覗き込む。

「満で十七」

勇は少し憮然とした顔で答えた。

「んだら、おらより若いんだべな」

薄雲は勇の胸に頬をくっつける。懐かしいにおいがした。柾《まさ》で葺いた屋根を石で押さえている、生まれ育った家のにおい。ぼろ布団と、そこに重なりあって眠る両親やきょうだいたちのにおい。眼を閉じて深く吸い込む。胸が震えた。

勇の手が薄雲の脚を割り、内股に触れる。冷えていた薄雲の躰に焔がともった。ごくわずかに盛り上がった乳房を手のひらで包み込まれ、あ、と声が洩れる。

勇の肌と急いた指から、薄雲は寂しさと飢えを感じ取っていた。熱く脈動する怒張を躰の奥に受け入れたとたん、声にならない叫びが伝わってきて薄雲のなかに響き渡る。激しい後悔、悲嘆、やるせなさ、孤独――。まるで胸のうちを覗いているかのように、あられもない感情が押し寄せてきた。ひび割れた勇のこころを潤そうと、薄雲の下腹は蜜であふれる。

勇に抱かれながら、つい数日前に銀蔵に習ったイエスさまの「奇跡」の話を思い出していた。――あるとき、イエスさまが自分のあとをついてきた群衆の食料を心配したが、そこには五つのパンと二匹の魚しかなかった。しかしイエスさまが天を仰いで祈りを唱えてからパンを割き、魚を分け与えると、五千人もの人びとの空腹を満たすことができたという。

自分の肉体はパンと魚だ、と薄雲は思った。こんなにちっぽけだけど、分け与えれば多くの報われない男たちをひとときでも満たすことができる。不憫なタコたちを慰めるため、神がここに遣わしたのだ。稲妻のような天啓とともに、薄雲は絶頂に達した。耳もとで勇の荒い息遣いが聞こえている。

三

盃をもらったとはいえ、麟太郎の仕事内容は平土工夫とほとんど変わらなかった。土砂を積んだトロッコを押しながら、なぜ自分は東京を捨ててここに戻ってきたのかと毎日のように自問している。飯場の鍵を持っていないから自由に出歩くことはかなわない。座って食べることが許されるようになったものの、食事内容はあいかわらず粗末だった。だが煙草と酒が少量ながら与えられることと、棒頭の暴力に晒《さら》されることがぐんと減ったのは大きい。しかも、毒島親方に特別にかわいがられている麟太郎は上飯台たちに一目置かれていた。道外から連れてこられたタコは約束の期間が終わるとそのほとんどが懲りて帰るが、タコ部屋に舞い戻る者は根性を認められる。

欧州大戦の影響で北海道の木材や豆や澱粉などの需要が急激に伸びている現在、それらを運ぶ鉄道を整備するのは国命に等しい。少し前まで熊や狐や鹿の獣道しかなかった山の奥地を切り開いて枕木を置き軌条《レール》を敷く。人員はいくらいても余るということはないので、飯場には数週間おきに新たなタコが連れられてきた。なかには金筋《きんすじ》と呼ばれる熟練の土工夫もいるが、多くは自分の行くところがどんな場所かも知らずに連れてこられた者たちだ。

麟太郎の前のトロッコを押しながらぶるぶる震えている男は、どういう素性なのかはまだ知らないが、先週ここに来たばかりだった。斜め後ろから窺う顔は茹《ゆ》で蛸のように赤い。おそらく熱があるのだろう。内臓を吐き出すような激しい咳が山にこだまする。昨夜はひと晩じゅう咳をしていたようだ。春とはいえ北海道の山奥では朝晩の冷え込みが厳しく、霜の降りる日も多い。ただの風邪ならいいが、肺炎になるとやっかいだ。それどころかじつは肺病やみで飯場で流行したら、と考えるだけで不安になった。

麟太郎は親しい棒頭に声をかけて、トロッコから離れた。冬を越してからからに干からびた枯れ枝をかき集め、燐寸を擦って火をつける。ぱちぱちと火花が散りはじめると、震えている男の肩を叩いた。

「お前、少しあっちで休んでいろ」

男の腕を取り、焚き火の前へと連れていく。「兄《あに》い、すまねえ」と男は上目遣いで軽く頭を下げた。伝わってくる体温は発火しているように高い。

麟太郎は持ち場に戻り、歯を食いしばって自分よりもはるかに重いトロッコを押して坂を駆け上がる作業に戻った。それから数往復して、ふと焚き火のほうを見ると、そこであたたまっているはずの男がいない。心臓がざわめいて血の気が引く。棒頭たちも不在に気付いて騒ぎはじめた。

「どっちの方角に逃げたんだ」

「まだ遠くに行ってねえはずだ。なにがなんでも捕まえるべ」

数人の棒頭が逃げた男の足跡をさがして隈笹をかき分ける。

「あいつ、『飛びっちょのマサ』だべ！」

タコのひとりが叫んだ。

「飛びっちょのマサ？」

「逃げ足の速さで有名で、周旋屋と結託して荒稼ぎしてる常習犯って噂だ。周旋屋としてもひとりのタコを何度も売れると実入りがいいからな」

「白尾、おめえの不始末だ。まんまと逃がしやがって、この間抜けが」棒頭のひとりが麟太郎の頭を殴り、冷ややかな声で言った。「親方に知られたら平ダコに落とされるべ。また下っ端からやり直しだ。覚悟しとけ」

タコ部屋に入ってまだ日が浅いころ、怪我をして休んでいた菱沼が逃げ出した騒動を思い出す。あれからいくつも修羅場を経験し、覚悟を決めて北海道に戻ったというのに、まんまと逃げられる自分の甘さを呪った。腹を括ったつもりだったのにまだまだだ。自分の血はタコ部屋に染まりきれていない、と歯ぎしりした。

陽がとっぷりと暮れて一日の労働が終わり、小屋に戻った麟太郎は、すぐに棒頭に連れられて親方の部屋をおとずれた。脱走した男は噂どおり逃げることに長《た》けているらしく見つからなかった。すでに親方の毒島には話が伝わっているらしい。毒島の禍々《まがまが》しい人相を見て、麟太郎の胃はきりりと痛んだ。

毒島は「おめえは出ていってくれ」と棒頭を下がらせ、麟太郎に向き直る。中剃りの頭と銀玉の右目が天井からつり下げられたランプの明かりを受けて光る。

「親方、すみませんでした！」

這いつくばり、茣蓙《ござ》に額をこすりつけた。しばらく沈黙が流れる。

「……まあ、顔上げれや」

促されて、おそるおそる親方の顔を見上げた。

「やっぱりおめえは現場にゃ向いてねえな。いま帳場にいる田沢《たざわ》が国に帰るって話、聞いたか？　なあ白尾、帳場に上がってみねえか。おめえは学があるから帳場向きだべ」

麟太郎は自分の耳を疑った。下飯台に落とされるだろうと覚悟していたのに、上飯台である帳場を勧められるとは。

動揺を押し殺し、まっすぐ毒島の眼を見つめて口を開く。

「……自分は、帳場よりも棒頭になりたいです」

言ったとたん鼓動がさらに速くなった。

「棒頭ぁ？　おめえみたいな東京の学士さまが棒頭かい」

今度は毒島が仰天する番だった。大学を卒業していないから学士ではないのだが、と思ったが、なにも言わず親方の顔色を窺う。

「とても務まるとは思えねえが、まあ、考えといてやる」

毒島は耳を搔きながら言った。その耳は柔道家のように腫れていびつに変形している。

「よろしく頼みます」と麟太郎は頭を下げた。ランプの油が切れかけているらしく焔が揺らぎ、部屋が暗くなったり明るくなったりしていた。

「話は終わった。さっさと行けや」

手で追い払われて、麟太郎は立ち上がった。耳もとで蠅がぶぶぶと鳴っている。

それから数日はなにごともなく過ぎた。逃げたタコは見つからず、毒島はあれ以来なにも言ってこない。棒頭の件は忘れてしまったのだろう。麟太郎は残念な思いと安堵の念、相反するふたつの感情を胸に抱えて肉体労働に身を捧げていた。

夕食後、外の五右衛門風呂で汗を流し小屋に戻ると、棒頭のひとりに声をかけられた。

「おい、親方が呼んでいるぞ。すぐに来い」

連れてこられたのは、棒頭たちが溜まっている部屋だった。幹部がずらりと並び、いちばん奥に酒瓶を片手に持った毒島が片膝を立てて鎮座している。

「もっと近くに来いや」

末席に座ろうとした麟太郎は手招きされ、毒島の正面に腰を下ろした。

「白尾。棒頭になりたいっつう話、あれはまだ本気か？」

はい、と短く返事をした。居住まいを正し、拳を両膝に置く。

「よほど残虐な男じゃねえと棒頭は務まらねえ。これは試験だ。試験といっても、おめえの得意なお勉強とはちっと違うぞ」

毒島は酒瓶を床に置くと欠けた茶碗を持ち、それを麟太郎に向かってぐいと差し出した。覗き込むと肉らしき茶色いかたまりが入っている。タコ部屋では肉が出ることなどめったにない。朝食は米と味噌汁と瓜や生姜の漬けもの、二度の昼食は具なしの握り飯、夕食は米のほかは蕗や茄子など野菜の煮付けが多く、日曜に魚が出る。塩鮭か身欠き鰊か煮魚だ。仕入れの都合によっては日曜日であっても魚なしの日もある。

麟太郎は茶碗を受け取った。肉はかなり大きく、何切れも入っている。幹部連中は普段からこんな豪勢なものを食べているのだろうか。見ためからして鶏肉ではないようだ。豚肉か、野生の狐や鹿か。走れなくなった馬を潰したのかもしれない。牛肉という可能性だってある。鼻を近づけなくても獣臭がただよってくる。久しぶりに肉のにおいを嗅ぎ、食事を摂ったばかりなのに腹の虫が鳴った。

「白尾、なんの肉だと思う？」

毒島のもったいぶった口ぶりに、麟太郎はさらに違う動物の名を閃いた。

「熊……でしょうか」

このあたりの山には羆が多い。ときおり黒く大きな糞を見かけるし、木陰に羆の後ろすがたを見て肝を冷やしたこともある。だれかが仕留めてきたのだろうか。試験とは、羆退治だろうか。そんなことはとてもできそうにない。麟太郎の躰が緊張にこわばる。

「……熊か。はっはっはっ、そりゃいいな」

毒島はさも面白そうに巨体を揺すって笑った。幹部たちのあいだにも笑いが起こり、麟太郎の緊張がわずかにゆるむ。

「熊肉もいいけどな、こいつはもっとすげえ肉だ」

毒島は凶悪な顔をずいと麟太郎に近づけて熱っぽい声で囁いた。酒のにおいの吐息が顔にかかる。

「おめえが逃がしたあのタコ……『飛びっちょのマサ』だったか？」

はい、と頷いた。話のゆくえは予想できないが、ただただ不穏なものを感じていた。

「タコのくせにふたつ名なんざ持ちやがって生意気なやつだべや。じつはな、きのうあいつを捕まえたんだ。もともと風邪で弱っていたし、何日も飲まず食わずでさまよったせいで行き倒れてやがった。で、連れて帰って裸にして全身に酒を塗って、ひと晩吊して蚊責めにしたあとで、腹をこう、包丁で十字に切ってやった」

毒島は空中に向かって手を動かし、包丁で切る真似をした。

「長い腸を地面まで垂らして血をいっぱい流してな、うんと苦しみながら死んでいったよ」

自分が仏ごころを出さなければそんな最期を迎えることはなかった。後悔が麟太郎の胸を締めつけ、ぎゅっと眼を瞑った。膝の上の握り拳に力が入る。

「その肉はな、あいつの肉だ」

いちばん聞きたくなかった言葉を、毒島はゆっくりと吐き出した。意味がじわじわと脳に染みていく。毒島は反応を愉しむように銀玉でないほうの眼を細めて麟太郎を眺め、舌舐めずりする。

耳鳴りと目眩に耐えながら、必死に毒島を見つめ返した。眼を逸らした時点で負けだ、蛇に食われる蛙のように呑み込まれる、と思った。

「さあ、食えや。遠慮せずに腹いっぱい食え」

毒島は硬直している麟太郎の手に箸を押し込む。

「……いただきます」

麟太郎は箸を持ち、茶碗を抱え直した。こみ上げる胃液を呑み下して肉を摘まみ上げる。部屋じゅうの視線が自分の右手に集まっているのを感じる。からくり人形のようなぎこちない動きでくちびるを開く。勝手に閉じたがる口に肉を押しつけた。息を止め、味わわずに呑み込む。

「まだ残ってるぞ。肉なんて久しぶりだべ。よく噛んで味わって食べれ」

麟太郎は箸で茶碗に残っている肉を掴んだ。口に運ぶ。舌が脂の甘みを感知した。こころに反して躰が久しぶりの脂の味に喜んでいることが呪わしかった。咀嚼すると濃い獣の味が口内に広がり、鼻から抜ける。ごりり、とかたいものを噛んだ。もしや爪や歯だろうか、と肌が粟立ったが、ただの筋のようだ。噛み砕きながら茶碗を見る。髪の毛や体毛がまじっていないだろうか。なにか、人間の肉であることを証明するものは。直視したくないのに眼はまじまじと肉片を観察している。

最後のひときれを口に含んだ。これはいったいどこの肉なのだろう。ひとをいたぶることをいちばんの悦びにしている毒島のことだ、わざとおぞましい部分を入れている可能性がある。たとえば——男根だとか。自分の想像に、胃のなかのものが逆流しかけた。

胃液で酸っぱくなっている口内で、半ば意地になって咀嚼を続ける。わざとくちゃくちゃと音を立てて、そして喉を大きく動かして呑み込んだ。

空になった茶碗を粗筵の床に置く。

ごちそうさまでした、と手を合わせた。

さっきまで麟太郎の咀嚼音だけが響いていた部屋にざわめきが戻ってくる。「ほんとうに全部食っちまった……」と幹部たちの感嘆する声。麟太郎は顔を上げ、挑みかかるような眼つきで正面の毒島を見る。毒島も腕組みをして麟太郎を睥睨している。稲妻と稲妻のように視線がぶつかりあった。ふたたび室内に緊張が走る。

それを破ったのは毒島の笑い声だった。地響きのような低い笑いに、幹部たちは身をすくめる。

「人間の肉なんざ食わすわけねえべ。そこまで鬼じゃねえや。騙されたな、これは犬肉だ。おめえ、死にかけの肺病やみみたいな青い顔してぶるぶる震えて、傑作だったべや」

毒島は愉快そうに、ひっひっひっと息を吸って笑う。麟太郎の全身から力が抜けた。

「試験は合格だ。おめえはこれから棒頭だ。タコどもに気合を注入してしっかり働かせれや」

そこからは酒宴になった。麟太郎は便所に行くふりをして幹部室を出て、炊事場へ向かう。そこでは炊事番が明日の朝のために米を研いでいた。

「なあ、おい」

呼びかけられて振り向いた炊事番は、麟太郎の顔を見てびくっと身を震わせた。

「さっきの肉、あれ、なんなんだ。親方は犬だと言っていたが」

炊事番は暗い笑みを浮かべた。

「親方が犬って言ったんなら、犬なんだべ」

そう答えた炊事番の眼は夜の海のように得体が知れなかった。

入り口を塞いでいる不寝番に声をかけて小屋の外に出る。上飯台に上がった今日からは、自由に出歩くこともできるのだ。ひんやりとした山の夜気が火照った躰を包む。空を見上げると黒い梢の向こうに星が瞬いている。小屋の裏手にある犬小屋に向かった。親方にしか懐かない凶暴な犬たちが鼻の頭に皺を寄せて牙を剝きいっせいに吠える。一、二、三、四匹。頭数は変わらない。犬は減っていない。

――いや、おそらくほかの飯場で死んだ犬がいてゆずってもらったのだ。きっとそうだ。麟太郎は自分に言い聞かせ、小屋に戻った。

棒頭になってはじめにすべきことは、愛用の棒の製造だ。タコたちを威嚇し、追い立て、殴るための棒。麟太郎はまだ若い鬼胡桃《オニグルミ》の木を切り倒し、その幹の節のないところを三尺ほどに切って皮を剝ぎ、油を塗って磨いた。持ち手の部分を手に馴染むかたちに削って細く裂いた布を巻きつけて完成だ。

「遅れてるぞ！　前のトロッコにしっかりつけ」

トロッコを押すタコの尻を真新しい棒で殴った。痛めつけられる肉の手応えが伝わってくる。

「帰りは走れ。怠けるな！」

トロッコの土砂を降ろして戻ってくるタコを打擲する。暴力を振るうたび、頭がじんと痺れた。とろりと蜜のようなものが脳みそを満たし、えも言われぬ気分になる。

「だれが楽をしていいと言った？　スコップで顔を叩き潰されたいのか？」

昼の休憩で木に寄りかかって握り飯を食べていたタコを威嚇し、握り飯を奪い取って谷底へ投げる。

その日の仕事を終えて小屋に戻ると、また新たなタコが到着していた。麟太郎は棒頭としての威厳を示そうと、棒を弄びながら新入りたちの顔を睨めまわす。

「白尾の兄ちゃん！」

身を縮めてうつむいているタコのなかから、場違いな明るい声が響いた。

ぎょっとして声の主をさがした麟太郎は、常紋トンネルの現場でともに働いた勇のすがたを発見する。

「やっぱりそうだ、白尾の兄ちゃんだ。ずいぶん逞しくなったなあ」

懐かしげに眼を細めてそう言う勇こそ、精悍な青年の顔になっていた。躰はひとまわり大きくなり、ふっくらとしていた頰はいかつくなっている。

「それにしてもなんでこんなところにいるのさ、東京に帰らないで。まさかここって毒島親方の部屋かい？　ちぇっ、ついてないなあ」

麟太郎は一瞬胸に湧いた親愛の情を殺し、口を開いた。

「だれに口を利いている。この棒が見えないのか？　挨拶に一発お見舞いしてやろうか」

棒を自分の手のひらに打ちつけながら肩を怒らせて勇に近づく。にこやかだった勇の面差しが獲物に飛びかかる寸前の山猫に変わった。双眸に怒りの焰が揺らめく。

だがそれはほんの一瞬のことだった。すぐに鎮火し、ぎこちない笑みが口もとに浮かぶ。

「棒頭でしたか、失礼。今回はたんまり借金しちまったから半年なんです。よろしく頼みますよ、兄ぃ」

ああ、こいつも、と麟太郎は思った。はじめは反骨精神のある生意気な男でも、タコとして飯場を渡り歩くうちに卑屈な態度を身につけるようになる。それがタコの処世術だからだ。この閉ざされた狭い環境では、親方や棒頭に目の敵《かたき》にされたら生きていられない。

麟太郎は平土工夫の収容室に入っていく勇の後ろすがたを見ながら、一心同体だった双子の清がいないことが気になっていた。

「五日ほど留守にするぞ。元請けに会って相談したり警察に根まわししたり、片付けなきゃいけねえ用事が山ほどある。おれがいないあいだ、しっかり締め上げて工事を進めてくれや」

毒島は幹部たちの顔を見渡してそう告げた。犬の毛皮の袖なし羽織を引っかけ、中剃りの長髪を揺らして馬に飛び乗る。踵《かかと》を軽く馬の脇腹に当てると、小柄だが四肢が太く頑健な月毛《つきげ》の道産子はいななないてから駆け出した。

「……やれやれ、鬼の居ぬ間になんとやらだ。しばらくは気楽にやろうや。今夜のおいちょかぶは負けねえぞ」

毒島のすがたが見えなくなったとたん、棒頭のひとりがそう笑って伸びをした。だが鱗太郎はいっそう気を引き締めなければとみずからを律していた。絶対的な権力を持ち恐怖政治を敷いている親方が留守のいま、タコに反乱を起こされたら部屋は空中分解しかねない。

翌日、鱗太郎は土砂を積む地点の監督をしていた。タコたちは剣先スコップで山を切り崩し、トロッコに積んでいく。粘土質の土はただでさえ重いのに、夜じゅう雨が降ったらしく今日の土は見るからにずっしりとしている。スコップを置き、トロッコの歯止めを外して出発しようとするタコに罵声を飛ばした。

「トロッコが軽いぞ！　それでめいっぱい積んだつもりか？」

振り向いたそのタコは勇だった。

勇は鱗太郎をきっと睨むとスコップを拾い上げた。剣先を土に突っ込み、こんもりと山盛りにして持ち上げて投げる。みるみるうちにあふれんばかりの土砂がトロッコに積まれていく。

「もういい、さっさと出発しろ。もたもたするな」

勇はスコップを荒っぽく投げ捨てると、トロッコを押してぬかるむ道を全速力で駆け出した。彼と組んでいる男は置いてけぼりを食らい、あわててあとを追う。

前夜の雨は土だけでなく軌条《レール》も濡らしていた。突如、金属がこすれあう厭な音と男の叫びが山に鋭く響く。はっと顔を上げた麟太郎は、大量の土砂が詰まったトロッコもろとも沢へと転げ落ちる勇を見た。トロッコの車輪が曲線で軌条を外れたのだ。麟太郎の心臓が軋み、胸につめたいものが広がった。

タコと棒頭はざわざわと囁きながら沢を覗き込む。

「死んだか?」

「南無三《なむさん》、この高さじゃ助かるまい」

「命はあっても二度と働けない躰になってるだろうな。若いのに気の毒に」

以前の現場でトロッコごと谷底に落ちて死んだ者を見たことがあった。そのタコはトロッコに頭蓋骨を砕かれて即死だった。脳みそは土にまみれ、腹に木の枝が刺さり、手足はあり得ない方向に曲がっていた。

沢では巣を壊されたのであろう鳥たちが騒いでいる。それ以外は静かだ。タコのひとりがようすを見るため降りようとしたそのとき、谷底でなにかが動いた。――人間だ、勇だ。勇が立ち上がった。拳を高く突き上げる。

わあっと歓声が上がった。

勇は自力で崖を登り、戻ってきた。最後の一歩で麟太郎は手を貸してぐいと引っ張り上げる。タコも棒頭も一様に笑顔で喝采を送っている。

「無事でよかった」

麟太郎にそう声をかけられた勇はにっと八重歯を剝き出しにして笑った。だが、「親方が留守のいま死人が出たら、こっちの責任になるからな」と続けると勇の顔がくしゃっと歪む。

「……あんた、ほんとうに変わっちまったんだな。おれはあんたみたいな親方の犬にはならねえ」

勇は麟太郎の耳もとで吐き捨てるように言った。麟太郎は聞こえなかったふりをして持ち場に戻った。

勇は全身に擦り傷ができていたが、それ以外はいたって元気だった。タコ部屋では根性や気骨のある者が好かれる。勇はさっそく平土工夫仲間にも棒頭にも一目置かれる存在になったようだった。

予定の五日を過ぎても毒島は帰ってこなかった。なにかあったのではないか、里に使いを出そうかと相談していた七日めの夜に、「帰ってきたぞ」と野太い声が外から聞こえた。出迎えるため小屋から出た麟太郎は眼を疑った。親方はひとりではなかった。馬の後ろに女を乗せていた。

「こいつはミサヲだ」毒島は顎をしゃくって女を指した。「女郎を身請けしてきた」

女は頭巾を取っておもてを上げた。歌麿《うたまろ》の美人画のように優麗で艶《あで》やかな面立ちを見て、息をのんだ。

毒島は小屋に戻ると全員を集め、ミサヲを紹介した。

「おれもとうとう所帯持ちになった。こいつには炊事番をやらせる。至らないところがあったら遠慮せずに指導してやってくれ」

「ミサヲと申します。なにも知らないふつつかな女ですが、よろしくお願いします」

ミサヲは三つ指をついて頭を下げる。大きく抜いた衿から、白いうなじだけでなく滑らかな背まで覗いた。いかにも花街の女といった風情だ。年のころは二十六、七ぐらいだろう。

「あれは網走の昇月楼にいた女だな。いったいいくら積んで身請けしたんだか。かなりふっかけられたはずだぞ。さすが親方は違う、たいしたもんだ」

帳場がとなりの男にそう耳打ちして唸った。

タコ部屋で暮らす者は家庭に縁がない。なかには故郷に妻子を残してきた者もいるが、多くは遊郭にいる馴染みの娼妓を妻のように思って、数か月にいちど通うのを愉しみにしている。それが身請けしてほんものの妻にしたのだから、毒島は羨望の眼差しを一身に浴びることになった。

肥溜めのなかの宝石だな、とだれかが呟く。男だけのむさ苦しい小屋に置かれた宝石は、直視できないほど神々しかった。しばらく女を見ていないからだろうか、と麟太郎は自分に問うたが、ミサヲの輝きを前にすると冷静に評価を下すことなどできそうになかった。

数日後、深夜に尿意を覚えて起きた麟太郎は、便所に向かう途中で、ざっざっざっという音と女の鼻唄を聞いた。炊事場を覗くと、ミサヲが鼻唄を唄いながら米を研いでいた。何十人もの男たちの飯を用意するのは決して楽な仕事ではないのに、その横顔は愉しげだ。

「姐《あね》さん」

麟太郎に声をかけられて顔を上げたミサヲは、照れたように笑った。

「あらやだ、恥ずかしい。下手な鼻唄を聞かれてしまったわ」

「ずいぶん愉しそうに働いていますね」

「嬉しいんです、米を研ぐのも針仕事をするのも。年端《としは》もいかない娘のころから廓にいて、ずっと娑婆に憧れていたから」

「娑婆、か」

麟太郎は唸った。世間の多くの者にとって地獄のような異世界であるタコ部屋を娑婆と呼ぶ女に、廓の厳しさを想った。同時に、自分にとってもここが「娑婆」になりつつあることを自覚させられる。

ミサヲは細い指で鬢のほつれを掻き上げた。麟太郎はその生え際にちいさなほくろを発見する。自分だけが知っている秘密のように思えて嬉しくなり、頬がゆるんだ。

四

四〇八　胡蝶
三一四　二葉
二五六　葵《あおい》
二三五　薄雲
一四二　松風

九八　御法

胡蝶は張り見世の壁に貼られた紙を陶然と見つめていた。いくら眺めても見飽きるということはない。ここに来たころはこの紙になにが書いてあるのか読むことすらできなかった。だがいまは銀蔵による優美な毛筆の字を味わう余裕まである。紙に書かれているのは先月の稼ぎ高だ。胡蝶はとうとう宝春楼のお職になった。今夜からは格子で囲われた張り見世で客を待つ必要もない。気に入らない客は断ることだってできる。

お職になってみせると楼主に見得を切ったのはいつのことだっただろう。――そうだあれは、太郎の死を知って飛び出した日の翌日だ。太郎もきっと天国で母の頑張りを見てくれている。

もっとも、この稼ぎ高がそっくりそのまま胡蝶の前借金の返済に充てられるわけではなかった。ほとんどが楼の取りぶんになるし、衣裳代やら髪結銭やら洗濯代やら娼妓の暮らしはなにかと物入りだ。ことの発端である四百円を返すために、自分がいったいどれほど借金を重ねているのか見当もつかない。

胡蝶は二階に上がり、与えられたばかりの部屋に入った。二間続きの八畳間はかつて百代が使っていた部屋だ。きれいに修復されて、いまはもう爆発のあとをさがすことはできない。

胡蝶は座布団の上で莞爾《かんじ》として笑う百代の幻を見るが、瞬きすると消えた。あの心中のあと、松風と胡蝶は数日間仕置きで行灯部屋に閉じ込められた。そのあいだに百代の遺体は片付けられていた。聞いたところによると、葬式どころか通夜もやらないで木桶に突っ込んで男衆に運ばせて、はい終わり、だったらしい。楼主に訊ねてもどこに埋葬したのか教えてもらえなかった。海に投げた可能性だってある。

文机に便箋を広げ、馴染み客への手紙に取りかかった。最近は字も上達し、銀蔵に代筆を頼まずに自分で書いている。どういう言葉を書き連ねればその客が喜ぶのか、わかるようになってきた。すらすらと三通書き終えて封をして伸びをすると、新たな便箋を取り出す。

白尾さん、と書きはじめた。世辞と嘘で虚飾された馴染み客宛ての手紙とは違い、麟太郎への手紙にだけ、ほんとうのこころが綴られている。送ってもらった本の感想、松風や薄雲のこと、客にもらった奇妙な土産、部屋の窓から見える鳥のこと。

タコ部屋暮らしの麟太郎の住まいは定まっていない。彼から送られてきた手紙に書いてある住所に送っているが、届くことも届かないこともあるようで、必ず返事が来るわけではなかった。たとえ読まれなくても、自分はこうして手紙を書き続けるだろう。

八重子より、と文末に書く瞬間、毎回小鳥が羽ばたくように胸が震えた。——ほんとうの名前は、胡蝶ではなく八重子。あなたへの手紙に向かうときだけ、八重子として生きている。この北海道であなただけが胡蝶ではない八重子を知っている。

「今日の旦那さまは不機嫌だから、余計なことを言うんじゃないよ」

遣り手のヨシが胡蝶の部屋を覗いて告げた。

「選挙に負けたからでしょう？」

最近、網走は付近の能取《のとろ》村や藻琴《もこと》村と合併して一級町村に昇格した。それにともない初の網走町長選挙がおこなわれ、宝春楼の楼主は張り切って立候補したのだが落選したらしい。過去に町村会議員を務めたことはあったが、さすがに町長になれるほどの人望はなかったようだ。

「なんで知ってるのさ」

「新聞に書いてありました」

そうかい、新聞かい、とヨシは眼をぱちぱちさせて気の抜けた声で呟いた。

「すの入った牛蒡《ごぼう》みたいだった娘が、まさかお職になるとはねえ。新聞を読む才媛になるとはねえ。あたしの読みが外れることもたまにはあるんだね」

ヨシは感慨深げに息を吐き、それから本題を思い出して顔を上げた。

「そうそう、今日は宵の早い時間に市川《いちかわ》さんが初会のお客を連れてくるよ。薄雲と出ておくれ」

「わかりました」

市川とは胡蝶の馴染みである呉服屋の若旦那だ。かなりの遊び人だが、最近は胡蝶に入れ込んでおり三日にあげず通っている。

まだ空がぼんやり明るい夏の宵の口、登楼した市川は胡蝶を見て顔を輝かせた。

「おお、胡蝶。読んだよ、きみからの手紙を」と言って懐から紙を取り出す。

「巻紙に毛筆の手紙を女郎からもらうなんてねえ。見ろよ、この水茎《みずくき》の跡のうるわしいこと！　大正の世の、しかも北の果ての廓に教養のある妓《こ》がいるとは。むかしの吉原の花魁みたいじゃないか。もしかしてきみ、没落した名家の娘だったりするのかい？」

的外れな男の推測に、胡蝶は口を手の甲で押さえて「ふふ、秘密です」と意味ありげに眼を細めて笑う。男はますます前のめりになった。

「とにかく痺《しび》れたよ、ここの部分には。ええっと……『むねの清水あふれてつひに濁りけり君も罪の子我も罪の子』、なんてさ」

「なんだいそれは。紀貫之《きのつらゆき》かい」

市川の幼馴染みだという連れの男が、手紙を覗き込んで怪訝そうな顔をする。

「まさか。与謝野晶子の短歌だよ、『みだれ髪』のさ」

「罪の子ってなんだい、きみたちは盗人か人殺しなのかい」

茶化す友人に、市川は大げさなため息を吐いた。

「きみは色恋を解さない無粋な男だな。これは晶子と鉄幹《てつかん》の不倫の歌だが、しかしあらゆる情愛は罪と切り離せないものなのだ。恋の業火が胸に熾《おこ》ったら最後、清らかな水のままではいられない」

「……僕にはさっぱりわからないね」

「最近遊びすぎだと親父に叱られて、しばらくここに来るのは控えようと思っていたのにさ。こんな情熱的な手紙をもらったら、きみと過ごした狂おしい官能の夜を思い出していても立ってもいられなくなるじゃないか。まったくきみは罪深い女だよ」

「わだすを罪深い女にしたのは市川さまです」

見え透いた世辞であっても、わずかに訛りの残る胡蝶の声で言うと不思議と真実味が生まれた。

「……かわいいことを言うじゃないか。きみはほんとうに良い女だ」

目の前に友人と薄雲がいるというのに、市川は胡蝶に覆いかぶさりくちびるを吸った。市川の友人はぴゅうっと口笛を吹き、薄雲は袖で眼を覆う。

網走はつかのまの夏の盛りを迎えていた。涼しい夏ではあるが、それでも男と布団で抱きあっていると全身に汗をかき、胸の谷間に細い川が流れる。

「いよいよ高春《たかはる》が帰ってくるべ。これでうちも安泰だ」

選挙に敗れて以来意気消沈していた楼主が、ある日上機嫌で触れまわった。

高春とは東京の早稲田《わせだ》大学に通っている楼主の息子である。こんな中途半端な時期に、と胡蝶は不思議に思ったが、大学は秋に入学して夏に卒業するものらしい。

「町長の夢は高春に託す。東京の大学で学んだんだ、おれよりも巧いことやってくれるっしょ。宝春楼のために、網走のために尽くしてもらうべ」

宝春楼にいる娼妓で唯一高春を知っている松風に、高春とはどんな人間なのか訊ねると、「あのふたりの息子だよ、いけ好かないやつさ」と忌々しげに吐き捨てられた。家の建て直しが終わったにもかかわらず宝春楼に入り浸っている文子は「お兄さまが帰ってくる！」と喜び、下手な琴の練習に励んで娼妓たちの安眠を妨げる。

お職になった胡蝶は、いままで「そういう決まりだから」と疑問を持たなかった事柄が気にかかるようになっていた。たとえば張り見世だ。狐格子の間に並ばなくてよい身分になったとたん、なぜあんな処遇に耐えられたのかわからなくなった。

「おとうさん、相談があるのですが」

胡蝶は内所に行き、楼主に話しかけた。

「なんだ？」楼主は縁起棚に飾っている置物の手入れをしながら返事をする。

「張り見世のことです。あれではまるで、八百屋の店さきに並ぶ大根や茄子みたいなものです。人間をそうやって扱っていいのでしょうか」

「どこが悪いんだ。売りものだから並べて客に見せる、当たり前のことだべ」

楼主は撫で牛を磨く手を止めずに答えた。

でも……と胡蝶が言いよどんだそのとき、

「大根や茄子か。自分たちのことをそんなに卑下するもんじゃないね」

と玄関のほうから若い男の声がして、楼主と胡蝶は同時に振り向いた。

「ただいま、親父」

立て襟の洋シャツを着た若い男が入ってきた。

「高春！」楼主が喜色を浮かべ、大きな声を上げた。「今日帰ってくるとわかっていれば、銀蔵を迎えに行かせたものを――」

「冗談じゃないよ、銀蔵みたいないかにも色街の男といっしょにいたら、目立って恥ずかしいじゃないか」

高春は学帽を脱ぎ、無造作に投げた。少し癖のある長めの前髪をかき上げる。濃い眉毛と眼差しの強さと角張った頬のあたりに父親の血を感じるが、それ以外はまったく似ていない。楼主も痩せたらこんな面立ちになるのだろうか、と胡蝶は考えたものの、痩せた楼主を想像するのは難しかった。

「それはそうと、張り見世の話だっけ？　東京にも『張り見世をなくして代わりに写真を置け』って言い張っている連中がいて、吉原じゃ写真見世のところも多い。確かにもっともだと思うね」

父親と違って話がわかるひとだ。眼を見開いて高春を見る。だがそんな期待はつぎの言葉で見事に打ち砕かれた。

「だって写真は筆でちょちょいと書き足して美人にできるじゃないか。本人を並べておくよりもよっぽど繁盛するよ」

自分の冗談に自分で笑いながら、高春は内所を出ていった。

「お兄さまお帰りなさい！　お土産はなあに？　松井須磨子のレコード？　それとも

ヘチマコロン?」とはしゃぐ文子の声が奥から聞こえてくる。胡蝶はひっそりと嘆息し、二階の自分の部屋へ向かった。

「炊事も洗濯もひとまかせ、毎日昼過ぎまで寝ててさ。腰巻まで洗濯屋に出すやつもいるって話じゃないか。娼妓なんて自堕落な怠け者ばかりだ。なにせ寝るのが仕事だからな」

高春は階段のいちばん下段に腰かけて、楼の若い衆を相手に気持ちよさそうに喋っている。その上階では娼妓たちが顔をしかめていた。

「二階のわたしたちに聞こえてるってことを考えないのが、坊ちゃまの甘いところだわ」

「わざと聞かせてるのかもしれないよ。莫迦にしやがって」

「……もう我慢がならない」

胡蝶はそう呟くと、上草履の分厚い底を鳴らして階段を下りた。足音に気付いた階下の者たちが顔を上げる。

「炊事も洗濯もひとまかせなのは、あなただって同じじゃありませんか。わだすらを羨ましいと思うなら、江戸時代の陰間《かげま》茶屋のような場所で働いてみてはどうですか。

上げ膳据え膳で育ってひとりでは褌も締められない坊ちゃまには、とても務まらないでしょうけど」

高春はあんぐりと口を開けて胡蝶を見上げた。なんだよ褌って、畜生。と口のなかで呟くのを小気味良い思いで聞きながら、帯に差した扇子を広げて悠々と扇《あお》いで階段を上がった。二階では仲間たちが喝采している。そっちに向かって手を振ろうと右手を挙げたとたん、激しいむかつきが胸にこみ上げてきた。

胡蝶はつんのめりながら階段を上がりきり廊下を突っ走った。

「胡蝶？」

「どしたっきゃ？」

便所に駆け込んだが、便器まで間に合わず床に嘔吐してしまった。口から酸っぱい胃液を、目尻からは涙を流しながら、はあはあと荒い息を繰り返す。普段は気にならない便所の臭気や洗浄の薬品のにおいが鼻につき、また吐き気に襲われた。

この感覚には憶えがある。

──太郎。

亡き息子の名を呼んで、狭い天井を見上げた。

胡蝶が嘔吐したという話は、すぐに耳ざとい遣り手のヨシに伝わった。翌朝、客が帰ってすぐにヨシは肩を怒らせて胡蝶の部屋へやってきた。

「胸を見せなさい」

「厭だ」胡蝶はかぶりを振って後ずさり、掛け衿を両手で押さえた。だがヨシは枯れ枝のような腕で強引に衿を摑むと左右に大きく広げた。乳房がまろび出る。

「この色……」ヨシは胡蝶の乳房の先端を見て口をねじ曲げた。「やっぱりか。腹に鬼が居着いている」

「太郎だ、太郎がまたわだすのところに来てくれたんだ！」

身をひるがえしてヨシから離れ、胸もとを隠して叫んだ。

「赤子じゃない。鬼子だ。腹が膨らむ前に追い出さないと」

「鬼子のわけがあるか！　わだすの子だ！」

「子を産むとしばらく稼げないから年季が伸びるよ。そのあいだに借金が膨らんで、しまいにゃ永代廓づとめになる。一刻も早く借金を返してここから出るために頑張ってるんだろ？」

ヨシの口調が猫なで声に変わった。永代廓づとめ、と聞いて胡蝶の頭はすっと冷える。

「忌まわしいことだから自分から口にするやつはいないけど、松風も二葉も子堕ろしは経験している。百代は孕みやすいたちだったから、とくにかわいそうだった。年にいちどは堕ろしてたんじゃなかろうか」

ここに来て間もないころ、百代に「好いた男の子どもを生めるなんて羨ましい」と言われたことを思い出す。そのときは間夫を持つ女の色惚《いろぼ》けした甘い考えだと反感を抱いたが、百代が堕胎したのは巽さんの子だったのかもしれないと思うと、いまさらながら胸がぎゅっと痛んだ。

「あたしだって若いころ五人も闇送りにしたよ。五人めのときに死にかけて、それから孕まなくなった」

ヨシが自分の過去を語るのはめずらしい。胡蝶は畳にぺたりと腰を下ろし、無数の皺が刻まれた遣り手の顔を見上げた。

「うちの旦那さまはごうつくばりだけど、ちゃんと決まりを守って十八になるまで初見世に出さないところは立派だよ。時代が違ったのもあるけれど、あたしがはじめに売られた楼はいい加減でね、十三になって月のものがはじまったらお客を取らされたさ。最初に孕んだのは十六のとき。腹がまんまるく膨らむまで黙ってて、堕胎に失敗して産んだけど、その日のうちに里子に出された。この手に抱くことなくね。せめて一回だけでも乳をやらせてくれって頼んだけど、情が移るからって断られてさ。遣り手や女将《おかみ》に何度訊いても、預けられた家もつけられた名前も教えてもらえなかった」

胡蝶は黒崎が借りてきた越ヶ谷町の一軒家で、太郎とふたりきりで過ごした甘やかな日々を思い出していた。部屋にただよう乳のにおい、腕のなかで眠る太郎の高い体温。たとえここで子を産んでも、あの暮らしを取り戻すことはできないのか。

「大量の追借金だけが残って、それで網走に鞍替えさ。着いてしばらくは地の果てに来ちまったと泣き暮らしたね。前にいた廓は大門のなかに何十軒も楼がひしめいて賑やかだったのに、ここはたった五、六軒がちまっと並んでるだけだから」

胡蝶は首を巡らせて窓の外を見た。空ばかりが広い網走の町並みが広がっている。ヨシが来たころにはいまよりもさらにちいさな集落だったのだろう。

「三十五のときにようやく借金返し終わって恋しいお国に帰ったけど、村の女たちは軽蔑を隠そうともしないし、男たちはぎらついた眼であたしを見る。親だってあたしの稼ぎで畑を買えたのに、お前がいると妹たちの縁談の邪魔になるって邪険に扱われて。よそに行っても今度は『あの女のすがた、もとは芸者か女郎か』って噂されていづらくなる。……あんたは女工だったたんだろ？　羨ましいよ、よその世界を知ってて。ほんの子どものときに廓に来たあたしは、振る舞いだって身なりだって、女郎のそれしか知らなかった。結局ここに戻ってきたさ。繰り返し夢に見たわが家よりも憎い廓のほうが住みやすいとはね」

自分はここを出たあと、どこへ向かうのだろう。なにをするのだろう。この調子で借金を返し続ければいつか自由の身になれる。故郷にも東京にも用はない。縁が薄いということは、裏を返せばどこでも好きな場所を選べるのだ。

網走に来てはじめて、年季が明けたさきの未来に想いを馳せた。太郎が死んで以来止まっていた時計の針が、ようやく動き出した気がする。

「闇送りはできるだけ早いほうがいい。薬が揃ったらやるよ。いいね？」

胡蝶はくちびるを噛み、畳の目のほつれを見つめた。かすかに頷くと、涙がひとすじ流れて頬の白粉を溶かす。

一週間後、ヨシは湯呑みを大事そうに抱えて胡蝶のもとへやってきた。湯呑みのなかを覗き込むと、どろりと濁った茶のようなものが入っている。

「……これは？」

「煎じ薬さ。一子相伝、秘中の秘。前にここにいた遣り手に教えてもらった。つぎの遣り手に伝えるのがあたしの役目だね。詳しい中身は言えないが、茸《きのこ》や石榴の根や薬草をすり潰して煮詰めた汁だよ。さあお飲み」

受け取った湯呑みを顔に近づけると、強い臭気が鼻を刺した。覚悟を決めて口に含む。苦いような辛いような名状しがたい味が広がり、山椒《さんしょう》の実を噛《かじ》ったときのように舌が痺れた。捨ててしまいたいが、ヨシが横で眼を光らせている。胡蝶はえずきながら数度に分けてなんとか飲み干した。

「これを今夜と明日の朝、あと二回飲むんだよ。下からも薬を入れて、それから鬼の追い出しだ。あたしひとりじゃ難儀だからね、松風に手伝ってもらう」

翌日、三度めの煎じ薬を飲んだ胡蝶は行灯部屋に連れていかれた。ヨシと松風がふたりがかりで足を持ち上げて胡蝶を逆さにする。口を開いた秘所に漏斗《ろうと》を突っ込み、煎じ薬を流し込んだ。床に下ろされて少し待つと、腹がじんじん痺れてつめたくなってくる。つぎにヨシは細長い牛蒡を束ねたようなものを取り出した。

「それは？」

「酸漿《ほおずき》の根を干したものさ。これで鬼の通る道を開く」

ヨシは根の束を一本ずつ秘所に差し込んでいく。胡蝶は痛みに悲鳴を上げた。松風はつめたい水に浸した手ぬぐいを絞って胡蝶の汗を拭く。

それからさらに数時間経ったころ、五臓六腑がねじ切れるような苦しみが胡蝶を襲った。子宮口に差し込まれた根は体内の水分を吸って膨らみ、毒の成分が子袋のなかへ浸みていく。引きちぎられた蚯蚓《みみず》のように床をのたうちまわり、全身に脂汗を滲ませ、嘔吐しながらヨシを見上げる。

「いよいよだね。はじめるよ」ヨシは白い晒しを裂いて胡蝶の口に咥えさせた。

「死ぬんじゃないよ」と松風が肩を叩く。

体内でだれかが大太鼓を叩いているかのような激しい震動と痛みが、胡蝶を絶え間なく襲う。全身に血がざあざあと流れる音が聞こえる。意識が遠ざかっていくのに失神できないのがつらかった。ヨシと松風は胡蝶の腹に晒しを巻き、交代で引っ張る。いつのまにかふたりとも汗だくだ。

胡蝶は糞尿を垂れ流し、喉が嗄《か》れても叫び続け、毛細血管が切れて赤い斑点だらけになった顔を歪ませて息張るが、それでも赤子は流れない。ちいさな爪を立てて、子袋に必死にしがみついている。やめて、痛い、苦しいよ。母ちゃんと離れたくない。

胡蝶の腹のなかで赤子は藻掻き、逃げ惑っている。

「やっぱり太郎なんだ、おヨシさんやめて、太郎が死んでしまう！」

胡蝶の眼から涙が迸った。

「いまさら中断なんてできないよ。それに太郎じゃない、あんたを苦しませる鬼だ」

ヨシが胡蝶の頰を平手で張る。髪を逆立てて血走った眼をしているヨシこそ鬼に見えた。松風が体重をすべてかけて胡蝶の腹を押す。つぎの瞬間、下腹部をなにかが滑り落ちる感触があった。血なまぐさくて甘酸っぱくて腐臭に似たにおいを嗅ぎながら、胡蝶は意識を失った。

夕焼けのようにあたたかみのある橙《だいだい》色が、うっすらと開いた眼に見えた。視界がはっきりしてくるに従い、花だとわかった。花が枕もとに生けられている。そばかすみたいな斑点がある橙色の百合だ。いつのまにか胡蝶は自分の部屋の布団に寝かされていた。ぼんやりしていると襖が開き、ヨシが顔を覗かせた。

「起きたかい？ ああ、それは蝦夷透百合《エゾスカシユリ》だよ。高春坊ちゃまが摘んできたんだ」

坊ちゃまが……。胡蝶はかすれてほとんど出ない声で呟いた。

「あんたの叫び声、家じゅうに響いていたからね。文子お嬢さまなんて怖がって泣いていたらしい」

花瓶に向かって手を伸ばすが、鈍い痛みが腹を襲い、手を引っ込める。

「坊ちゃま、悔いてたよ。酷いことを言っちまったって。根は素直な男なんだよ。すぐに調子に乗ってしょうもないことを言うけど、あれは虚勢を張ってるのさ。坊ちゃまにもいろいろ悩みがあるんだ」

「……百合みたいなにおいのきつい花、臥《ふ》せっているときはそばに置いてほしくないのに。それに衣裳に花粉がついたら困る」

胡蝶は布団に顔を埋めた。

「減らず口を叩きなさんな。籠の鳥じゃオホーツクの花を見る機会もないだろうからって、花の季節も終わりに近いのにわざわざ岬に行ってさがしてきたんだからさ。そうそう、卵も買ってくれたよ。たくさん食べて精をつけて早く客を取れるようにならないと」

首を巡らすと、籠に鶏卵がこんもりと盛られているのが見えた。

「もう少しお眠りなさい」

ヨシに目蓋を撫でられて、眼を閉じた。ふたたび意識はやわらかな眠りに溶ける。

夢を見た。青く澄みきった空のもと、潮風を受けながら、いちめん橙色の百合が咲き誇っている岬を歩いている夢だ。やさしげな眼差しの馬が草を食《は》みながら胡蝶を見ている。近づいて葦毛《あしげ》のたてがみを撫でると、馬は高春に変わった。

胡蝶は一週間ほど休んでから娼売を再開した。下腹部はまだ痛むが、休めば休むほど借金はかさんでしまう。事情を知らない馴染み客たちは胡蝶の復帰を喜び、引きも切らずに登楼する。忌まわしいできごとから一か月ほど経ってようやく躰が本調子に戻ったころ、客を送り出して床についた胡蝶は、襖が勢いよく開く音と高春の声に眠りを破られた。

「胡蝶、いるかい」

枕から頭を起こすと、着物をぽんと投げつけられる。見憶えのある矢絣のお召と海老茶色の袴だ。

「……これは？」あくびをこらえながら高春の顔を見上げる。

「文子の着物だ。娼売用の派手な仕掛で出かけるわけにはいかないだろう。東京では女学生が自転車に乗っているが、おれたちはこれから馬に乗るんだから」

胡蝶は驚いて飛び起きた。

「馬？　わだす、馬なんて乗ったことありません！」

「平気だ、教えてやるから」

「馬に乗っていったいどこさ行くんですか」

「デエトさ。逢い引きだよ」高春は悪戯っぽく笑って言った。

「そんな……勝手に楼から出たら折檻されてしまいます」

「ヨシに話を通してある。あの婆さんは金さえやれば上機嫌なんだから扱いは容易さ」

半信半疑のまま高春を廊下に追い出して着替えることにした。借りたお召と袴を身につけて鏡を見ると、そこには女学生のような女が立っている。裕福な家で不自由なく育った、一点の曇りもない清らかなお嬢さま――。鏡に手をついて自分の格好を食い入るように見つめていると、白粉が剝がれかけた顔が視界に入る。そのとたん、ふっと部屋が暗くなった気がした。女学生は胸もとまで白粉を塗らないし、潰し島田に髪を結わない。

「陽が暮れる前に帰ってきてくださいよ。旦那さまに知られたらあたしも叱られるんですから」

階段を下りたふたりに心配そうな面持ちのヨシがまとわりつく。

「約束は守るよ」

高春は笑ってヨシをいなして、胡蝶の腕を引っ張った。外に出ると宝春楼の前で二頭の馬が道端の草を食んでいる。栗毛と葦毛だ。

「牧場から借りてきたんだ。どっちの馬がいい？」

「……こっちがいい」

胡蝶は葦毛の馬の首すじを撫でながら答えた。夢で見た馬にそっくりだった。天鵞絨《ビロード》のような毛並みが手のひらに心地良い。胡蝶は馬に乗るのにもひと苦労だった。高春に支えてもらって鐙《あぶみ》に足をかけて鞍《くら》にまたがり、どうにか尻を落ち着けて歩き出すが、躰がぐらぐらと揺れてしまう。

「もっと背を伸ばしたほうがいい。肩と尻と踵が一直線になるように。足はそんなに動かさないで力を抜いて」

後ろからついてきている高春に指示されるが、頭では理解できても躰はうまく動いてくれない。いつも世話になっている髪結店の前を通り過ぎた。ここよりさきは知らない世界だ。潮の香りが近づいてくる。鳶が大きな翼を広げて悠々と飛んでいる。丸太を組んだ素朴な木橋を渡った。馬上から橋のすぐ下を流れる川を覗くと、川蟹が浅瀬をちょろちょろと横歩きしたり泥のなかの虫を摘まんで口に運んだりしているのが見える。名前はわからないが魚も泳いでいる。川のなかほどに小島があって、しゅっと長い草が茂っていた。

「あれは菖蒲《アヤメ》だ。もう終わってしまったが花の季節は見事だぞ。来年また来よう」

胡蝶は「来年」という言葉を嚙みしめる。辛苦がひたすら続く生活に、待ち焦がれるものができるなんて。右手に視線を向けると海が見えた。紺碧の海は穏やかに凪《な》いでいる。港には立派な船が停まっていて、男たちが忙しそうに働いているのが見えた。

「この海の向こうは樺太と島々と、あとはロシヤだ」

「ロシヤ……」

胡蝶は呆然と海を眺める。目の前の海が外国へ続いているなんて信じられなかった。自分は宝春楼に閉じ込められているのに、すぐ近くによその国への扉が開いている。網走の海のさきには虚無が広がっていると思っていたのに。

「あのふたつ並んでいる岩は二ツ岩。今日はあの岩を越えてもっと遠くに行くから覚悟してくれ」

建物はぽつりぽつりとまばらになっていく。濃い緑と土のにおいが鼻をくすぐる。少しずつ馬と呼吸が合いはじめる。やさしい眼をしたあたたかな獣がなにを考えているのかはわからないが、胡蝶を拒んでいないことだけは伝わってくる。

「胡蝶、聞いてほしい話がある」

もくもくと煙を上げている炭焼き小屋の横を通り過ぎたとき、後ろにいる高春が話を切り出した。とても静かな声だった。

「おれが生まれたのは網走じゃないんだ。札幌の、薄野遊郭《すすきの》。お袋は女郎だった」

振り向いて高春の顔を見たかったが、馬を操ることで精いっぱいで表情を確認することはできない。

「お袋が廓で産んだ父親のわからない子、それがおれだ」

「そんな、わだすは産ませてもらえなかったのに——」

内臓が燃え上がるような激しい嫉妬を感じた。不安定な馬上にいるため、身震いして歯を食いしばってなんとか感情を抑える。動揺が伝わったのか馬がいやいやをするように首を振った。

「おれが四つのとき、親父がお袋を身請けして網走に移ってきた。そのあとに生まれた文子はお袋の過去を知らないだろう。おれは薄野遊郭にいたころの記憶が残っている。女郎たちがみんなかわいがって育ててくれた。お袋は花桐《はなぎり》という名前だった」

内儀の顔を思い浮かべる。ちいさな丸髷を結って地味な着物を着ているそのすがたに、娼妓の面影はどこにもない。

「きみの生まれなかった赤子はおれだったのかもしれない。ほんの少し運命の歯車が狂ったらおれも闇に葬られていた」

「高春さん……」

胡蝶が後ろにいる高春のほうに上体を向けると馬は足を止めた。高春の馬がゆっくりとなりに並ぶ。高春は傷つきやすい子どものような顔で胡蝶を見た。胡蝶は手綱を手放すと、高春の肩に両腕をまわし、体重を預ける。眼を閉じてくちびるを近づけた。胡蝶、と高春はひとつに繋がった口のなかで呟いた。あなたが闇送りにならなくてよかった、と胡蝶は伝える。ありがとう、生まれてきてくれて。ここにいてくれて。馬たちは耳をぱたぱたと動かしている。

そこからさらに北上し、岬の先端でようやく馬を降りた。胡蝶は地面を踏んだとたん草むらに倒れ込んだ。夜ごと男たちの相手をしているから頑丈になったと思っていたが、考えてみれば網走に来て以来ろくに出歩く機会すらなかったのだ。全身が激しく疲労し、脚ががくがくと震えている。いまだ馬上にいるように全身が揺れていた。

「だいじょうぶかい」

高春に支えられて立ち上がる。胡蝶は高春の腕のなかで周囲を見渡した。

「ごらん、ここが能取岬だ。東京へ行ってもおれはここを忘れられなくて戻ってきた。お前が知っている網走は楼の周辺だけだろうが、もっと広くてうつくしいんだ」

切り立った崖のさきに広がる海を遮るものはなにもない。海は水平線で空と溶けあっていた。青く澄んだ空には薄い雲が流れている。風がほつれた髪を揺らし、汗を冷やしていく。眼を閉じて、すう、と大きく息を吸った。仄暗い妓楼の湿った空気に慣らされた肉体に、新鮮な空気が染み渡っていく。ここには自分と高春のほかはだれもいない。二頭の馬と、少し離れた場所からこちらを窺っている若い北狐《きたきつね》以外は。

ふたりはやわらかな草の上に倒れ込んだ。互い以外なにも映していない瞳と瞳が見つめあう。くちびるとくちびるが重なり、手と手が結ばれ、体温と体温が溶けあう。

「高春さん。教えてください、ほんもののぬくもりを」

「おれだって知らない。これからふたりで見つけていくんだ」

息遣いがひとつになり、肌が震え、心臓がわななく。

――わたしはここを出て好いた男と所帯を持つの。

高春がゆっくりと胡蝶の熱くほとびたところに入ってきたそのとき、いまはいない百代のやわらかくて強い声が耳の奥で聞こえた。


夕暮れどきに裏の勝手口からこっそり宝春楼に戻った胡蝶は、楼が騒然としていることに気付いた。外出が楼主に知られて大ごとになったのだと震え上がったが、髪を振り乱したヨシが詰め寄ったのは胡蝶ではなく高春のほうだった。

「高春坊ちゃま、文子お嬢さまに会いませんでしたか」

「文子？　会っていないが、文子がどうかしたのか？」

「置き手紙を残して家出してしまったんです」

「家出？　文子が？」

高春は騒然としている廊下に立ち尽くす。胡蝶はその横で自分が着ている文子の着物の袖をぎゅっと握った。

五

「行ってらっしゃい。どうか気をつけて。怪我をしないでね」

ミサヲは毎朝、現場に向かう男たちを小屋の外で見送る。一人ひとりの顔を奥二重の涼しげな眼で見つめて声をかける。やや低くてかすれた、体温が滲んでいる声だ。タコたちは棒頭の手前、言葉を返すことはないが、それでも軽く会釈するその顔は照れくさそうに喜びを嚙みしめている。

工事は遅れを取り戻し、順調に進みはじめていた。ひとりの女の力でこれほどまでに変わるのか、と麟太郎は内心感嘆している。棒頭が与える恐怖や暴力よりも、ミサヲの笑顔のほうがよほどタコのやる気を奮い立たせるらしい。

昼の休憩の時間が来て、雑夫が握り飯を配る。炊事番がひとり増えたところで食事の内容や味が変わるわけではない。だが、ミサヲが握ったのかもしれないと思うと、具なしの握り飯がいつもより甘く感じるのだった。

麟太郎はなにかと理由をつけて炊事場に顔を出すようになっていた。なぜ棒頭なんかに名乗りを上げたんだろう、炊事番を志願すればよかった、と愚にもつかぬことを考え、そんな自分を羞《は》じることもあった。

「白尾さんすみません。あたしほんとうに不器用で、のろまで」

深夜だった。芋の皮剝きを手伝う麟太郎の横でミサヲはしきりに恐縮している。ミサヲの手のなかの馬鈴薯はいびつで、皮を剝く前よりも半分近くちいさくなっていた。麟太郎だって料理の経験はないが、それでもミサヲの馬鈴薯よりは幾分ましだ。

「ひとりじゃ明日の夜になっても終わらないだろ。しかたないさ。おれは博打をやらないから夜は暇なんだ」

平土工夫の部屋からは鼾の合唱が、幹部室からは賭博に興じる酔っぱらいの声が聞こえる。ここ炊事場では、包丁が芋の皮を削ぐかすかな音とふたりの息遣いだけが空気を乱している。麟太郎は真剣な面持ちで馬鈴薯と格闘しているミサヲの横顔を見つめた。かつて白粉を塗り込めていた肌にはなにも塗らず、潰し島田などに結っていた髪を無造作な束髪にし、水仕事とは無縁だった手はあかぎれにまみれて包丁でつくった傷がいくつもできている。

　耳朶に触れる癖、話しながらくちびるを舐める癖、立っているときに左足に体重をかける癖。本人すら気付いていないであろうミサヲのささやかな癖を、麟太郎は川底を浚《さら》って砂金を拾うように集めては胸の小箱にしまっている。

——マイネ・リーベ。

麟太郎のくちびるから独りごとが勝手にこぼれていた。

「え？」ミサヲが顔を上げて怪訝そうに麟太郎を見る。

「なんでもない。ドイツ語だ」

麟太郎はかぶりを振って手もとの馬鈴薯に視線を戻した。顔がかあっと熱くなるのを感じていた。マイネ・リーベ。いとしいひと。ドイツ語なんてすっかり忘れていたのに、なぜふいに出てしまったのか。久しぶりに文学が恋しくなった。報われない恋物語に耽溺《たんでき》して慰められたい。数日前に八重子から届いた手紙を思い出す。大切なひとができました、と書いてあった。妓楼の息子の話が何枚にもわたって綴られていた。なんて返事をしようか。この胸に灯るだれにも告げることのできない想いを白い便箋にぶちまけてしまおうか。

「ミサヲ、ここにいたか」

ふいに聞こえた毒島の声でわれに返った。

「もう寝るべ」ミサヲの肩を抱いた毒島は麟太郎の存在に気付き、銀玉でないほうの眼を剥いた。

「なしておめえがいるんだ？」

「手伝ってもらっていたんです。あたしが下手だから見るに見かねて」ミサヲがかばうように説明した。

「ふん、白尾は明日もタコどもを痛めつける大事な役目があるんだから、あんまりこき使うなよ。こう見えてもこいつは恐ろしい棒頭さまだべや」

毒島の言葉を聞いたとたん、麟太郎の躰は羞恥でかっと熱くなった。ミサヲから眼を逸らし、皮を剥いている途中の馬鈴薯を強く握りしめる。

「白尾さん、それ、そのままにしておいてください。あとでやりますから」

ミサヲは麟太郎を気遣いながら、親方の腕に抱かれて炊事場を出た。

麟太郎は包丁を持ったまま竈の横にしゃがみ、膝のあいだに頭を埋める。彫像のようにしばらくその姿勢でいると、やがて壁や床が軋む物音と毒島の地を這う低い声と啜り泣くような女の声が聞こえてきた。なにせ、にわかごしらえの掘っ立て小屋なのだ。壁なんてあってないようなものだ。夜ごと聞きたくなくても聞こえてしまう。

立ち上がり、包丁を投げて馬鈴薯に突き刺した。窓から射す月光を反射して、包丁の刃はぎらぎら光っている。

翌朝の味噌汁に芋はほとんど入っていなかった。親方の部屋の物音は深夜まで続いていたから、炊事場に戻る余裕がなかったのだろう。朝食のときに盗み見たミサヲの顔には濃い隈が浮いていて、大きく抜いた衿から覗く首すじには口で吸われたらしい赤い痣ができていた。麟太郎は苛立ちや行き場のない想いを現場でタコにぶつける。

「おいお前、いまあくびをしたな。つぎに同じことをしたら永遠に眠らせてやる」

ドスを利かせた声を浴びせ、トロッコを押すタコの肩を棒で殴る。タコの悲鳴がざらついた気分を慰めた。

勇が満載のトロッコを押しながら近づいてくる。棒頭は弱いタコを見せしめにいたぶることが多いが、麟太郎は若くて気が強く躰も頑丈な勇をなにかと狙っていた。勇も麟太郎と眼が合うと眉を吊り上げて反抗的な双眸を爛々《らんらん》と光らせる。

麟太郎は右の袖をまくり、肩を見せた。そこには不垢不浄の四文字が彫られている。

「親方からもらった刺青がお前らを監視してるぞ。怠けるな。ここに毒島親方がいると思え」

「ふん、虎の威を借るなんとやらだべ」

勇はそう呟いて麟太郎の顔に向けて唾を吐いた。

「……なんだと?」

頬に飛んだ唾を手の甲でぬぐい、勇の横っ面を殴る。厭な手応えがあった。勇は地面に倒れ、ぺっと血のまじった唾を吐き捨てる。顔を上げた勇の口もとには特徴的な八重歯がなくなっていた。

「さっさと行け。つぎは棒で脳天を狙うぞ」

陽がとっぷりと暮れてからタコを引き連れて小屋に戻り、風呂と夕飯を済ませた。

夜が深まると幹部室にはそわそわと落ち着かない空気が流れる。

「そろそろか?」

「今夜もやるかどうか賭けるか」

「莫迦、やるに決まってるんだから賭けにならねえべや」

棒頭や帳場が手もとの花札を睨みながら言葉を交わしている。麟太郎はその輪から離れて、部屋の隅でひとり黙々と新しい棒を磨いていた。タコを痛めつける棒は消耗品なので、たびたび新調しなければならない。

「たまんねえな、毎晩あんな声を聞かされたら寝不足になっちまう」

「親方も酷なおひとだ。禁欲のタコ部屋でよう、ひとりだけ女を抱いてよう。畜生」

「それもあんないい女を。網走の昇月楼のお職だったんだろ？」

「タコ部屋の姐さんになるとはな。ほかにもっといいお馴染みがいただろうに」

「あれで案外女のほうが惚れ込んでるのかもしれねえぞ」

耳から入ってくる会話から逃れようと燗酒を呷《あお》った。熱い液体が喉から胃までを焼きながら流れていく。親方の部屋とのあいだにある壁が揺れた。あっ、と短い女の声がする。

「はじまったか？」

男たちは口をつぐんで耳をそばだてる。だがすぐに音はやんだ。なおも耳を澄ませていると、筵を下げただけの幹部室の入り口が開いて毒島が顔を覗かせた。棒頭たちはいっせいに姿勢を正す。

「なにひとの噂してんだ。おめえらの話、筒抜けだべや。ちったあ声をひそめれや」

毒島はミサヲを抱えていた。ミサヲの着物ははだけて乳房がほとんどこぼれている。麟太郎は見てはいけないと思いつつ、やわらかそうな乳房から眼を逸らすことができなかった。

「そんなに気になるんなら見せつけてやる」

毒島はミサヲを四つん這いに倒し、幹部たちに見えるように裾をまくった。

「やめて、虎吉さん！」

悲鳴を上げるミサヲの真っ白な双丘が剝き出しになる。ぐいっと開くと、黒々とした毛と肉色のあわいが天井から下げられたランプの明かりに照らされた。男たちの唾を呑み込む音がいっせいに響く。

「虎吉さん、虎吉さん、やめてください。お願い許して」

ミサヲは粗筵の床に頰をつけて身をよじり、悲痛な声を上げた。

毒島が自分の前をはだける。褌から飛び出した黒褐色の亀頭は大人の男の握り拳ほどもあった。隆々と天を向くそれを裂けめにあてがわれると、ミサヲは観念したのかおとなしくなって眼を閉じた。毒島はミサヲの腰を摑み、ずぶずぶと埋めていく。ミサヲの折れそうに細い躰が、信じられないほど太く長いものを呑み込んでいく。

周囲の男たちから声にならない呻きが洩れる。我慢できずに自分の丹前下に手を突っ込み、なにやらごそごそとやっている者もいる。

毒島が激しく腰を打ちつけるたび、ミサヲの薄い肌が赤く染まっていく。肉と肉がぶつかる音に加わり、粘着質の水音が聞こえはじめる。苦しげに眉に皺を寄せていたミサヲの表情が艶めかしいものに変わった。荒い息遣いに、すんすんと甘える犬に似た鼻息がまじる。

「いつもより濡れてるべや。こいつらに見られるのがそんなに嬉しいか？」

ミサヲは眼をかたく瞑ったまま、いやいやをするように首を振って身をよじる。

「おめえの恥ずかしい格好をよだれ垂らして眺めてる男どもの顔、眼ん玉ひん剝いてよく見れ」

毒島はミサヲのほとんどほどけている束髪をぐいっと引っ張った。頭が持ち上がり、涙で潤んだ眼が開く。見ないで、見ないで、とミサヲは息継ぎのあいまに口走っているが、肌は汗で輝き、濁った水音は大きくなり、眼の焦点が合わなくなっていく。

毒島は血走った左目をぐるりとまわして白目を剝き、腰を震わせながら獣じみた呻き声を上げた。その呻きが空気に溶けて消えたあとは、死んだように倒れているミサヲの息遣いだけが部屋の静寂を乱す。

「……おら、起きろ。尻剝き出しのままここで寝るつもりか」

自身を引き抜いて褌を直した毒島はミサヲの尻を叩いた。開いたままの暗い穴は、こぽりと音を立てて白い汁を吐き出す。

以来、毒島は毎夜幹部たちの前でミサヲを抱くようになった。酒のにおいをぷんぷんさせた親方が妻を引きずるように幹部室に連れてくると、一日を締めくくる見世物のはじまりだ。

「ミサヲ、おめえはだれに見られるのがいちばん恥ずかしいんだ?」

毒島は後ろ向きに膝に乗せたミサヲの秘所を凶悪な一物で抉りながら、耳もとで訊ねる。ミサヲの眼が泳いだ。一瞬麟太郎を見て、すばやく視線を逸らす。毒島はその一瞬を見逃さなかった。

「……白尾か。若くて男っぷりもなかなかだからな。しかもおれやおめえと違って学もある。男を見る目があるべ」

頷きながら朗らかに語った毒島はいきなり鬼の形相になり、ミサヲの頬を後ろから拳で殴った。

「亭主以外の男にも抱かれたいのかっ、この淫売が!」

床に転がったミサヲは一瞬燃える眼で毒島を見たが、すぐにうなだれて口もとの血をぬぐう。

「そんなに白尾がいいならやらせてやる」

毒島は隅にいた麟太郎の腕を摑んで部屋の中心に引きずり出す。逃げようとする麟太郎の褌を手荒に引っ張った。

「親方、やめてください」

あらわになった麟太郎のそこは縮こまったままだった。毒島は侮蔑するように鼻で嗤う。

「なんだあ、この女の小指みてえにちっこいのは。おめえ、廓に行っても女を抱かねえって話だもんな。……ああそうか、もしや新入りのころに菱沼とかいう刺青まみれの博徒にお稚児さん扱いされたのが尾を引いてるのか？　さてはあれで男じゃなくなったんだべ」

古傷をミサヲの前で暴かれて、麟太郎の顔から血の気が引いた。躰が震えるほどの屈辱に襲われる。

「お、当たりか？」

毒島はにやにやと笑いながら麟太郎の表情を眺めている。

「白尾が駄目なら……そうだな、小久保。おめえが抱けや」

指名されて、小柄だが屈強な中年男の小久保が前に出た。

「親方、ほんとうにいいんですか」

注ぎ込め」

「ああ、おれは本気だ。こんな肌のつめたい女、ぜったいに孕まねえから好きなだけ
　小久保に触れられたミサヲは一瞬びくっと怯えたが、抵抗せずに受け入れた。小久保はミサヲの細い脚を持ち上げ、腰を打ちつける。かたく引き締まった筋肉がゴム鞠《まり》のように弾み、すぽんすぽんと軽快な音が鳴る。苦悶の表情を浮かべたミサヲは人形のようにされるがままになっているが、ときおり「うっ」だの「ああ」だの声を洩らした。

　小久保はたっぷりミサヲを堪能してから果てた。毒島は白濁した汁を垂らしているミサヲの股をつまさきでぐりぐりと抉りながら、幹部たちの顔を眺めて口を開く。

「……さあ、つぎはだれの番だ？」

　毒島は麟太郎以外の幹部全員にミサヲを抱かせた。毒島が妻を連れて出ていったあと、男たちは祭りの余韻に浸《ひた》って寝そべる。

「……ああ、よかった」

「お前、早すぎだぞ。三こすり半だったじゃねえか」

「わしのときがいちばん女の声が大きかった」

「いや、おれのときのほうが」

麟太郎だけは会話に加わらず、壁にもたれて座って眼を閉じていた。握りしめた拳の関節は真っ白になっている。やがて水が流れる音が聞こえてくると、幽鬼のようにゆらりと立ち上がり、入り口の粗筵を持ち上げて幹部室を出て炊事場へ向かった。

長襦袢を襷掛けにしたミサヲが、はらはらと涙を流しながら米を研いでいる。殴られた頰は赤く腫れていた。

「なぜ耐えるんです」

はっと顔を上げたミサヲは麟太郎が立っているのを見ると、野の花が風に震えるように弱々しく笑った。

「白尾さん。あなたにあたしの気持ちはわからない」

ミサヲを後ろから抱きしめた。折れそうに細い躰、男たちの汗と体液のにおい。蝶が羽ばたくように麟太郎の心臓が騒ぐ。いとおしさが膨らんで全身がちりぢりに弾けそうだ。ほどけた髪が鼻をくすぐる。

「やめて。あのひとに見られたら、あたしもあなたも殺されてしまう」

「姐さん、いや、ミサヲさん。いつかおれがあなたを逃がす。あなたを自由にしてみせる」

る。

麟太郎はミサヲを抱く腕に力を込めて、耳もとで囁いた。

ミサヲの返事はなかった。ざっざっざっ、と米を研ぐ音だけが炊事場に響いてい

さすがに平土工夫たちも幹部室の狂宴に気付いたらしく、ミサヲに下卑た視線をあからさまに投げかける者や、おこぼれにあずかることを期待して幹部に媚びを売る者も出てきた。今朝、麟太郎は味噌汁の椀をミサヲから受け取る際にさりげなく尻に触るタコを見つけて、そのタコが気絶するまで殴った。

タコたちを引き連れて現場へと向かおうとする麟太郎の顔を眺めて、毒島はにやりと笑う。

「おめえ、いい顔になってきたな。眼が血走って瞳孔開いて、そのうちひとを殺しそうな人相だ。毒島一家の棒頭にふさわしいべ。もっと鬼になれ。早く人間をやめて化けもんになれ」

麟太郎は毒島を一瞥すると、無言で出発した。

早朝から雨が降っていた。雨足は次第に激しさを増し、午後を迎えるころには前が見えないほどの土砂降りになった。脱線したトロッコがあちこちに転がり、タコたち

は泥にまみれて這いつくばっている。積んだ土砂が流れて軌条《レール》を塞いでいた。

「しかたない。今日の作業は終わりだ」

古株の棒頭が判断を下し、引き上げることになった。タコたちの顔に安堵が広がる。「明日は倍働いてもらうからな。覚悟しておけ」と麟太郎は手綱を締めるのを忘れない。

飯場に戻ると、目覚めたばかりだと思われる毒島があくびをしながら出てきた。

「あれ、もう帰ってきたのかい」

「雨が酷くて仕事にならないので、今日はもう終わりにしました」

粗末な小屋に雨音が反響し、雨洩りが床のあちこちに水溜まりをつくっていた。汗が冷えたタコたちはくちびるを青紫に染めてぶるぶる震えている。いつのまにか夏は終わり、山は冷気に包まれはじめていた。

「確かにこの雨じゃしょうがねえか。おい、早く風呂を沸かせや。タコどもが風邪を引くと工期に響くべ」

毒島は雑夫を捕まえて指示を出した。近くに雷が落ちて小屋がびりびり震動する。

外の五右衛門風呂が沸くと、タコを順番に入れた。さきに上がったタコは土間に溜まっているが、まだ震えている者もいる。たった五分の入浴では芯からあたたまることは難しい。

「まだ寒いか？　躰をあたためるにゃ、あれがいちばんだ」

毒島はタコのひとりに酒焼けした赤ら顔を近づけて黄色い歯を見せると、炊事場に顔を向けた。

「おおい、炊事番！」あわただしく夕飯の準備をしている炊事番たちに声をかける。まさかタコに酒をふるまうのだろうか、と麟太郎は驚いた。ここのタコ部屋では酒は中飯台に上がるまでいっさい口にできない。タコたちのあいだでも「酒か？」と囁きが交わされ、毒島を見る眼差しに期待が滲んでいる。

「なんですか、親方」いちばん手前にいた炊事番の男が振り向いた。

「違う違う、ミサヲだ」

ぎこちない手つきで大根を切っていたミサヲは、濡れた手を前掛けで拭きながらやってきた。

「急いで夕飯をつくっていますから、もう少し待ってくださいね」

「なに言ってんだ、まずい飯よりもてめえの躰をこいつらに食わせれや」

毒島は笑ってそう言い、ミサヲの背を蹴って土間に倒した。

ざわっと空気が波打った。言葉がその場にいる者たちの頭にゆっくり浸みていく。

禍々しい気配が小屋に広がる。目に見えない欲望がうねる。逃げようと立ち上がりかけたミサヲの腕を、ひとりのタコが摑んだ。それが合図になったかのように、男たちは雄叫びを上げてわれさきにと手を伸ばした。

「おめえら、今夜は無礼講だが明日の仕事を怠けたらただじゃおかねえぞ」

毒島は笑いながら一升瓶に口をつける。

地獄絵図だった。四十人あまりの男がたったひとりの女に群がっている。何十本もの腕が手当たり次第に仲間を殴り、女を奪いあう。ミサヲのすがたはあっというまに男の波間に消えた。ちぎれた着物の袖が宙を舞う。

麟太郎は土砂降りの外へ飛び出した。蒼白い閃光が炸裂し、山の景色が墨絵のように浮かび上がる。一拍おいて、頭上で凄まじい雷鳴が轟いた。轟音は鼓膜を突き破らんばかりに降り注ぎ、残響が耳の奥でこだまする。

思わず全身をこわばらせたが、すぐに身を躍らせて落雷のあった地点へ駆けた。雷は大気を引き裂いて、麟太郎に狙いを定めたかのごとく立て続けに近くに落ちる。山を鮮やかなひかりの軌跡が走り抜けていく。

——あああああっ！　うおおおおっ！

鋭い雨を降らせる空に向かって吠えたが、その声は砲弾のような雷鼓にかき消された。痛みが耳を貫く。雨が麟太郎のつむじを目蓋を鼻を耳を肩を打つ。

——稲妻よ、おれを打ち抜いてくれ。

空に向かって祈り続けたが、気まぐれな雷は麟太郎をあざ笑うようにだんだん遠ざかり、雨は小雨になっていった。


土間にミサヲが横たわっていた。半開きの口から濁ったよだれを垂らし、一糸まとわぬ肢体を精液と痣と傷にまみれさせて。ちぎれた長い髪がとぐろを巻いている。光沢が消えた虚ろな瞳は闇に向かって開く空洞のようだ。骸に見えるが、わずかに胸が上下しているので生きているのだとわかる。流しにはミサヲが使っていた包丁と切りかけの大根が置かれたままになっている。麟太郎は包丁を拾い上げ、刃に触れた。すっと指の皮が切れて鮮やかな血が滲む。

「お、水も滴るいい男のご登場だべ」

ずぶ濡れの麟太郎が闇夜を背負って立ち尽くしているのを見て、毒島が冷やかした。

「この小屋の者はみんなミサヲを抱いたのに、おめえだけ抱いてねえ。哀れなもんだな、惚れた女を抱けない男ってのは」

「……哀れなのはお前だ」

刃物のようにつめたく平らな声で呟いた。

「ふん。だれに口を利いていやがる。だがな、いくらおめえが岡惚れしようが、ミサヲが惚れてるのはこのおれだ。うぬぼれんなや」

酒のにおいの息が顔にかかる。毒島が腰に拳銃を下げていないのを確認してから、麟太郎は後ろ手に隠していた包丁をひるがえした。

敏捷な獣のように挑みかかったつもりだった。しかし酔っぱらっているはずの毒島はかろやかな足取りでひらりとかわし、的を失った麟太郎は均衡を崩してつんのめる。

「そんなにおれの女が欲しいか？　それとも下剋上のつもりか？」

毒島は犬の毛皮を投げ捨てて赤銅色の屈強な上半身を剝き出しにすると、一升瓶を竈に打ちつけた。派手な音を立てて一升瓶は割れ、破片が飛び散る。いびつに尖った硝子の瓶をかまえ、「ハッ！」と鋭い声を上げて垂直に飛んだ。

麟太郎は脳天をかち割られるすんでのところで後ろに引いた。だが硝子瓶で頬をざっくりと切りつけられて鮮血が飛ぶ。土間に倒れ込むと、細かな硝子の破片が皮膚を破った。

毒島が振り下ろした第二打を今度は包丁で受け止めた。瓶と包丁の刃がぶつかり、きいんと鋭く硬質な音が空気を振動させる。包丁が刃こぼれしてかけらがきらめきながら舞った。

しばらく競り合っていたが、同時に後ろに飛び、間合いを取る。麟太郎が頬の血をぬぐった瞬間、毒島が猪のように突進してきた。麟太郎はとっさに頭を突き出して強くぶつける。衝撃と目眩で一瞬意識が朦朧とし、右手から包丁が滑り落ちた。毒島も頭に同じぶんだけ損傷を受けているはずなのに、中剃りの頭頂からだらだら血を流しながら瓶を麟太郎の腹に食い込ませる。瓶はメリヤスの肌着を破り、肉に埋まっていく。

ぐおおおお、と麟太郎は痛みで呻いた。頭から流れる血で視界が赤く染まっていく。血の緞帳《どんちょう》の向こうで毒島が蛇のように舌舐めずりをしている。

麟太郎は土間に倒れ、ずるずると這って後退した。指さきが包丁に触れる。毒島はいったん瓶を麟太郎の腹から抜いた。血が間欠泉のように噴き出し、口からもごぼごぼとあふれる。

「もう終わりか？　明日の晩餐はおめえの肉だな」

しゃがみ込んだ毒島は麟太郎の両頬を摑んで頭を持ち上げた。頬の傷に指が沈んでいく。

毒島を睨みつけたまま、包丁の刃を摑んだ。ひとさし指と中指の腹に深く刃が食い込む。頸動脈めがけて瓶を振り下ろす毒島の動きよりも速く、麟太郎は左胸の刺青に狙いを定めて包丁を突いた。大蛇院血風虎鬼居士、と毒島がみずからつけた戒名が彫られた卒塔婆の刺青に。

手応えがあった。

毒島の巨大な肉体が崩れ、膝が土間につく。小屋が揺れて埃が舞う。

麟太郎はいったん引き抜いて、さらに同じ場所を刺した。死ね、死ね、死ね、死ねえ！　絶叫しながら何度も何度も包丁を振り下ろす。

刺されるたび、毒島はびくんびくんと痙攣して笑った。充分に致命傷を与えているはずなのに地響きのような哄笑《こうしょう》が弾けている。この男は不死身なのか、と恐怖で肌が粟立ったころ、毒島の笑いがやんだ。

「……さすがおれの見込んだ男だ。白尾、もっと狂え。いつか地獄で会おうや」

頰を歪めてどす黒い血を吐くと、毒島はそれきり動かなくなった。銀玉ではない左目から永遠にひかりが消える。

異変に気付いた棒頭のひとりが土間を覗いて、ぎゃあぁぁと声を上げた。小屋の者が集まってくる。頭と腹から大量の血を流し、ちぎれかかった指を押さえる麟太郎の凄絶なすがたを、ざわざわと囁きながら遠巻きに眺めている。

麟太郎は毒島の亡骸の横に膝をつくと、右の眼窩に埋まっている銀玉を抉り出した。取り出すとそれは玉というよりは破片だった。麟太郎は眼をすがめてそれをしばらく眺め、口に含む。飴玉のようにしゃぶってから呑み込んだ。うう、とタコのあいだから呻き声が洩れる。

立ち上がり、すうっと息を吸った。

「耳の穴かっぽじってよく聞け！　おれがこの部屋の主だ」

声がタコ部屋に響いた。ざわついていた者たちは息をのんで静まりかえる。

「毒島組はいまこの瞬間から白尾組になる。白尾組はいつまでも孫請けの下っ端でいるつもりはない。おれはタコ部屋の親分では満足しない。もっと上を目指す。そうすればお前たちの境遇だってよくなる。ひと晩考える時間をやるから、不満があるやつはほかの飯場に行ってくれ」

麟太郎は勝利に武者震いしながら、自分を見つめている人びとの顔を見渡す。土間の一点に目をやったそのとき、さっきまでそこに倒れていたミサヲのすがたが消えていることに気付いた。はっと小屋の入り口を見ると、戸が開いてびゅうびゅうと風が吹き込んでいる。そのさきにはちいさな足跡が点々とついていた。

麟太郎はぬかるんだ土についた裸足の足跡を追って駆け出した。女の足跡はよろめくように左右に振れながら続いている。麟太郎の足もおぼつかない。いまになって躰が猛烈に痛み出していた。大量の出血により意識が薄れそうになる。雨はやみ、空は白みはじめている。山は朝靄に包まれつつあった。

白樺の幹に手をつき、荒い呼吸を繰り返す。これ以上歩けそうになかった。手足が痺れ、脂汗が首すじをつたっていく。眼が霞み、鳥の啼き声が耳から遠ざかり、自分の呼吸音ばかりが大きく聞こえる。

――もはやこれまでか。

いまにも尽きそうな命をなだめすかして顔を上げ、女のすがたを見つけた。

ミサヲは娼妓時代の持ちものらしき真っ赤な長襦袢一枚で、切り立った崖の上に立っている。

「ミサヲさん。おれは、僕は、あなたを妻にする。愛しているんだ」

麟太郎は最後の力を振り絞って叫んだ。

ミサヲは表情のない顔で麟太郎を見下ろした。ゆっくりと首を左右に振る。裸足の足が大地を蹴った。赤い長襦袢は蝶のようにふわりと舞い、しかし羽ばたかずに霧に煙《けぶ》る渓谷に墜落した。

麟太郎の咆哮が、紅葉がはじまりつつある早朝の山にこだまする。

＊

勇は低木や隈笹が踏み倒されている獣道を歩いていた。ひとの気配を感じない峻厳な山の奥深くを分け入っていると、自分がいままでなにをしていたのかわからなくなってくる。

毒島の親方が妻をタコの群れに投げ込んだとき、勇も周囲のタコたちと同様に高揚していた。女の白い肌に触れようと手を伸ばした。だが、女に摑みかかる男のなかに不寝番の顔を見つけてわれに返った。戸のほうを見るとそこにはだれもいない。小屋の入り口を塞いで眼を光らせている不寝番が持ち場を離れることなど、それまでいちどもなかった。勇は迷わず外へ飛び出した。女よりも自由を選んだ。

山をさまよい、土のにおいを嗅ぎ、水分を多く含んだ濃密な空気を吸っていると、失っていた自分の魂が帰ってくるような気がする。タコ部屋にいるあいだは山の空気や景色など意識したことはなかった。数か月間タコ部屋で死にものぐるいで働いて、遊郭やあいまい屋で二、三日豪遊して、またタコ部屋に舞い戻る。自分がそんな暮らしを送っていたのが信じられなくなってくる。まるで悪い夢を見ていたかのようだ。思えば清を喪った痛みから逃れるため、タコ部屋で苦痛と馴れあい、女のもとで快楽に溺れていた。肉体でしか物事を感じられなくなっていた。言葉を発さずぴたりとくっついている清のことを子どものころから自分の影のように思っていたが、影はむしろ自分のほうだったのだろう。

沢を見つけた勇は駆け出した。足袋を穿いたままざぶざぶと川に入り、水面に直接口をつけて水を飲む。ぷはあ、と息を吐いて顔を上げた。きらめく川の流れにも、ひとしずくの水にも、空のはるか彼方にも、清は息づいている。上空を舞っている鳥にも、この躰にも。

——早く山を抜けて留萌に帰るべ。いろは屋の紅梅を攫《さら》いに行くんだろ？

悪戯っぽく笑いながら、生きているあいだはいちども聞くことのできなかった声で話しかける清の顔を空に見た。どこにいても独りではなかった。

六

正月だからといって休めるほど遊郭は甘い場所ではない。むしろ稼ぎどきだと発破《はっぱ》をかけられ、いつも以上に酷使される。外では雪がしんしんと降っているが寒さを感じる余裕すらなかった。八日の夜に電灯の試験点灯がおこなわれて、網走にとうとう電気がつくと薄雲は客に教えてもらったものの、見物には行けないだろう。

正月のために借金を重ねて仕立てさせられた、黒の綸子《りんず》に銀の縫箔《ぬいはく》で御所車と桜をあしらった仕掛を着ていられたのは宵の口のごくわずかな時間だけで、あとは乱れた長襦袢で部屋から部屋へと飛びまわっている。客がだみ声で唄う民謡、娼妓の笑い声、台の物を運ぶ男衆のかけ声、徳利が割れる音。宝春楼はいつにも増して賑やかだ。

薄雲は廻し部屋に初会の客が入ったことを遣り手のヨシに教えられた。すでに本部屋にも廻し部屋にも薄雲の客が入っている。時間をやりくりし、それぞれの部屋で待つ男の相手をしなければいけない。薄雲はこれが苦手だった。廻し部屋の見るからに貧しい出稼ぎの男に尽くしているあいだに、待たされた本部屋の上客が怒って帰ってしまったことも何度かある。

「なんだか厭な感じがするお客だよ。巧く説明できないが、とにかく不吉な男だ」

廊下で声をひそめて話すヨシは、珍しく気が進まないようだった。

「お客にそったごど言うもんでねえじゃ」

「とにかく危ないことをされたら叫んで助けを呼ぶんだよ」

本部屋の客が寝息を立てはじめたのを確認してから、薄雲はその廻し部屋へ向かった。

「薄雲です。お待たせしましてすいません」

「おお、あんたが薄雲か。噂どおりめんこいのう」

男は薄雲を見て相好を崩した。顔一面にあばたがある男だった。

男が着物を脱いで、薄雲は息をのんだ。弾けた石榴の実のような潰瘍《かいよう》が躰のあちこちを蝕《むしば》んでいる。あまりに異様なようすに悲鳴を上げそうになったが、すんでのところでこらえた。

「……おぞましいかい？」

男は薄雲の顔を覗き込んだ。その眼はどこか不安そうだ。返事をできずにただ男の裸を見る。重い花柳病を患っていることはあきらかだった。

「これのせいでどこの貸座敷の女も逃げちまう。お前さんもおっかないべ？」

「……いんや、おっかなぐね」唾を呑み込み、ようやく言葉を返した。

「いいんだ、いいんだ。無理すんな。こうして話を聞いてもらって、ひとつの布団で寝られるだけで充分だべや」

「んでね、おら平気だじゃ」

薄雲はそう言うと男の鎖骨のあたりにある潰瘍にくちびるをつけた。胸の潰瘍にも、脇腹の潰瘍にも、そして男根の潰瘍にも接吻する。

「薄雲――！」

男は薄雲を押し倒し、染みひとつない白く滑らかな肌に潰瘍のある手を這わせた。

網走に梅の花が咲くころ、薄雲の肌にも薄紅色の花が咲いた。ひとつふたつ、と咲いた花は、やがて肌を覆い尽くす。

「あーあ、梅毒だね。まあこれも一人前になるための試練だよ」

ヨシは顔にまで発疹が出た薄雲を眺めて言った。

「こったらにみったぐねえ顔、お客が逃げるじゃ。どやすべ」

鏡を見て青ざめる薄雲を見てヨシは笑う。

「心配することたない。数週間すれば消える。そのころには肌が一段と白くなって、もっときれいになってるさ」

ヨシの予言どおり、夏が来る前に湿疹は自然と消えた。頰や顎についていた少女らしい肉が落ちて大人びた面立ちに変わり、躰つきも華奢《きゃしゃ》になった薄雲は、前よりも稼ぐようになった。ただ、髪が抜け落ちて減ってしまったので、かもじを入れてごまかさなければいけなかった。

薄雲が鏡台を覗き込んで地肌を隠すべく髪を整えていると、廊下から呼びかけられた。

「薄雲、文子さんから手紙が届いたって！」胡蝶の声だった。

「ほんとにが？」

櫛を投げて部屋を飛び出した。手招きされて胡蝶のお職部屋に入る。そこには文子の兄の高春もいた。

「文子さん、どうしてらど？」

楼主の娘である文子は去年の夏に出奔したきり、ようとして消息が知れなかった。

「落ち着いて。いま読んであげるから」

胡蝶は便箋を広げて咳払いをひとつすると、読みはじめた。

「お兄さま、ご心配をおかけしてすみません。お父さまとお母さまはお元気ですか。そちらは変わりありませんか。文子はいま、函館におります。函館の貸座敷のお世話になっています。文子は娼妓になりました」

胡蝶は眼を見開いていったん言葉を止めた。ひっ、と薄雲は短い声を上げる。

「娼妓の仕事に身を浸してみて、いままでひとの稼ぎで贅沢してきたことをあらためて悔いています。ここは女学校よりもよほど学べることがたくさんあります。お兄さまもどうか、おうちのおねえさんがたに親切にしてあげてください。みなさんこの手紙を読んで驚き哀しまれると思いますが、文子は元気なので心配しないでください。いまは若緑《わかみどり》と呼ばれている文子より」

「若緑……」

薄雲は呆然と呟いた。それがいまの文子の名なのだろうか。矢絣のお召に海老茶色の袴を着て庇髪に結った文子のすがたを思い浮かべる。マンドリンを習ってみたい、自転車に乗ってみたいと話していたあの潑剌とした女学生が、もう清らかな肉体ではなく、それどころか夜ごと男たちに金で抱かれているなんて信じられなかった。

「お袋はこれを読んで熱を出して寝込んでしまった。親父はあんがいけろりとしていて、本人の好きにさせろってさ。おれはとりあえず、函館に使いを出してさがさせようと思っている」

「借金もないのに好きこのんで苦界に身を沈めるなんて、そんな酔狂なやつの話は聞いたことがないよ。あんたの妹はどうかしてる」

話を聞きつけて部屋に来た松風が手紙を読んで唸った。

「文子さん、まだ満で十八になっていないでしょう？」と胡蝶が高春に訊ねる。

「ああ。警察の鑑札も取らないような、いい加減な楼にいるんだろうな。畜生」

高春は苛立たしげに爪を噛んだ。胡蝶はその手にそっと触れて、爪をくちびるから引き離す。

その夜、薄雲は高熱を出した。文子の手紙による衝撃で発熱したのだろうと思ったが、朝になって客を送り出すころには見憶えのある湿疹が全身に出はじめていた。首や腋がずきずきと痛み、全身が怠くて食事のために階段を下りることすらおっくうだ。

「やれやれ、また出ちまったかい。今度はしぶとそうだね」薄雲を見てヨシは嘆息した。

その日のうちに遊郭の病院である駆梅院に連れていかれた。強烈なヨードホルムのにおいがただよう駆梅院の廊下では、検査を待つ娼妓たちが青い顔で泣いたり手を合わせて祈ったりしている。入院を回避したくて必死なのだ。病院での暮らしはひもじくつらいし、なにより借金が膨らむ。

娼妓のひとりが顔を上げて薄雲を見た。はっと眼を見開き、すぐにうつむく。ひとめで病いに冒されていることがわかる薄雲には、祈る余地すらなかった。眼鏡をかけた初老の医者は、薄雲が診察の台に乗る前に入院を命じた。

八畳一間の細長い病室には染みだらけの布団が敷きつめられ、患者たちは暗い顔で横たわったり外を眺めたりしている。楼の朋輩《ほうばい》に差し入れをお願いする手紙を書く者、故郷の親に元気で過ごしていると嘘の手紙を書く者、布団をかぶり声を押し殺して泣いている者。男たちが憧れる花街の女の華やかさはどこにもない。みな薄汚れた褞袍《どてら》を着て、髪を無造作に束ね、蒼白い幽鬼じみた顔で虚《うつ》ろに過ごしている。

薄雲は艶を失った髪をひとつにまとめて巻いた。摑んだ髪の束が細くなっていることに哀しくなる。入院して二か月が経つが、病気はいっこうによくなる気配はなかった。薄紅色の湿疹はえんどう豆ほどの大きさの赤褐色のできものに変わった。潰れては瘡蓋《かさぶた》になり、また新たなできものが膨らむ。

遣り手のヨシは数日おきに洗濯した長襦袢や腰巻などを届けに来るし、胡蝶や松風もときおり見舞いに来てくれる。だが、最も頻繁に顔を見せるのは大番頭の銀蔵だった。

「ここは空気が悪いな」

病室に入った銀蔵は周囲を一瞥して凜々しい眉をひそめた。窓を閉めきっている部屋には、数日おきにしか風呂に入れない患者たちの体臭と消毒のヨードホルムのにおいがよどんで充満している。

「食事も毎日南京米に漬けものだろう。治るものも治らない」

銀蔵は袖から梨と小刀を取り出した。男のものとは思えないほっそりときれいな指で器用に梨の皮を剝く。薄雲はもう梨の季節であることに驚いていた。ろくに稼げぬまま月日だけが流れていく。銀蔵は切った梨を薄雲の口に入れた。みずみずしく爽やかな甘さが口内に広がる。うっとりとそれを咀嚼した。呑み込んでから銀蔵の顔を見上げる。

「あのなす、銀さん」

「なんだ？」

銀蔵は梨を自分の口にも放り投げた。しゃりっと爽快な音が聞こえる。

「なしておらさ親切にすんだべ」

「死んだ妹に似ているからだ」

「なあんだ、おらさ惚れでるんでねえのか」

「私からするとお前はほんの子どもだ。惚れるなんてとんでもない」銀蔵は珍しく口もとをほころばせて笑った。「そもそも楼の妓に惚れるなんて番頭失格だ」

「妹っていぐづだったんだ?」

「死んだときか? 四歳だった」

「四歳……」

最近めっきり大人びてきたと客には評判なのに、銀蔵には四つの子どもに見えるのか。少し落胆してくちびるを尖らせた。

「私もお前と同じ、東北の小作人の子だった。その年は山背《やませ》が長く吹いて酷い飢饉《ききん》になって、村では飢え死にする者が何人も出た。母はある日妹を連れて川へ出かけて、ひとりで帰ってきた。妹のゆくえは教えてくれなかったし、二度と会うこともなかった」

遠くを見るような眼で銀蔵は淡々と語った。

口減らし、と薄雲は思った。噂話やむかし語りでは耳にするものの、身近でそういった事例を聞いたことはなかった。

「これもあとで食べるように」銀蔵は鮭の缶詰を出して薄雲の手に押しつける。缶詰のような高価な品をはじめて見た薄雲は、驚いて銀蔵の顔を見返した。

翌日の朝、ヨシが病室をおとずれた。

「薄雲、帰るよ。荷物をまとめな」

「どしたっきゃ？　先生はまだ退院できねって言ってらじゃ」

「いつまでもこんなところで遊ばせておくわけにもいかないから、旦那さまが話をつけたんだよ」

同室の患者への挨拶もそこそこに退院した。ここに来たときよりも悪化していることがひとめ見ただけでわかる状態なのに、患者たちは羨ましげな眼差しを向ける。

二か月ぶりに帰った宝春楼には二葉のすがたがなかった。訊けば、馴染みの客に身請けされたとのことだった。その客は年寄りのうえ、家庭があるらしい。老人の妾になるほうが、遊郭にいるよりもはるかに仕合わせだ。二葉の部屋には千早《ちはや》という名の新しい娼妓が入っていた。新入りではあるが薄雲よりもずっと年上で、帯広の木賊原《とくさわら》遊郭から鞍替えしたらしい。

張り見世の壁に貼られた席順を見て嘆息する。長いこと休んでいたので最下位になっていた。首位はまた胡蝶だ。先月はとうとう網走の妓楼でいちばんの売り上げを叩き出したらしい。

「いやあ、みったくねえ顔になっちまったべや」

久しぶりに会った楼主は薄雲の潰瘍にまみれた顔を見て苦笑した。薄雲はむっとして顔を背け、自分の部屋に戻ろうとするが、呼びとめられる。

「違う違う、今日からおめえの部屋はこっちだ」

連れてこられたさきは窓のない行灯部屋だった。

「なしてこったら場所さ――」

「その顔じゃ張り見世に出せねえから、ここでこっそり客を取ってもらう。上客はまわせねえが、どうせおめえは貧乏な男のほうが好きなんだべ」

薄雲の行灯部屋には、よそで登楼を断られた男が通ってくる。廻し部屋で時間遊びする金すら持っていない男、土気色《つちけ》の顔をして不吉な咳を繰り返す肺病やみらしき男、女を馬用の鞭でいたぶるのが趣味の男。裏の勝手口からこそこそと入ってくる客たちはみな訳ありで女の肌に飢えていて、薄雲の弱ったちいさな躰にありったけの欲望をぶつける。薄雲がどんなに悲鳴を上げようと、廊下に控えている若い衆が助けに入ることはない。

午前の遅い時間、銀蔵は薄雲の部屋の戸を開けた。たちまち饐えたにおいが鼻腔を刺す。長いこと干していない布団の臭気と客たちの残り香、そして病んだ薄雲の躰が発する腐臭に似たにおい。

昨夜薄雲の部屋に入ったのは、旭川の中島遊郭で娼妓を嬲り殺したという噂がある男だった。男が帰っても洗浄に行く気力すらなかったらしく、干からびた男の体液が肌にこびりついている。

銀蔵は黒八丈の羽織を脱いで、骨が浮いた薄雲の肩にかけた。

「薄雲。私がお前を身請けする」

薄雲はゆっくりと頭を上げ、虚ろな眼を銀蔵に向ける。

「……できるんだが？　そったごど」

「たいした額ではないが貯め込んだ金がある。いくら吝嗇なうちのおやじでも、お前を厄介払いできておまけに金も入るとくれば首を縦に振るだろう」

薄雲はしばらく考えるそぶりを見せたが、ふっとかすかに笑うと汚れた布団に顔を埋めた。

「おら、出ていがね。この娼売が好きだすけ」

実際、客のあいだで薄雲は「おぼこい顔して派手に乱れるんだ。ありゃ、根っからの好き者だな」と評判だった。

「しかし――」

「おらがいなくなっだら、あのお客らはどこさ行ぐんだ？　だれが相手ばしてくれるんだが？　イエスさまは、どったらひとにも分け与えでくれるんだべ」

銀蔵はなにも言えず、薄雲のあばらの浮いた胸もとにきらめいている十字架を見た。かつては自分のものだったそれを手に取る。十字に架かったキリストはただ苦悶の表情を浮かべている。

冬が底を迎えるころ、薄雲は咳が出て痰が喉に絡むようになった。湿った咳が廊下に響く。はじめは風邪だと思ったが次第に激しくなり、ある日とうとう痰に血が混じった。もともとあった微熱や怠さに加え、漬け物石を乗せられているような胸の痛みも感じる。

行灯部屋への娼妓の立ち入りが禁止された。しかし胡蝶と松風は、遣り手や若い衆の眼を盗んで食べものを差し入れに忍び込んでいる。「吉原では張り見世が禁止になったっていうのに、網走ではあいかわらず檻に並べている」と胡蝶が憤《いきどお》っていたが、薄雲にはどうでもよかった。おとずれる客もめっきり減った。薄雲は昼夜うつらうつらと過ごしている。夢とうつつとの境があいまいになっていく。

ある晩、部屋に銀蔵が音もなく滑り込むように入ってきた。大番頭の銀蔵にとって忙しい時間帯であるはずなのに、こんな場所で油を売るとは妙だ。

「銀さん？」薄雲は頭を上げた。

「薄雲、行くぞ」

「行ぐ？　どごさ？　おら、どこへも行がね」

「ここのおやじはお前が死ぬのを手をこまねいて待っている。死んだあと、残りの借金をお前の親に請求するつもりだ」

「うちにはそった金なんてねえじゃ」

「妹がいるだろう。妹をどこかへ売らせてその金をふんだくろうと考えている」

「妹……キヨば売る……」

薄雲は上体を起こした。幼い妹の顔を思い出す。別れてから二年が経ち、少しは娘らしくなっているだろうか。

「駄目じゃ、キヨば売るなんて！」

「胡蝶と坊ちゃんが楼の者を引きつけておいてくれている。いまのうちに」

銀蔵に見つめられ、薄雲はとうとう首を縦に振った。

「……わがったじゃ」

「さあ、急いで」

銀蔵は薄雲の寝乱れた長襦袢を手早く直し、ひょいと背負った。「……軽いな。張り子でできてるみたいだ」と呻くように呟く。

廊下に出て裏の階段から台所へ向かった。

「銀蔵、薄雲！　早くここから外へ！」

台所にひそんでいた高春に手招きされて、勝手口から外に出る。闇から荒々しい吹雪が巻き上がり、睫毛に雪が載って視界が白くなる。ひさびさに嗅ぐ、新鮮な外のにおい。獰猛《どうもう》で哀切な流氷鳴きが海のほうから聞こえる。薄雲は銀蔵の背にしがみつきながら、その着物の内側に彫られたマリヤさまのことを想った。

銀蔵は薄雲を背負って北へ向かった。途中で馬喰《ばくろう》から馬と橇《そり》を買い、山道を走らせる。やがて道も尽きた。何者にも踏みかためられていない雪を橇は鈴の音を響かせて滑り続ける。馬が脚を痛めて走れなくなったところで、ようやく移動するのをやめた。

銀蔵はそこに小屋を建てた。ふたりきりの山の暮らしがはじまった。清澄な空気が功を奏したらしく、薄雲は起きて歩きまわれるようになった。薪を拾い、沢の水を汲み、木立から静かな瞳で見つめてくる鹿に話しかけて日々を過ごしている。小屋から二時間ほど歩いた場所に金を掘っている鉱山があり、銀蔵はそこに働きに出るようになった。力仕事とは無縁だった銀蔵のやわらかな手は、土にまみれて黒く節くれ立っていく。

雪融けがはじまったある日、薄雲は沢に水を汲みに行く途中で倒れている男を発見した。褌一丁で雪に埋もれていたその男を、薄雲は橇に乗せて小屋に連れ帰った。

「わしは、山の反対側にあるタコ部屋から逃げてきたんだ」

薄雲がつくった握り飯を一心不乱に食べて水を飲んでから、男はそう告白した。男の全身は傷にまみれ、腫れた肩の皮膚は破れて蛆《うじ》が湧いている。

「じきに追っ手が来て捕まる。殺される」

男はぶるぶると震えて、殺される、殺される、と繰り返した。

「おらが匿《かくま》うすけ、心配すんな」

蛆の湧いた肩に手を置いて男の瞳を見つめると、男の震えはおさまった。

しかし、翌朝薄雲が起きると男は息をしていなかった。

「重い脚気だったんだな。お前が助けても助けなくても死んでいた。だが、安らかな気持ちで死にゆくことができただろう」銀蔵は男の亡骸を確かめて言った。

その日、薄雲は汗だくになって雪をかき、土を掘り起こして男を埋めた。薪を削って十字をつくり、墓標にする。しゃがみ込んで手を合わせていると、仕事から帰ってきた銀蔵が横に立つ気配を感じた。

「前に私の妹の話をしたな」

銀蔵の低く抑揚に欠ける声が鼓膜をくすぐる。

「ああ、おらさ似でるっていう……」

「薄雲。妹を川へ連れていったのは母ではない。私だ。こいつさえいなければもっと飯が食えるのにと思って、川底へ沈めた」

薄雲は手を合わせて眼を閉じたまま、黙って話を聞いていた。

「イエスにすがったのも、その罪から逃れたい一心だった。私はお前のようには強くないから」

薄雲は赤い潰瘍が弾けている顔を上げて銀蔵を見る。

「……銀さん。頼みば聞いでけろ」

「なんだ？」

「ヤマには銭《じえん》こがねえ男がいっぱいいるんだべ」

「ああ、そうだな」

「おらの躰ば、そった男らに分け与えるべし」

「しかし――」

「頼むじゃ！　お願いだ」

薄雲に揺さぶられて銀蔵は苦悶に満ちた表情になり、眼を瞑った。嚙みしめたくちびるは血の気を失って白い。


初夏を迎えて野山に花が咲き乱れるころ、噂が流れるようになっていた。あの山の奥深くにぽつんと建つ粗末な小屋には、世にもきれいな娘がいて、わずかな金で春をひさいでいる――。

数年後に近くを通った旅人が聞いた噂は、少し変化していた。あの山の奥深くにぽつんと建つ粗末な小屋には、鼻や頰の腐り落ちた世にも醜い化けものがいて、わずかな金で春をひさいでいる。脳もやられているらしくろくに喋れないし自分の名前すらわからないが、男が近づくと抱きついて離れないらしい――。

さらに数年後、物好きな男が怪談じみた古い噂を聞きつけてその小屋らしき民家を訪ねたが、女のすがたはなかった。ただ、幽玄なたたずまいの仙人のような男が、十字の墓標がふたつ並んでいる小山に花を供えていたという。

七

太陽が出て窓の外の雪が光って眩しい昼下がり、胡蝶は鏡台の前に座って紅を差していた。高春がじゃれる子犬のように背後から抱きつき、白粉を塗ったばかりの頬に接吻する。

「よして。時間がないのに」

胡蝶は迷惑そうな声を出すが、口もとがほころぶのを隠せない。自分からくちびるを重ねる。紅が移ったくちびるが離れたあと、高春は懐から封筒を取り出した。

「文子から手紙が届いたんだ」

「文子さん、なんて？」

「いま読むよ」

胡蝶は高春の手から手紙を奪って開く。

「……みなさんお元気ですか。函館は網走よりも早く春がやってきそうです。文子はもう娼妓ではありません。いまは教会のみなさんにお世話になりながら、苦界であがく娼妓たちのためになにができるのか考えているところです。文子はここで自分の使命を見つけたいと思います」

ひと息に読んだ胡蝶は手紙から顔を上げて、長い息を吐いた。

「親父も内心は気がかりだったらしく、これを読んでほっとしていたよ。すぐに帰ってきて両親を安心させてやってほしいが、まあ、しばらくは本人のやりたいようにさせたほうがいいだろう。下手に刺激するとやぶ蛇になる」

高春が去ったあと、気持ちが高ぶって落ち着かない胡蝶は部屋を出て階段を下りた。ひとと話したくて茶の間を覗くがだれもいない。そのとき張り見世のほうから物音が聞こえた。数日前の昼間に近所の子どもが狐格子の隙間から忍び込もうとして、騒ぎになったことを思い出す。また子どもの悪戯だろうかと張り見世を窺うと、そこには千早がいた。

千早は二葉と入れ代わるようにして宝春楼にやってきた娼妓だ。前は帯広の木賊原遊郭にいて、豆成金の上客に支えられてお職を張っていたらしい。朋輩たちとの折りあいが悪く、売り言葉に買い言葉で鞍替えしたという噂だった。

胡蝶はそっと千早の横顔を窺った。瓜実顔《うりざね》のこぢんまりとしたつくりの美人だ。千早は壁に貼られた席順を見つめている。胡蝶の視線に気付かず、睨むように貼り紙を凝視する眼には涙の膜が張っている。千早の名は下から二番めに書かれていた。帯広一の売れっ妓だったという自信から来る気位の高さが災いしてか、ここではなかなか人気が出ない。それに対し、胡蝶は今月も一位だ。

「千早」

見ていられなくなった胡蝶が声をかけると、千早ははっと顔を上げた。とげのある眼差しで胡蝶を一瞥《いちべつ》して、ふんと鼻を鳴らす。着物の裾をひるがえし、足早にその場から立ち去った。階段を駆け上る荒っぽい足音が頭上で響く。

胡蝶は千早を追わずに内所を覗いた。帳簿と睨めっこしている楼主のすがたが見える。おとうさん、と半分開けてある障子から声をかけた。

「なんだ？」楼主は目頭を揉みながら顔を上げる。「胡蝶か」

胡蝶は帳場の正面に正座すると、話を切り出した。

「お願いがあります。稼ぎ高の表を貼り出すの、あれをやめにしてくれませんか」

楼主は四角い顔を歪め、くちびるをひん曲げる。

「張り見世をやめろだの、稼ぎ高を貼り出すなだの、おめえはうるさいやつだべや。

いったいだれに入れ知恵されてんだ」

迷惑そうな声に気圧《けお》されたが、自分を奮い立たせてふたたび口を開く。

「ああやって席順を貼り出すことで、わだすらを競わせて娼売に精を出すようにし向けているのはわかっています。だけど、ほんとうにそれで楼が繁盛するのでしょうか」

「日本じゅうどこの楼でもやってることだ。なんでみんなやってるかっつうと効果があるからだ。おめえが疑問を持つ必要なんざねえや」

「でも、ぎすぎすして楼の雰囲気が悪くなっては本末転倒ではありませんか」

「そったらことばかり気にして、お職の座を奪われても知らねえぞ。太い客を続けざまに失ったから今月は厳しいっしょ」

先月、胡蝶の客である呉服屋の若旦那の市川が、息子の遊び人ぶりに業を煮やした父親によって小樽へ送られた。さらに材木商の客が躰を壊して廓通いを引退した。

「胡蝶、近ごろおめえ呪われてるんでないのかい。肩に乗ってる水子の呪いかねえ。まったくおめえらは命を粗末に扱いやがる」

楼主はそう言うと黒く汚れた奥歯が見えるぐらい大きく口を開けて笑った。

その顔を見つめながら、胡蝶は自分の体内にかあっと焔が燃えるのを感じた。闇送りにした胎児、幼くしてあの世へ旅立った太郎。自分が借金でがんじがらめの娼妓でなければ、ふたりとも命を失うことはなかった。

噛みしめた歯がぎりりと鳴る。楼主に襲いかかる自分を想像した。髪を乱し、肩を怒らせ、顔を夜叉《やしゃ》のように歪ませて一心不乱に楼主の角張った顔や太い腹を殴りつける自分のすがたを。

だが行動には移さなかった。しばらく楼主の顔を睨んでいたが、ふっとうつむくとなにも言わずに内所を出た。乱れた呼吸を整えながら壁にもたれかかり、天井を見上げる。太郎、とすがるように呟いて愛くるしいその顔を思い浮かべようと眼を瞑るが、のっぺらぼうの赤ん坊しか出てこない。数か月前までは目鼻立ちをくっきりと思い出すことができたのに、いまはあいまいにぼやけている。胡蝶は愕然として立ち尽くした。一枚の写真も撮っていないのだから、どんな顔だったのか確かめるすべはない。激しい動悸と目眩に襲われ、板張りの廊下がうねって見えた。宝春楼に来てまもない幼顔の女中が、不思議そうに胡蝶を横目で眺めながらぱたぱたと足音を立てて通り過ぎる。

「胡蝶さん、お客さま！」

若い衆の声が階下から聞こえて、本部屋の鏡台を覗き込み鬢のほつれを指で直す。しかし、しばらく待っても客が来る気配はなかった。屋台骨だった銀蔵が去ってから宝春楼はぐらついている。なおも待っていると襖がわずかに開き、遣り手のヨシがかさついた顔を出した。

「あんたの客らしいけど、だれも顔を憶えていないんだ。あそこにいる男、知ってるかい？」

ヨシは小声で言うと、廊下の向こうで若い衆と話している男を顎で指した。胡蝶はそちらに眼を向ける。ひとめで堅気ではないとわかる、薄暗い雰囲気を纏った男だった。ただ立っているだけで周囲の空気を張りつめさせている。お香や白粉が香る妓楼の廊下に、血なまぐさい臭気を嗅いだ気がした。

客を選べる立場である胡蝶の馴染みは、比較的品の良い男が多い。知りません、と答えながら男の横顔を再度見て、あ、と声が洩れた。肉の削げた酷薄さを感じさせる頰の輪郭に、いつか見た白く清らかな頰が重なる。――白尾さん、と呟きが洩れた。それが聞こえたのか男が振り向き、胡蝶を見つめて頷いた。

引付の間で交渉を終えて胡蝶の本部屋に入った男は、二間続きの八畳間を見まわして感慨深げに口を開いた。

「そうか、お職になったんだったな」

「はい。あなたのおかげです」

「おれの？」

「あなたが字を教えてくれたから」

「……ああ、そんなこともあった」鱗太郎は眼を閉じて息を吐いた。

「いつも手紙をありがとうございます。本も」

そう言ったものの、手紙のやりとりをしている男と目の前の男がうまく結びつかない。これがあの、繊細でやさしい手紙を書く男だろうか。このひとが前にここに顔を出したのはいつだっただろう。おととし、いや、そのさらに前の年の、冬になる直前。そのときも柔弱《にゅうじゃく》な東京の大学生が生傷にまみれた土工夫になっていることに驚いたが、さらに別人のように面変わりしている。ヨシや楼の男衆がわからなくても無理はない。

「見ていただきたいものがあるんです」

胡蝶は立ち上がると、床の間にかけてある掛け軸に手をかけた。「梅に鶯」の掛け軸を外すと、その下には一枚の書が貼られていた。ゴールデンバットを咥えて火をつけようとしていた鱗太郎の双眸が一瞬揺れる。

「あなたの肩に彫られていた文字です」

「……よく憶えていたな」

「あのときは読めなくて字のかたちだけ憶えていたから、ずいぶんあとになって調べたんです。不垢不浄。般若心経の一節ですね」

「ああ」

「汚いもきれいもない。そういう区別はひとの眼がつくり出している錯覚。すべては見るひとのこころが決めること」

「……おれはもう、そうとは思えないんだ。現にこの両手は血に汚れている」

麟太郎は自分の両手を眺める。右手の指が数本、不自然なかたちに固まっていることに胡蝶は気付いた。

「昇月楼にいたミサヲという女を知っているか」

しばらく沈黙していた麟太郎が、眼を神経質に瞬かせながら訊ねてきた。昇月楼とはここの向かいに建つ妓楼だ。

「昇月楼のひとたちとは駆梅院に検査に行ったときに顔を合わせることはありますが、名前までは」そこまで話して、胡蝶の頭に閃いたものがあった。「タコ部屋の親分に身請けされた妓がいるという話を聞いたことがあります。もしかして――」

「いや、いいんだ」

麟太郎は話を遮るように手を振り、まだほとんど燃えていないゴールデンバットを火鉢の灰にねじ込んだ。

「疲れているから寝させてもらう」

絹布団に入って横を向く。まだ二十代の半ばだというのに、箱枕に乗っている頭には銀色の毛が幾筋も光っている。以前にはなかったものだ。胡蝶も布団に入り、筋肉質のかたい背に躰を押しつけた。後ろから手をまわして抱きしめる。麟太郎は身をこわばらせたが、やがてゆるゆると力を抜いた。

ふたりともそのまま寝入ってしまったらしい。目蓋を上げたときには妓楼は静まりかえっていた。引けの時間を過ぎてよその部屋の客も眠りについたようだ。ただ、窓の外から動物の唸り声らしきものが風の音にまじって断続的に聞こえてくる。野犬か、狐か。

「……人間の呻き声だ」

胡蝶の胸のうちを読んだかのように麟太郎が呟いた。布団から出ると、音を立てずに窓のほうへ進む。胡蝶もあとについて窓の外を見下ろした。軒下に大きなかたまりが見える。大柄の男がうずくまっているようだ。眼をこらして灯籠に照らされている着物の柄を見て、あっ、と叫ぶ。

「知り合いか？」

「おとうさん――」

「ここの主人か。ひとを呼ぼう」

「待って」

胡蝶は廊下へ出ようとした麟太郎の袖をとっさに摑んでいた。ふたりの視線が交差し、沈黙が部屋を支配する。

「……とりあえずこの部屋へ引き上げよう」

麟太郎は自分の着物の帯を解き、胡蝶にも帯をよこすように言った。胡蝶は自分の伊達締めをほどきながら、麟太郎の肩の刺青が入っていた部分が大きく抉られていることに気付いた。墨の色はどこにもなく、真新しい白い皮膚がぴんと張っている。見てはいけない気がして視線を下ろすと、今度は腹の大きな傷跡が眼に入った。

麟太郎は帯を結びあわせて綱をつくり、欄干に結びつける。何度か引っ張って強度を確かめてから、褌一丁で綱を握って窓の外へ身をひるがえした。

胡蝶は窓から寒空に身を乗り出して、地面に降りた麟太郎が楼主を抱き起こすのを見ていた。よろよろと立ち上がった楼主は麟太郎に導かれて綱を摑み、後ろから支えられながらぎこちない動作で登りはじめた。途中で何度か手を滑らせ、綱がくるくるとまわる。欄干が軋むたびに胡蝶は肝を冷やしたが、楼主はなんとか登りきった。どしんと音を立てて巨体が転がり込み、そのあとに麟太郎がかろやかに身を躍らせて部屋に戻る。

楼主は床に腹這いになり、首の後ろを押さえて呻いている。近づくと酒のにおいがぷんと香った。酔っぱらって帰宅する途中だったのだろうか。着物の背は血を吸ってどす黒く染まっていた。

「首の後ろに氷柱《つらら》が刺さったらしい。そばに太いのが落ちていた」

ここ数日で急激に寒さがゆるんだので、屋根から下がっていた立派な氷柱が滑り落ちたのだろう。

「それで、お前はどうしたいんだ」

麟太郎に問いかけられて、胡蝶は狼狽した。なぜ廊下にひとを呼びに行こうとした麟太郎を引き留めてしまったのか、自分でもわからない。肩を縮め、身をかたくしてうつむく。

「わだすは……私は……」

「弱っているこいつを見て、残忍な気持ちになったんだろう？　いたぶりたいと思って、ひとを呼びに行こうとするおれを止めたんだろう？　お前の眼は確かにそう言っていたぞ」

麟太郎に耳もとで囁かれて、胡蝶の躰はかあっと熱くなる。

――胡蝶、近ごろおめえ呪われてるんでないのかい。肩に乗ってる水子の呪いかねえ。まったくおめえらは命を粗末に扱いやがる。

楼主の言葉が甦り、奥歯を嚙みしめた。

不穏な状況を察した楼主が脂汗にまみれた顔を上げ、「早くだれか呼んでこい。胡蝶、はんかくさいこと考えるなや。きつい折檻が待ってるぞ」と苦しげな息のあいまに悪態をつく。

麟太郎は舌打ちすると手ぬぐいを半分に裂き、楼主の口内に押し込んだ。眼を白黒させて吐き出そうとする楼主の口を残りの手ぬぐいで押さえ、猿轡《さるぐつわ》を嚙ませる。さらにさきほど綱として使った帯で手足を海老反りに縛った。楼主は血走った眼で麟太郎と胡蝶を交互に睨み、呻きを洩らしながらごろごろと床を転がる。胡蝶は後ずさって顔を逸らしたが、暗い悦びで胸が沸き立つのを感じていた。麟太郎は転がる鞠を止めるように楼主を足で踏みつけるとぞっとするほど冷ややかな眼で見下ろし、脱ぎ捨ててあった自分の着物をさぐった。

「事情は知らないが、憎んでいるんだろう。恨みを晴らしたいなら協力してやる」

着物のなかに隠し持っていたものを取り出しながら、後ろにいる胡蝶に向かって静かに言った。それをこめかみに突きつけられて、芋虫のように藻掻いていた楼主の動きが止まる。胡蝶も息をのみ、凍りついた。

「八重子、殺したいのならおれが代わりに殺す。お前が手を汚す必要はない」

麟太郎は二十六年式拳銃の黒光りする銃身で楼主の頰をぴたぴたと嬲る。久しぶりにほんとうの名前を呼ばれた胡蝶ははっと顔を上げた。解放してやってください、そう言わなければと思っているのに、舌が膨らんで口のなかを塞いでいるようで言葉はひとつも出てこない。恐怖がこみ上げ、全身が激しく震えだした。

もはやはっきりと顔立ちを思い描くことのできなくなった赤子の太郎のぼやけた幻影を、部屋の隅に見た。もっとよく見たいと眼を見開いたとたん、太郎は消える。代わりにあらわれたのはこの部屋で木っ端みじんになって息絶えた百代だ。百代さん、と呟くと今度は病魔に冒され見るも無惨なすがたになった薄雲が百代のとなりにあらわれる。その背後に知らない血まみれの女がぼうっと浮かび上がった。ひとり、またひとり、恨みに満ちた眼をした女たちが部屋を埋め尽くしていく。ぶつぶつと聞き取れない言葉を呟きながら裸の女たちは股から血を流してうろつきまわる。

わあああっ、と胡蝶は叫んで顔を覆い隠した。


翌日の午後になり、楼主がどこにもいないと男衆や女中が騒ぎはじめた。心当たりのある場所を手分けして訪ねてまわっているようだが、お職部屋の押入のなかにいるとはだれが予想できるだろう。大ごとになってしまったと胡蝶はおののいた。

昨夜は酒の効力でさほど痛みを感じていないようすだった楼主は、真っ赤な顔で脂汗を流しながら呻き続けている。普段は傷跡のように細い双眸が血走って大きく開かれ、炉のごとく燃えさかっている。胡蝶はその眼差しから逃れるように押入の襖を閉めて床にくずおれた。

「腹が決まったか？」

昨夜から流連《いつづけ》をしている麟太郎に後ろから声をかけられ、首を左右に振る。

三日経ち、四日経ち、麟太郎の流連が五日めを迎えた。そのあいだ、ほかの客はすべて断り続けている。楼主は呻くことすらしなくなった。身じろぎもせず、ただ両の眼を見開いている。その眼はもはやなにも映していない。赤黒い血がかたまってこびりついている傷口はじくじくと膿んで腐敗臭のする汁を垂らし、その周辺は不吉な色に変色している。押入の底は汗と糞尿で染まって耐えがたい臭気を発散していた。警察にも連絡が行き、朝から町の者総出で捜索しているとのことだ。なにせ蔑まれる稼業でありながら土地の名士でもあり、恨みを買う相手も多い、いわくつきの身分なのだ。

ぐおおおおっ、どおおおんっ、ぎゅううう——。窓の外から流氷鳴きの音が聞こえ、室内の異様な光景にさらなる凄みを与えている。

「そろそろ限界だろう。こいつの命も、隠し続けるのも。覚悟を決めてくれ」

いまさら楼主を解放したところで、こっぴどい復讐をされることはわかりきっていた。娼妓の折檻死は江戸の時代はめずらしくなかったという。

「おれは監獄に入るのも死刑になるのも怖くない」

氷のような鱗太郎の声が鼓膜を撫でる。

「私は生き延びてここから出たい」

胡蝶は蒼白な顔でひとりごちた。

「ああ、そうだ。すべてはおれが勝手にやったことだ。お前はたちの悪い客に脅されていただけだ。なにも心配することはない」

麟太郎は自分の着物の袖を食いちぎって裂き、その布で楼主に目隠しをする。拳銃を懐から出して鈍く光る銃身をひと撫でると、手垢の染みついた銃把を不自由な右手ではないほうの手で握った。銃口を喉もとに押し当て、引き金にひとさし指をかける。

胡蝶が観念して耳を塞ぎ眼を瞑った、そのときだった。

「胡蝶！」

廊下から若い男の声が聞こえた。

麟太郎は左手の指の力を抜き、顔を廊下のほうへ向ける。

「坊ちゃま、胡蝶の部屋には流連のお客が――」ヨシのあわてた声があとを追う。

「今日もまだいるのか。畜生、何日めだ」

「確か五日めかと」

「どんな男なんだ？」

「素性は知りませんが、堅気ではなさそうなひやっとする感じの男ですよ。ただ、金離れはすこぶるいい」

「汚い金で胡蝶を好きにしているのか」

荒々しい足音が襖の向こうから響いている。胡蝶は苛立って歩きまわる高春を思い浮かべた。

「どんな金であろうと、その金は胡蝶が外に出られる日を何日か早めてくれるんだ。坊ちゃま、辛抱してください」

「惚れた女がほかの男に抱かれているのを受け入れるしかない、こんな地獄があるか！」

「それがここの女たちの娼売なのですから」

麟太郎がちらりと胡蝶を見た。胡蝶はくちびるを嚙みしめてうつむいている。自分のために怒ってくれる男の声が、嫉妬で取り乱している男の言葉が、じんわりと胸に染みていく。接吻をするときの高春の切実な眼差しを思い出す。ほかの男の痕跡を胡蝶の躰から消そうとするように無我夢中で手足を絡め肌をこすりつける高春の、なりふりかまわぬ抱きかたを思い出す。

——いますぐ襖を開けて高春にしがみつきたい。膝の上で拳を強く握りしめて、その欲望をなんとか押しとどめた。伏せた目蓋から頰へ涙を流しながら、半死半生の楼主をあらためて正視する。目隠しからはみ出た血の気の多そうな濃い眉に、張りだした頰骨の力強さに、高春との相似を見た。血の繫がりはなくとも、楼主と高春はまぎれもなく親子だ。

「なんでおれは廓になんか生まれてしまったんだろう」

どしんと壁が震動し、胡蝶の尻が浮いた。高春が壁を殴ったらしい。なだめるヨシの声が聞こえ、やがてふたりの足音が遠ざかっていく。

沈黙がおとずれた。両手で顔を隠して肩を震わせている胡蝶の息遣いだけが、部屋を満たしている。

「……八重子、おれはお前を地獄に道連れにはできない」

麟太郎はそう告げると鼻から息を吐き、銃口を楼主の喉もとから離した。銃身を倒して蓮根状の回転式弾倉から六発の弾丸を取り出す。

流氷が鳴いていた。ぎいいいっ、きゅううううっ、どおおおお――。獰猛で、奇怪で、哀切で、海が鳴らしているとは信じがたい音。

「おとうさん。この音を知っていますか」

胡蝶は顔から手を離して涙のすじを晒し、低い声で言った。

猿轡をしている楼主の返事はない。

「ただ氷がこすれる音ではありません。理不尽な力によってなすすべもなく流されていった者の嘆きです。寒い、ひもじい、躰が痛い、お国に帰りたい、怒りで臓腑が煮えくり返る、いっそ死んでしまいたい――。海に流れ着いた無数の魂の恨み節です。

おとうさんはこころの耳を澄ましてこの声を聞いたことがありますか」

胡蝶は手の甲で頬をぬぐい、背すじを伸ばして楼主を見下ろす。

「取引しましょう。約束をふたつ守ってくれるなら解放します」

ほとんど骸のような状態である楼主がぴくりと動いた。

「ひとつは稼ぎ高を壁に貼り出すのをやめること。もうひとつは張り見世をやめること。約束できないならここで死んでもらいます。聞き届けてくれるなら、私のことは煮るなり焼くなりどうぞ好きにしてください」

楼主の顎がかすかに頷いたのを見届けて、麟太郎は目隠しや猿轡や手足の帯をほどいた。躰の自由を取り戻した楼主は床に転がりひゅうひゅうと苦しげな呼吸を繰り返す。

「……これでいいんだな」

麟太郎が胡蝶に眼差しを向けた。

「悪いのはおとうさんひとりではありません。この社会をつくったひとたち、そして疑問を持たないすべてのひとです」いまのままでは、たとえ楼主が死んでも借金でがんじがらめの娼妓たちはよそに鞍替えになるだけだ。

「八重子、これが今生の別れだ」

鱗太郎が指の曲がった右手を差し出した。胡蝶は蜥蜴《とかげ》のようにひんやりとつめたいその手を握りながら、青函連絡船の甲板から見た黒い海原を思い出した。あのとき交差したふたりの運命は、いまここで分かれる。

はじめておとずれる店で女たちは華やいだ声を上げていた。外光を取り入れるため大きな窓を設けた天井の高い建物も、壁から垂れ下がっている松の木や小道が描かれた書割《かきわり》も、台に載って黒い布をかぶっている小箱のような写真機も、なにもかもがものめずらしい。

「順番はどうしようか。だれから撮る?」

引率者である高春がその場を取り仕切ろうとするが、きらびやかな仕掛をまとい白粉を念入りに塗った女たちはきゃあきゃあと騒ぐばかりで撮影はいっこうにはじまらない。

「あたしは最初は厭だよ、怖いから。魂を抜かれたらどうしよう」

松風が真面目な面持ちで怯えると、千早が吹き出した。

「いまどきそんなことだれも信じていないわ。おばあさんみたいなこと言いなさんな」

写真館に来たのは張り見世の格子のなかに置く写真を撮るためである。みな写真を撮られるのははじめての経験だ。

「席順のとおりに撮っていくことにしようか」

「いまさら席順なんて。もうそんなものは関係ないわ」

「ひとりずつの写真だけじゃなくて、記念に全員でも撮りましょう」

「みんなで写るならまんなかは厭だよ。早死にするって話じゃないかい」

「だからそれも迷信よ」

鹿の子の布《きれ》や鼈甲の櫛や簪で飾った頭を揺らして笑いあう女たちの晴れやかに光る頬を、胡蝶は見まわす。

解放された楼主は数日間の失踪と怪我について、監獄のそばで物盗りに襲われたと話し、それ以上説明することを拒んだ。きつい罰を与えられることを覚悟していた胡蝶は拍子抜けした。お職を折檻したり罰金を科したりすると、ほかの娼妓の士気にかかわるという計算が働いたのかもしれないが、胡蝶は楼主の良心を信じたかった。

写真館の窓から外を見ると、木の芽がふっくらと膨らみかけているのが見えた。

「おねえさんがた、そろそろ撮りますよ」

焦れた写真屋に声をかけられ、女たちは色とりどりの仕掛の袖をひるがえして書割の前に集まる。

＊

「ああ、網走湖が見える――」

ひかりを湛えた雄大な湖面を見て、八重子は辛抱できずに声を上げた。大正七年の五月。周旋屋に連れられて網走に到着してから、まる四年が経っていた。「苦界十年」という古い言葉を思えば早く出られたほうだ。近ごろ流行りの斬新で潑剌とした柄の銘仙を着て女優髷と呼ばれる束髪に結い薄化粧を施しているそのすがたから、年季が明けたばかりの元娼妓だと見破る者はまずいないだろう。だが、廓の水で磨かれて花開いた美貌は隠しようがなく、八重子の顔を見た男たちは一瞬ほうっと見惚《みと》れるが、横に男を連れていることに気付くとあわてて顔を戻す。

「網走湖か。おれにとってはなんてことのない景色だけど、そうか、きみには特別なのか」高春が感慨深げな声を洩らした。「これからはなんだって見られるさ。見たいと望めばどんな景色だって」

すぐ近くで暮らしていたのに、八重子が網走湖を見るのは四年ぶりだった。逆方向の汽車に乗って網走にやってきた日のことを思い出す。同じ汽車に乗っていたタコ部屋行きの大学生——白尾麟太郎のことも。「今生の別れ」と言ったとおり、彼はあれ以来登楼していない。手紙も途絶えた。

足もとに置いてある八重子の柳行李には、彼からもらった角帽が入っている。華やかな衣裳は朋輩たちに分け与えてほとんど持ってこなかったが、あの帽子は潰れないように荷物のいちばん上にしまった。同じく彼にもらった本も大切に持ってきている。与謝野晶子、石川啄木、樋口一葉《ひぐちいちよう》、島崎藤村《しまざきとうそん》、夏目《なつめ》漱石、平塚《ひらつか》らいてう——。イプセンの『人形の家』の翻訳など、海外の風を閉ざされた妓楼に届けてくれた本もあった。文通は終わっても本はときどき送られてきた。送り主の名前は書いていなくても八重子にはそれが麟太郎からだとわかった。

最近、八重子は自分の廓暮らしについて書きはじめた。だれかに読ませるあてはないが、自身や周囲の娼妓たちに起こったできごとを振り返っていると、ときおり叫びたくなる。もどかしさと焦燥で胸が破裂しそうになり、いても立ってもいられなくなる。

「野付牛にピアソンという夫婦《めおと》の宣教師がいることは知ってるだろ？」

汽車が野付牛に近づいたころ、となりで新聞を読んでいた高春が顔を上げて話しかけてきた。

「野付牛の遊郭設置に反対してるって、おとうさんが」

八重子は楼主が憎々しげに話していたことを思い出す。

「そうそう。そのピアソン夫人、遊郭をつくるため買い集められた農家の娘たちを大枚叩《はた》いて買い取って、自宅に匿ったらしい。料亭の主人に乗り込まれて棍棒で殴られて大けがしたんだとさ。痛ましいが、それで遊郭の計画は立ち消えになったらしいから痛快な話だ」

「でも、農家のひとたちはどうなったんだろう。娘が帰ってきても貧しいままで変化はないでしょう？　根っこから変えていかないと」

もっと考えなければ、と思った。頭を働かせなければ。自分にはなにができるのだろう。

「それにしても、薄雲はキリスト教に惹かれていたから、ピアソンさんのことを知ったら会いたがっただろうに」

去年の二月に失踪した薄雲と銀蔵のことを考えない日はなかった。病気がよくなってどこかで家庭を築いていればいいのだけれど、と汽車の窓硝子にふたりの仕合わせな暮らしを思い描く。

「なにを考えている？」

窓の外を見て沈黙している八重子に高春が声をかけた。

「薄雲と銀さんのことを」

「銀蔵が薄雲を背負って逃げたように、八重子、おれもきみとともにどこまでも行く」

高春は八重子の手を取って言った。その手はあたたかく力強い。

ふたりの旅の終着駅は函館だ。その地では高春の妹の文子が待っている。文子はいま、娼妓たちの自由廃業の手助けをしているという。

函館ではかつて、坂井《さかい》フタという娼妓が楼主に廃業届書への連印を求めて裁判を起こした。函館での一審と二審では敗訴したが、明治三十三年に大審院で坂井フタの要求は認められ、全国の遊郭に激震が走ったそうだ。しかし、それから十八年もの歳月が流れているのに、あいかわらず自由廃業する娼妓はごくわずかしかいない。八重子だって自由廃業という言葉は知っていても自分とはかけ離れた事柄だと思っていたから、借金をすべて返すことで廓を出た。

ただ法律を変えるだけでは足りないのだ。娼妓たちに外で生きていく力を授けなければ。

汽笛が鳴る。かつては哀しげな悲鳴のように響いた汽笛が、行くさきを祝福する喇叭の音色に聞こえた。蝦夷山桜の濃い桃色が車窓に流れる。

昭和二十二年四月

高春の運転するオート三輪が、網走の駅前に着いた。

「それじゃ、行ってくる」

八重子は白髪が目立つようになった髪を耳にかけ、オート三輪の荷台からひらりと飛び降りた。ここは網走にはじめて連れてこられた日に降り立った駅ではなく、昭和になってから移転した駅だ。

昭和二十二年の春、まだ桜のつぼみが膨らむ前。市となった網走は初の市議会議員選挙を間近に控えていた。定員の三倍近い候補者が名乗りを上げるという大混戦になっている。女性が議員に立候補するのも網走でははじめてのことだ。

いまだ世間は戦争が終わった喜びと敗北の哀しみ、これからの期待と不安がないまぜになって落ち着かない。網走は終戦のちょうど一か月前に空襲を受けた。ロケット弾と機銃掃射が降り注ぎ、小学校で訓練をしていた少年兵や漁船員などが亡くなった。海の向こうからアメリカ軍の飛行機が近づいてくる爆音が、その日たまたま海のそばにいた八重子の耳にはなまなましく残っている。

十勝の馬糞風《ばふんかぜ》ほどではないものの、雪融け直後の風は乾燥していて埃っぽい。これから雨が降るごとに塵《ちり》が流れて空気が澄んでいくのだ。八重子は咳払いしてからすうっと息を吸い、メガホンをかまえた。

「みなさん、私は、宝田《たからだ》八重子でございます」

その声が通ったとたん、周囲を歩いていた人びとが振り向いた。好奇の眼差しが向けられる。元女郎がなにを喋るんだ、という蔑みの視線も感じる。小学校もまともに通っていないくせに、と責められている気もする。このこぢんまりとしたまちで、八重子の経歴はよく知られていた。

去年、ＧＨＱにより公娼禁止の覚書が提示された。しかし多くの妓楼はカフェーや料亭に看板を変えて、いまも賑やかに営業を続けている。高春が家業を継がなかったので、宝春楼は楼主の死とともに廃業した。楼主はあの氷柱が刺さった怪我のあと体調を崩しがちになり、八重子が宝春楼を去った数年後に死亡した。現在あの建物ではよその人間が旅館をやっている。ＧＨＱは農地改革にも着手し、長いこと続いた日本の地主制度を解体しようとしていた。いったいいままでどれほどの小作人の娘が、全国の遊郭に売られていったのだろう。

集まってきた群衆のなかに松風の顔を発見した。上背があり長い廓づとめの色気を残している松風は、還暦を迎えても眼を惹く華やかさがある。いや、いまは松風ではない。ほんとうの名前はリウという。彼女は年季が明けても網走から離れず、ヨシに代わって宝春楼の遣り手を務め、楼がなくなったあとはうどん屋をはじめた。八重子は週にいちどはその店へ食べに行っている。

「このたび、市議会議員に立候補しました。私は日陰で虐げられてきた自分の過去を活かし、弱き者のために……」

たどたどしい口調で演説をはじめたとたん、興味深げに視線を投げかけていた群衆の眼から関心のひかりが消えるのがわかった。立ち止まっていた人びとはふたたび歩きはじめる。八重子は焦った。どうにかして自分の胸に滾る思いを伝え、こっちを向いてもらわなければ。

メガホンを握り直して口を開いたそのとき、時空が歪んだ。――気付けば八重子は、ダイナマイトで吹き飛んだ百代の部屋に立っていた。無残な肉塊となった百代を呆然と見下ろしていると、百代は赤褐色の潰瘍にまみれた躰を雪原に横たえている薄雲に変わった。

つぎの瞬間、八重子は山奥で土砂を積んだモッコを担いでいた。タコ部屋、と現場を見たことがないにもかかわらず直感で理解する。棒で背後から殴られる強い痛みを感じて地面に膝をつくと、視界が暗転した。

凄まじい揺れだ。大正十二年九月一日、関東大震災、ここは吉原の駆梅院。壁に手をついて立ち上がるが、また大きく揺さぶられて倒れる。助けて、助けて、早く出して！　娼妓たちは戸を叩いて叫んでいるが返事はない。医者も看護婦もとっくに逃げ出してしまった。火の手が上がり、煙が室内に立ちこめる。手術を受けたばかりで動けない女が布団のなかで念仏をあげるのを聞きながら意識が遠のいていく。

十七歳の少年の肉体になっていた。午前の遅い時刻、校庭で仲間たちと演習をしている。空気を切り裂く轟音に驚いて顔を上げると、空の向こうから黒い影が群れをなして近づいてくるのが見えた。逃げれっ、とだれかが叫んだ。その声でわれに返った少年たちは駆け出す。校舎の裏に穿《うが》たれた穴に逃げ込んだつぎの瞬間、爆音が轟いた。穴が崩れ、空が見える。青空はたちまち真っ赤に染まり、全身に焼けるような熱さを感じた。

水分をたっぷりと含んだ、したたるような南国の空気を感じた。極彩色の花が咲いている。ちぎれ、泥にまみれ、饐えたにおいを発する軍服に身を包み、三八《さんぱち》式歩兵銃を杖代わりにしてかろうじて立っていた。死んだ仲間から奪い取った軍靴はすでに底が破れ、マラリアの高熱と激しい飢えで意識が朦朧としている。

虫の大群の羽音のような機械の唸りが鼓膜を満たした。八重子は空にいる。緑色に赤い円が描かれたひとり乗りの戦闘機の操縦桿を握っている。敵機に向かって旋回しながら突き進んでいく。

立派な体軀の外国人が、マリー、マリー、と囁きながら腰を打ちつけてくる。マリーとは客によってつけられた名だ。日本の一般婦女の純潔を守る防波堤となれ、と国に命じられ、敗戦後まもなくここへ連れてこられた。ほんの少し前まで鬼や畜生だと教えられていた赤毛の兵士にのしかかられながら、躰がまっぷたつに裂けるような痛みに耐える。コンクリートでできた防波堤なんかじゃない、血が通いこころを持った人間だ、と叫びたいが、食いしばった歯のあいだからは、ただ呻き声が洩れるだけ――。

轟くような喝采と拍手でわれに返った。自分が演説を終えたのはわかったが、なにを話していたのかまったく憶えていなかった。だれかほかの人間に喋らされていた気がする。自分に乗り移ったなにか……大きな流れのなかで犠牲になった人びと、搾り取られた命、それらの集合体のようなもの――。

昂奮で頰を染めて駆け寄ってきた人びとと握手していると、群衆の向こうに自分を射るように見つめる総白髪の男を発見した。八重子とさほど年が変わらないはずなのに、ずいぶんと老け込んでいる。一見柔和な面立ちだが、いくつもの壮絶な修羅場をくぐってきたことがわかる凄みがその顔には滲んでいた。

しばらくのあいだ、ふたりの視線が重なりあう。八重子はさきに眼を逸らした。なおも鋭い視線を感じながら握手を終え、オート三輪の荷台に飛び乗った。

あれは白尾組の社長――白尾麟太郎だ。彼の会社は昭和二年からはじまった第二期拓殖計画の恩恵を受けて、急激に成長を遂げたらしい。

去年の夏、札幌の真駒内《まこまない》にあるGHQ関連の工事をしている飯場で、土工夫が監禁虐待されていることが問題となった。八重子はいまだタコ部屋が続いていたことに驚いた。ひとつ問題が露呈すると、膿があふれるように北海道の各地で似たような事例が相次いで摘発された。

白尾組は摘発されなかったので、いまはタコ部屋を利用していないのだろう。いや、下請けに罪をかぶせて巧く逃げたのかも知れないと疑う気持ちもある。公娼制度の廃止もタコ部屋の廃止も、どちらもよその国が絡まないと前に進まないのか、この国に自浄作用はないのかと八重子は歯がゆく感じていた。

「いまのは？」

八重子の視線の動きを追っていた高春が、覆いのない剝き出しの運転席から群衆のほうを振り向きつつ訊ねる。

「土建屋の社長。あの男も今回の選挙に出てる」

八重子は一瞬遠くを見て、懐かしげに眼を細めた。

「……古い、古い知り合いなんだ」

ここはやめておく、と麟太郎はかたわらに立つ男性秘書に告げた。選挙演説をするため駅前に来たが時機が悪い。八重子が去ったあとも人びとは顔を火照らせて演説の感想を語りあっている。

「どちらへ行きますか」

「事務所に戻ってくれ」

自動車に乗り込もうとしたそのときだった。

「タコ部屋の親分のくせに！　恥を知れ！」

罵声が後ろから飛んできた。

振り向くと、学生らしき若い男に石を投げられた。とっさに右手を挙げたが、ひとさし指と中指がろくに動かない手では摑めず、石は手の甲に当たって落ちる。

二本の指は毒島とやりあって包丁の刃を握りしめたときに神経が傷ついたらしく、三十年経ったいまも恢復《かいふく》していない。腹を割れた瓶で抉られた傷はもっと酷く、麟太郎はあのあと腹膜炎で生死をさまよった。

燃える眼で自分を睨みつける、詰襟に学帽の若者をじっと見据えた。よく似た格好をして友人の紺野と日本橋を歩いていた日に意識は戻る。――大正のはじめ、うららかな五月の午後、まだ汚れを知らない肉体と精神。

がむしゃらに駆け上った日々は目まぐるしくあっというまで、つい最近のことに思えるが、前世のように遠くも感じる。もしもあの日に戻れるとしたら、自分は周旋屋の戸を叩くだろうか、と考えかけて、感傷的で無意味な想定だと自嘲し首を振った。

「事務所で祝杯をあげよう」

麟太郎は車の後部座席に乗り、座面に深く沈み込んで独りごとのように言った。

「祝杯？　もう勝ちを確信したんですか」

運転席の秘書は怪訝そうな視線を鏡ごしに投げかける。

「いや、おれじゃない。あの女の祝杯だ。宝田八重子。おれは落選するかもしれないが、あいつは受かるだろう」

眼鏡を外して霞む眼をこする。最近、右目が濁って見えづらくなった。忙しくて医者にかかれていないがおそらく白内障だろう。だが、なんとなく毒島の呪いのような気がしていた。いい加減地獄で待ちくたびれたべや、と銀玉の右目を光らせて笑う赤ら顔の毒島の夢を、最近よく見る。

選挙事務所に帰った麟太郎は、秘書が机に置いた一升瓶を開けた。猪口に注ぎ、口に含む。やさしい酔いに満たされていくのを感じながら、毒島親方、ミサヲ、書生の村木や憎き菱沼、そのほかタコ部屋で会った懐かしい死者たちが話しかけにおとずれるのを静かに待った。

平成二十九年八月

正面の布団には小柄なおばあさんが北枕で横たわっている。沙矢は綿の不織布でくるんだドライアイスのブロックを両手で持ち、合掌している手に当たらないように下腹部にそっと置いた。指さきで触れた遺体はまだほんのりとあたたかい。遺族の視線を感じながら胸と顔の両わきにもドライアイスを置き、掛け布団を直した。

白木の経机を枕もとに置いて、その上に香炉や燭台、樒《しきみ》を活けた花瓶や枕飯などを配置して枕飾りを整える。神棚封じがまだおこなわれていないことに気付き、脚立《きやたつ》を借りて神棚に半紙をセロハンテープで貼った。

沙矢が葬儀会社で働きはじめて四か月が経つ。葬儀会社に内定をもらったことを両親に伝えたとき、案の定母はひどくショックを受けて取り乱した。「ほかにないの」と沙矢の服を摑んで揺さぶる母の形相は忘れられそうにない。父はそんな母をたしなめてくれたが、沈んだ表情を浮かべていた。あのときのふたりの顔を思い出すたび、腹立たしいような哀しいような想いに胸をぎゅっと締めつけられる。

「ひとの厭がる仕事だから給料はいいんでしょ？」と下卑た笑いを浮かべながら訊いてくる人間も多い。先輩社員の話では確かに羽振りが良かった時代もあったらしいが、他業界からの新規参入や葬儀の簡略化で値崩れが進行している現在、仕事内容に見合った金額をもらえているとは思えない。沙矢がそこそこ有名な私大の出身であることを知り、「大学出て入る業界じゃないよ」と吐き捨てるように言った先輩もいた。いまはアシスタントだけどひとりで葬儀を担当できるようになれば昇給し、さらに葬祭ディレクターの資格を取ったら待遇は良くなるらしいが、一級を取得するには五年以上の実務経験が必須なので遠い道のりだ。五年後か、と沙矢は思う。この仕事を続けている自信はないし、どんな自分になっているのか想像もつかない。

ベテラン女性社員の川島《かわしま》が遺族と打ち合わせをしている横で、話を聞きながらノートを広げてメモを取っていた。今回の故人は八十五歳の女性で、打ち合わせの相手は喪主である息子とその妻だ。高齢でしかもしばらく入院していたので覚悟はできていたようだが、それでも動揺しており、「お寺さんとのおつきあいはございますか」といったシンプルな質問にもしどろもどろになっている。なにせたった一、二時間ほど前に肉親が臨終を迎え、霊安室にあらわれた葬儀会社の人間に遺体を運ばれて帰宅したばかりなのだ。

菩提寺の予定を押さえ、それから火葬場の空きを確認した。祭壇や棺《ひつぎ》や返礼品の資料写真を広げながら葬儀の内容を詰めていく。

「お母さまはどんなお花がお好きでしたか」

「花……。あっ、百合が嫌いでした。においがきついし雄蕊《おしべ》を取るのがめんどうだって、父が亡くなったときに送られてきた花を見て文句言っていました」

「では蘭を中心にしたこちらの祭壇や、薔薇とカーネーションとトルコ桔梗を使ったこちらの祭壇はいかがでしょう」

「おばあちゃん、薄紫色が好きだったんです。普段着ている服も薄紫色ばかりで。この薄紫のトルコ桔梗を使ってくれませんか」

通夜と告別式の日取りと大まかなプランを決めていく。どんな精神状態であっても喪主は限られた時間のなかでつぎつぎと決定を下し、滞りなく葬儀をおこなわなければいけない。

「ご遺影はいかがなさいますか。スナップ写真などでかまいませんが、大きく引き伸ばすので、できるだけ鮮明に写っているお写真のほうがきれいなご遺影にできます」

「遺影かあ……」

考え込む喪主の横で、妻がぱっと明るい顔になった。

「美羽《みわ》がデジカメ買ったときに撮った写真がいいんじゃない？　おばあちゃん、すごくいい顔で写ってたでしょ」

ちょっと待ってくださいねと言って部屋から出ていった妻が、写真立てを持って戻ってきた。ずっと神妙な顔をつくっていた川島は、写真を見て表情筋をゆるめる。

「お孫さんが撮影された写真ですか？　とても素敵ですね」

カメラの向こうの孫に向かってはにかむように笑っている在りし日の故人のすがたに、沙矢の胸もあたたかくなる。

「でもこれ、部屋着みたいな服だからカジュアルすぎるかしら。おばあちゃん、夏はよくこれ着てたわ」

「写真のお召しものはこちらで着せ替えできますので。お預かりいたしますね」

遺体運搬車を運転して事務所に戻った沙矢は、セレモニーホールでおこなう別件の通夜の手伝いにかり出された。黒いスーツの制服を汗で湿らせながら祭壇を設置し、届いた供花を並べる。ほかの社員が設置している遺影を見て、息をのんだ。黒枠のなかで微笑を浮かべているのは少女の面影が残っている若い女性だった。

参列者用の椅子を並べながら「あの、今日のお通夜って……」とその社員に話しかける。

「病死だって。子どものころから脳腫瘍で何度も手術していたらしい。ご遺体、すごく軽かった」

「いくつだったんですか」

「確か二十三歳」

「私と同い年です」

「つらいよな、同世代の葬儀って。あと子どもの葬儀も」

その言葉を聞いて、入社した初日に立ち会った葬儀のことを思い出す。小学生の男の子の交通事故死だった。両親は半狂乱で泣き叫び、会場にはまだ死を理解できない幼い子どもの無邪気な声が響いていて、それがますます会葬者のすすり泣きを誘った。いくら「仕事だから」と自分に言い聞かせても涙と鼻水を抑えることができず、沙矢は何度もこっそりハンカチで顔をぬぐった。会場の外で身を縮めている加害者は夜勤の帰りに居眠り運転してしまった若い男で、卒倒しそうなほど蒼白の顔をしていた。遺族と加害者の対面のシーンは、いま思い出しただけで呼吸が苦しくなる。

はじめて仕事としてかかわった葬儀であることを抜きにしても、一生忘れられそうにない。花で囲まれているちいさな遺体の顔が、湯灌師《ゆかんし》のていねいな仕事によってぱっと見では傷がわからないほどきれいに修復されているのが、せめてもの救いだった。「こんなにつらい葬儀はめったにないから」と先輩は慰めてくれたが、沙矢と同時に入社した第二新卒だという男性は翌日から会社に来なくなった。

この四か月、数えきれないほどの葬儀に携わってきたが、ひとつとして同じものはない。「ひとの不幸で金儲けしやがって」と喪主に罵倒されたこともあるし、露骨な差別意識をぶつけてくるひともいまだにいる。遺体の前で遺産相続で揉める遺族に遭遇したこともある。通夜に愛人が登場する修羅場も経験した。六十代の兄弟の殴りあいを見た帰路、「ご遺体はいいよね、なにも言わないから。『仕事は葬儀屋です』って自己紹介するとみんな死体を触るのは怖くないのかとか変死体を見ても平気なのかとか聞いてくるけど、怖いのは死んだ人間じゃなくて生きてる人間だよ」と同行した上司は笑っていた。

「上原さん、それが終わったらお寺さんの控え室のセッティングをしてくれる？」

会場を覗いた先輩に声をかけられて、沙矢は物思いから呼び覚まされた。

葬儀会社に定休日はない。二十四時間三百六十五日、いつ電話がかかってくるかわからないので、夜間は宿直の社員が事務所で待機している。個人の休みは月に五日から七日程度だが、帰宅したあとや休日に電話で呼び出されることもある。会社から支給されている携帯電話を肌身離さず持ち歩き、シャワーを浴びているあいだも電話が鳴っていないか耳を澄まし、たまに飲み会に参加しても携帯を横目で窺いながらソフトドリンクのみで過ごしている。はじめのころは寝ているあいだに電話がかかってこないか心配で、眠りが浅くなってしまった。不規則な睡眠時間のため、睡眠導入剤を常用している社員も多い。旅行なんて行けるわけもなく、いつかおとずれたいと思っていた駅が廃止されていくのを黙って見ていることしかできない。

久しぶりの休日、沙矢は新宿にあるビストロのオープンテラスで拓真を待っていた。夜になって暑さが少しゆるみ、そよそよと吹く風が心地良い。緊張をほぐそうとノンアルコールビールで喉を潤す。拓真と会うのは本八幡のコーヒーチェーン店で自殺未遂の話を聞かされたとき以来だった。あれは去年の十月だったから――もう十か月も経つのか。メールはたまにやりとりしており、来年の地方公務員の採用試験を受けるため予備校に通っているという近況を教えてもらっている。グラスをテーブルに戻し、着ている水色のシャツワンピースを見下ろした。会社の制服以外の服を着て出かけるのはずいぶん久しぶりに感じる。線香や遺体のにおいが肌や髪に染みついていないか心配になった。

「待たせてごめん」

約束の時間から十分ほど遅れてあらわれた拓真は、前回とはうって変わってすっきりと明るい顔をしていた。眼が隠れるほど伸びていた髪は短くカットされ、アッシュ系のブラウンに染められている。

「バイトが長引いちゃって」

「バイトしてるんだ？」

「うん、花屋」

「花屋？　なんか意外。前から興味あったの？」

「ぜんぜん。失業保険をもらうのに求職活動しなきゃいけないじゃん？　アリバイ的に面接を受けておこうと思って、ハローワークの求人にあった花屋のバイト募集に応募したんだ。採用されても断るつもりだったけど、社会復帰のリハビリと勉強の気分転換にいいかなって思って。花って癒やされそうだし。実際は重労働で癒やされるどころじゃないけど、でも面白くて、自分でも驚くぐらいのめり込んでる。最近は市場に仕入れにも連れていってもらってるし」

拓真はそこまで一気に喋ると、ウェイターにハイボールを注文した。

「沙矢はそれ、ビール？」

「ううん、ノンアルコール。仕事の呼び出しがかかるかもしれないから」

「食事はどうする？」

「そんなにおなか空いてないかな」

「じゃあ軽く頼もうか」

拓真はメニューを見ながら鴨肉のコンフィや生ハムの盛り合わせやほうれん草のニョッキを頼んだ。沙矢もスモーク牡蠣《かき》とルッコラのサラダを注文する。

「試験勉強は進んでる？」

「うーん、それがさ。花屋の店長から正社員にならないかって誘われてて。正直かなり迷ってる」

「そんなに花屋さんのバイトが気に入ってるんだ？」沙矢は眼を見開いて拓真を見た。

「いまは花の名前を憶えるのすら愉しいよ。おれがつくったアレンジを見ておばあちゃんが乙女みたいな顔になって喜んでくれたりね。仕入れは早朝だし、配達は忙しいし、バケツは重いし、水はつめたくて手が荒れるし、提示されてる給料は少ないけどさ。でも、理不尽なことはひとつもないんだ。おれがいちばんつらいのは理不尽な環境なんだってわかった。そんなこと、前の会社で挫折しなきゃ気付けなかった。会社を辞めてすぐのころは、自分はどこに行っても駄目だ、働いて生きていくっていう基本的なことができない人間なんだって思ってたけど、いまの店で働きはじめてようやくその呪いが解けた気がする」

「よかったね。それ聞いてすごく安心した」

沙矢はこころの底からそう言った。記憶にこびりついていた、コーヒーチェーン店で自殺未遂を告白する拓真の悲愴な顔が薄れていく。

「公務員を目指したのも、勉強っていう大義名分で再就職を先送りにしたかっただけなのかもしれない。自分に公務員が向いているかどうかわからないのに」

「葬儀の花もやってるの？」

「いや、うちでは扱ってないな」

「もしも葬儀もやるようになったら弊社をよろしくお願いします」冗談めかして頭を下げる。「といっても私に業者を選ぶ権限なんてないけど」

「沙矢はどう？　仕事、ハードなんだろ」

「まあね。こっちも超肉体労働。ご遺体や祭壇は重くて腰にくるし、立ち仕事で脚がぱんぱん。お通夜がある日は遅くまで残業だし休みは少ないし。労働基準法？　なにそれおいしいの？　って感じ。いまは若いからなんとかなってるけど、三十過ぎていまの職場で働き続けるのは無理だと思う。ひとり暮らしだし生活がぐちゃぐちゃ」

「家、出たんだ？」拓真が驚いた顔になった。

「うん。自立しようと思って。といっても西荻《にしおぎ》だから実家から数駅しか離れてないけど」

沙矢は就職と同時にひとり暮らしをはじめた。引っ越しから数か月経ったのに、いまだ部屋には段ボール箱が積まれている。家具も揃えている途中で止まっていた。

「よくお母さんが許してくれたね」

「けっこう修羅場だった」

「なるほど。……とにかく、ほどほどに力を抜きなよ。前のおれみたいにならないように。顔が疲れてるし、かなり心配。ちゃんと眠れてる？」

沙矢は運ばれてきた生ハムの盛り合わせを一枚摘まみ、少し迷ってから話を切り出した。

「……きのうのお通夜、私と同い年の女の子のだったんだよね」

「二十三歳か。若いなあ。死因は？」

「悪性の脳腫瘍で子どものころから闘病してたんだって。再発して手術してまた再発して、十年以上その繰り返し」

「うわ、壮絶だ。頭を何度も手術されるのって怖かっただろうね」

「やりたいことといっぱいあったんだろうなあ、病気が憎くて悔しくてやるせなかったんだろうなあって考えたら、帰ってから眠れなくなって。いまの私、生活のほぼすべてが仕事だけど、これでいいのかなって悩んじゃった」

拓真は鴨肉のコンフィを切り分ける手を止めて、沙矢の顔を見る。

「辞めたいの？　会社」

「うーん、まだそこまでは。人生を終えたばかりのご遺体と対峙したときにしんとした厳粛な気持ちになる感じとか、けっこう好きなんだ。亡くなったあとにしか会えないから、どんなひとだったのかはご遺族の話をもとに想像することしかできないけど、そのひとが歩んできた人生の締めくくりにふさわしい葬儀で送り出してあげようって、背すじが伸びる。天職だとは思わないけど、仕事だからって割り切ってやってるわけでもないっていうか」

使命、という言葉が頭に浮かんだ。その言葉に引っ張られるようにいつか本で読んだ女性のことを思い出す。名前はもう忘れてしまったが、遊郭を出てから地方議会に進出し、土地のために、弱き者のために活躍した逞しい女性だ。

テーブルに置いてある拓真のスマホが振動した。画面を見た拓真の頬がゆるみ、眼がやさしげに細められる。その表情にぴんときた。

「彼女？」

拓真は照れたような苦笑を浮かべる。

「うーん、まだ彼女とまでは言えないんだけど。うちの店の斜め向かいにあるカフェでバイトしてる子」

「花はプレゼントした？」

「え、そんなの恥ずかしいじゃん」

「花屋が花を贈るの照れててどうすんの」

ウェイターがテーブルのそばに来て、拓真がモヒートを頼んだので会話が中断した。ウエイターが離れたあと、沙矢は躊躇しながら話題を変える。

「……ねえ、拓真は行けなかった二年前の夏休みの北海道旅行のこと、憶えてる？」

「あのときはほんとうにごめん」

「ううん、もういいの。……あの旅行でね、トンネル工事で死んだひとを追悼する石碑を見たんだ。確か金華駅の近くだったかな。あとから調べて知ったんだけど、タコ部屋労働でたくさんのひとが亡くなった場所で」

沙矢は手に持った細身のフォークを見つめ、しばらく考えてからふたたび口を開く。

「たぶん弔われることもなく、家族に知らされることもなく、使い捨てられて死んだひとたちは、とてもつらくて無念だったと思う。でも、長いときを経てだれかがそのひとたちの存在を思い出して、悼《いた》んで、忘れ去られないように石碑を建ててくれたんだよね。葬儀の仕事をしていると、ときどきその石碑を思い出すの」

二年前に見た光景が脳裏に甦る。廃墟に呑み込まれ山に沈みつつあるひっそりとした集落、小高い丘の夏草のにおい、つるはしを持ってうつむく男のレリーフが嵌め込まれた石碑。そこでなにがあったのか知らなかったのに神聖な気持ちになり、跪いて手を合わせた。いま思えば、遺体と向きあう際に胸に去来する感情とよく似ている。

食事を終えて店を出たふたりは駅に向かった。改札を通って別れる間際、しみじみと拓真を見上げて笑いかける。

「そっかー。新しい彼女、できそうなんだ」

拓真は一瞬沙矢を見つめ、思いつめた表情になってうつむいた。

「ごめん、沙矢。おれ、つきあってるあいだ、駄目な彼氏で。自分のことでいっぱい

いっぱいで、沙矢になにもしてやれなくて」

「そんなことないよ。その子とうまくいっても友だちでいてね。愚痴聞いてくれたり聞かせてくれたりしてよね」

最後にハグしてよ、とつけ足そうか迷ったが言葉を吞み込む。

「うん。あんまり無理するなよ。じゃあ、また」

拓真はそう言って片手を挙げると、御茶ノ水・千葉方面の総武線のホームに続く階段をかろやかに上っていった。

沙矢は遠ざかる背をいつまでも見つめていた。やがて雑踏にまぎれて見失う。肩を怒らせて無言で、あるいは連れと笑いあったり電話で喋ったりしながら、人びとは立ち尽くす沙矢の前を流れていく。一生交わることのないひと、いつか特別なかたちで出会うかもしれないひと。ワンピースのポケットのなかで社用の携帯が鳴った。どこかでだれかが人生を終えて、旅立ちの儀式を待っている。そのひとのために、私はなにができるだろう。

ポケットから携帯を取り出した沙矢は、眼に溜まった涙をひとさし指でぬぐってボタンを押し、耳に当てた。

主な参考文献

【タコ部屋関連】
『常紋トンネル　北辺に斃れたタコ労働者の碑』小池喜孝　朝日文庫
『監獄部屋』戸崎繁　みやま書房
『実録土工・玉吉　タコ部屋半生記』髙田玉吉・古川善盛　太平出版社
『雪の墓標　タコ部屋に潜入した脱走兵の告白』小池喜孝・賀沢昇　朝日新聞社

【遊郭関連】
『ものいわぬ娼妓たち　札幌遊廓秘話』谷川美津枝　みやま書房
『北海道遊里史考』小寺平吉　北書房
『シリーズ北海道の女《ひと》』宮内令子　北海タイムス社
『吉原花魁《おいらん》日記　光明に芽ぐむ日』森光子　朝日文庫
『春駒日記　吉原花魁の日々』森光子　朝日文庫
『鬼追い　続　昭和遊女考』竹内智恵子　未來社
『新装版　親なるもの断崖』曽根富美子　宙出版

【網走関連】
『オホーツク凄春《せいしゅん》記　雑草の女・中川イセ物語』山谷一郎　講談社
『網走百話　秘められた庶民の歴史』網走市教育委員会
『続網走百話　秘められた庶民の歴史』網走市教育委員会

【その他】
『女工哀史』細井和喜蔵　岩波文庫
「丸善と三越」寺田寅彦（『寺田寅彦随筆集　第一巻』岩波文庫　所収）

本書は二〇一七年三月、小社より単行本として刊行されました。

|著者| 蛭田亜紗子　1979年生まれ。札幌市出身・在住。2008年に第７回「女による女のためのR-18文学賞」大賞を受賞、'10年に『自縄自縛の私』（受賞作「自縄自縛の二乗」を改題）を刊行しデビュー。同作は'13年に竹中直人監督により映画化された。その他の著書に『星とモノサシ』『人肌ショコラリキュール』『愛を振り込む』『フィッターXの異常な愛情』『エンディングドレス』などがある。

凜《りん》

蛭田亜紗子《ひるたあさこ》

2020年２月14日第１刷発行

講談社文庫

定価はカバーに
表示してあります

発行者――渡瀬昌彦
発行所――株式会社　講談社
東京都文京区音羽2-12-21　〒112-8001
電話　出版（03）5395-3510
　　　販売（03）5395-5817
　　　業務（03）5395-3615

Printed in Japan

デザイン―菊地信義
本文データ制作―講談社デジタル製作
印刷――豊国印刷株式会社
製本――株式会社国宝社

ISBN978-4-06-518099-0

講談社文庫刊行の辞

二十一世紀の到来を目睫に望みながら、われわれはいま、人類史上かつて例を見ない巨大な転換期をむかえようとしている。

世界も、日本も、激動の予兆に対する期待とおののきを内に蔵して、未知の時代に歩み入ろうとしている。このときにあたり、創業の人野間清治の「ナショナル・エデュケイター」への志を現代に甦らせようと意図して、われわれはここに古今の文芸作品はいうまでもなく、ひろく人文・社会・自然の諸科学から東西の名著を網羅する、新しい綜合文庫の発刊を決意した。

激動の転換期はまた断絶の時代である。われわれは戦後二十五年間の出版文化のありかたへの深い反省をこめて、この断絶の時代にあえて人間的な持続を求めようとする。いたずらに浮薄な商業主義のあだ花を追い求めることなく、長期にわたって良書に生命をあたえようとつとめるところにしか、今後の出版文化の真の繁栄はあり得ないと信じるからである。

同時にわれわれはこの綜合文庫の刊行を通じて、人文・社会・自然の諸科学が、結局人間の学にほかならないことを立証しようと願っている。かつて知識とは、「汝自身を知る」ことにつきていた。現代社会の瑣末な情報の氾濫のなかから、力強い知識の源泉を掘り起し、技術文明のただなかに、生きた人間の姿を復活させること。それこそわれわれの切なる希求である。

われわれは権威に盲従せず、俗流に媚びることなく、渾然一体となって日本の「草の根」をかたちづくる若く新しい世代の人々に、心をこめてこの新しい綜合文庫をおくり届けたい。それは知識の泉であるとともに感受性のふるさとであり、もっとも有機的に組織され、社会に開かれた万人のための大学をめざしている。大方の支援と協力を衷心より切望してやまない。

一九七一年七月

野間省一

講談社文芸文庫

庄野潤三
庭の山の木
解説=中島京子　年譜=助川徳是

家庭でのできごと、世相への思い、愛する文学作品、敬慕する作家たち——著者のやわらかな視点、ゆるぎない文学観が浮かび上がる、充実期に書かれた随筆集。

しA15
978-4-06-518659-6

庄野潤三
明夫と良二
解説=上坪裕介　年譜=助川徳是

何気ない一瞬に焼き付けられた、はかなく移ろいゆく幸福なひととき。人生の喜びとあわれを透徹したまなざしでとらえた、名作『絵合せ』と対をなす家族小説の傑作。

しA14
978-4-06-514722-1

福井晴敏　平成関東大震災〈いつか来るとは知っていたが今日来るとは思わなかった〉
福井晴敏　人類資金1～7
福井晴敏　限定版 人類資金7
福井晴敏作 霜月かよ子画　C-blossom《シーブロッサム》〈case《ケース》729〉
藤原緋沙子　遠花火〈見届け人秋月伊織事件帖〉
藤原緋沙子　春《はる》疾風《はやて》〈見届け人秋月伊織事件帖〉
藤原緋沙子　暖《ぬくめ》鳥《どり》〈見届け人秋月伊織事件帖〉
藤原緋沙子　霧の路《みち》〈見届け人秋月伊織事件帖〉
藤原緋沙子　鳴《なる》子《こ》守《もり》〈見届け人秋月伊織事件帖〉
藤原緋沙子　夏ほたる〈見届け人秋月伊織事件帖〉
藤原緋沙子　笛吹川〈見届け人秋月伊織事件帖〉
藤原緋沙子　青《せい》嵐《らん》〈見届け人秋月伊織事件帖〉
椹野道流　禅定の弓〈鬼籍通覧〉
椹野道流　亡羊の嘆〈鬼籍通覧〉
椹野道流　新装版 暁天の星〈鬼籍通覧〉
椹野道流　新装版 無《む》明《みょう》の闇〈鬼籍通覧〉
椹野道流　新装版 壺《こ》中《ちゅう》の天〈鬼籍通覧〉
椹野道流　新装版 隻《せき》手《しゅ》の声〈鬼籍通覧〉

福田和也　悪女の美食術
深水黎一郎　トスカの接吻〈オペラ・ミステリオーザ〉
深水黎一郎　ジークフリートの剣《つるぎ》
深水黎一郎　言霊《ことだま》たちの反乱
深水黎一郎　世界で一つだけの殺し方
深水黎一郎　ミステリー・アリーナ
深水黎一郎　倒叙の四季〈破られた完全犯罪〉
深見　真　硝煙の向こう側に彼女〈武装強行犯捜査・塚田志士子〉
藤谷　治　花や今宵の
深町秋生　ダウン・バイ・ロー
古市憲寿　働き方は「自分」で決める
船瀬俊介　かんたん「1日1食」!!〈万病が治る! 20歳若返る!〉
二上　剛　黒薔薇 刑事課強行犯係 神木恭子
二上　剛　ダーク・リバー〈暴力犯係長 葛城みずき〉
藤野可織　おはなしして子ちゃん
古野まほろ　身元不明《ジェーン・ドゥ》〈特殊殺人対策官 箱崎ひかり〉
古野まほろ　陰陽少女
藤崎　翔　時間を止めてみたんだが
藤井邦夫　大江戸閻魔帳《えんまちょう》

藤井邦夫　三つの顔〈大江戸閻魔帳㈡〉
藤井邦夫　渡世人〈大江戸閻魔帳㈢〉
福澤徹三 糸《し》柳《やな》寿《とし》昭《あき》　忌《い》み地〈怪談社奇聞録〉
辺見　庸　抵抗論
星　新一　エヌ氏の遊園地
星新一編　ショートショートの広場①～⑨
本田靖春　不当逮捕
保阪正康　昭和史七つの謎
保阪正康　昭和史七つの謎Part2
保阪正康　天皇〈「君主」の父、「民主」の子〉
保坂和志　未明の闘争(上)(下)
堀江敏幸　熊の敷石
堀江敏幸　燃焼のための習作
本格ミステリ作家クラブ編　珍しい物語のつくり方〈本格短編ベスト・セレクション〉
本格ミステリ作家クラブ編　法廷ジャックの心理学〈本格短編ベスト・セレクション〉
本格ミステリ作家クラブ編　凍れる女神の秘密〈本格短編ベスト・セレクション〉
本格ミステリ作家クラブ編　からくり伝言少女〈本格短編ベスト・セレクション〉
本格ミステリ作家クラブ編　探偵の殺される夜〈本格短編ベスト・セレクション〉
本格ミステリ作家クラブ編　墓守刑事の昔語り〈本格短編ベスト・セレクション〉

講談社文庫　目録

本格ミステリ作家クラブ編　子ども狼ゼミナール〈本格短編ベスト・セレクション〉
本格ミステリ作家クラブ編　ベスト本格ミステリTOP5〈短編傑作選001〉
本格ミステリ作家クラブ編　ベスト本格ミステリTOP5〈短編傑作選002〉
本格ミステリ作家クラブ編　ベスト本格ミステリTOP5〈短編傑作選003〉
本格ミステリ作家クラブ編　ベスト本格ミステリTOP5〈短編傑作選004〉
本格ミステリ作家クラブ選・編　本格王2019
星野智幸　毒身
星野智幸　われら猫の子
星野智幸　夜は終わらない(上)(下)
本田靖春　我、拗ね者として生涯を閉ず(上)(下)
本城英明　警察庁広域特捜官　梶山俊介〈広島・尾道「刑事《デカ》殺し」〉
堀田純司　スゴい雑誌〈「業界誌」の底知れない魅力〉
堀田純司　僕とツンデレとハイデガー〈ヴェルシオン　アドレサンス〉
本多孝好　チェーン・ポイズン
本多孝好　君の隣に
穂村弘　整形前夜
穂村弘　ぼくの短歌ノート
堀川アサコ　幻想郵便局
堀川アサコ　幻想映画館

堀川アサコ　幻想日記店
堀川アサコ　幻想探偵社
堀川アサコ　幻想温泉郷
堀川アサコ　幻想短編集
堀川アサコ　幻想寝台車
堀川アサコ　大奥の座敷童子
堀川アサコ　おちゃっぴい〈大江戸八百八〉
堀川アサコ　月下におくる〈沖田総司青春録〉(上)(下)
堀川アサコ　芳《ほう》一《いち》
堀川アサコ　月夜彦
堀川アサコ　魔法使ひ
本城雅人　境界〈横浜中華街・潜伏捜査〉
本城雅人　スカウト・デイズ
本城雅人　スカウト・バトル
本城雅人　嗤うエース
本城雅人　贅沢のススメ
本城雅人　誉れ高き勇敢なブルーよ
本城雅人　シューメーカーの足音
本城雅人　ミッドナイト・ジャーナル

堀川惠子　裁かれた命〈死刑囚から届いた手紙〉
堀川惠子　死刑の基準〈「永山裁判」が遺したもの〉
堀川惠子　永山則夫〈封印された鑑定記録〉
堀川惠子　教誨師
堀川惠子　戦禍に生きた演劇人たち〈演出家・八田元夫と「桜隊」の悲劇〉
小笠原信之　チンチン電車と女学生〈1945年8月6日・ヒロシマ〉
ほしおさなえ　空き家課まぼろし譚
誉田哲也　QrOS《キュロス》の女
松本清張　草の陰刻
松本清張　黄色い風土
松本清張　黒い樹海
松本清張　連環
松本清張　花氷
松本清張　ガラスの城
松本清張　殺人行おくのほそ道(上)(下)
松本清張　塗られた本
松本清張　熱い絹(上)(下)
松本清張　邪馬台国　清張通史①
松本清張　空白の世紀　清張通史②

牧　秀彦　雄《ゆう》飛《ひ》〈五坪道場一手指南〉
牧　秀彦　清《せい》冽《れつ》〈五坪道場一手指南〉
牧　秀彦　美《び》剣《けん》〈五坪道場一手指南〉
真梨幸子　孤《こ》虫《ちゅう》症《しょう》
真梨幸子　深く深く、砂に埋めて
真梨幸子　女ともだち
真梨幸子　クロク、ヌレ！
真梨幸子　えんじ色心中
真梨幸子　カンタベリー・テイルズ
真梨幸子　イヤミス短篇集
真梨幸子　人生相談。
真梨幸子　私が失敗した理由は
牧野修　巴亮介 漫画原作　ミュージアム〈公式ノベライズ〉
松本裕士　兄弟〈追憶のhide〉
円居　挽　丸太町ルヴォワール
円居　挽　烏丸ルヴォワール
円居　挽　今出川ルヴォワール
円居　挽　河原町ルヴォワール
円居　挽　原作 福本伸行　カイジ ファイナルゲーム 小説版

松宮　宏　さくらんぼ同盟
丸山天寿　琅《ろう》邪《や》の鬼
丸山天寿　琅《ろう》邪《や》の虎
町山智浩　アメリカ格差ウォーズ 99％対1％
松岡圭祐　探偵の探偵
松岡圭祐　探偵の探偵II
松岡圭祐　探偵の探偵III
松岡圭祐　探偵の探偵IV
松岡圭祐　水鏡推理
松岡圭祐　水鏡推理II〈インパクトファクター〉
松岡圭祐　水鏡推理III〈パレイドリア・フェイス〉
松岡圭祐　水鏡推理IV〈アノマリー〉
松岡圭祐　水鏡推理V〈ニュークリアフュージョン〉
松岡圭祐　水鏡推理VI〈クロノスタシス〉
松岡圭祐　探偵の鑑定I
松岡圭祐　探偵の鑑定II
松岡圭祐　万能鑑定士Qの最終巻〈ムンクの〈叫び〉〉
松岡圭祐　黄砂の籠城(上)(下)
松岡圭祐　シャーロック・ホームズ対伊藤博文

松岡圭祐　八月十五日に吹く風
松岡圭祐　生きている理由
松岡圭祐　黄砂の進撃
松岡圭祐　瑕《か》疵《し》借り
松島泰勝　琉球独立宣言〈実現可能な五つの方法〉
松原　始　カラスの教科書
益田ミリ　五年前の忘れ物
益田ミリ　お茶の時間
マキタスポーツ　一億総ツッコミ時代〈決定版〉
三好　徹　政・財 腐蝕の100年
三島由紀夫　TBSヴィンテージクラシックス 編　告白 三島由紀夫未公開インタビュー
三浦綾子　ひつじが丘
三浦綾子　岩に立つ
三浦綾子　青い棘《とげ》
三浦綾子　イエス・キリストの生涯
三浦綾子　愛すること信ずること
三浦明博　滅びのモノクローム
宮尾登美子　新装版天璋院篤姫(上)(下)
宮尾登美子　新装版 一絃の琴

三津田信三　蛇《じゃ》棺《かん》葬《そう》
三津田信三　百《ひゃく》蛇《じゃ》堂《どう》〈怪談作家の語る話〉
三津田信三　厭魅《まじもの》の如き憑くもの
三津田信三　凶鳥《まがとり》の如き忌むもの
三津田信三　首無《くびなし》の如き祟るもの
三津田信三　山魔《やまんま》の如き嗤《わら》うもの
三津田信三　水魑《みづち》の如き沈むもの
三津田信三　密室《ひめむろ》の如き籠《こも》るもの
三津田信三　生霊《いきだま》の如き重《だぶ》るもの
三津田信三　幽女《ゆうじょ》の如き怨むもの
三津田信三　シェルター 終末の殺人
三津田信三　ついてくるもの
三津田信三　誰かの家
三輪太郎　あなたの正しさと、ぼくのセツナさ
三輪太郎　死という鏡〈この30年の日本文芸を読む〉
宮田珠己　ふしぎ盆栽ホンノンボ
道尾秀介　カラスの親指〈by rule of CROW's thumb〉
道尾秀介　水の柩
深木《みき》章子《あきこ》　鬼畜の家
深木章子　衣更月《きさらぎ》家の一族
深木章子　螺《ら》旋《せん》の底
深志《みゆき》美由紀　美食の報酬
三木笙子　百年の記憶〈哀しみを刻む石〉
湊かなえ　リバース
宮内悠介　彼女がエスパーだったころ
宮乃崎《みやのさき》桜子《さくらこ》　綺《き》羅《ら》の皇女《ひめみこ》(1)
宮乃崎桜子　綺羅の皇女(2)
村上龍　海の向こうで戦争が始まる
村上龍　走れ！タカハシ
村上龍　愛と幻想のファシズム(上)(下)
村上龍　超電導ナイトクラブ
村上龍　イビサ
村上龍　音楽の海岸
村上龍　村上龍料理小説集
村上龍　村上龍映画小説集
村上龍　ストレンジ・デイズ
村上龍　共生虫
村上龍　新装版 限りなく透明に近いブルー
村上龍　新装版 コインロッカー・ベイビーズ
村上龍　歌うクジラ(上)(下)
向田邦子　新装版 眠る盃
向田邦子　新装版 夜中の薔薇
村上春樹　風の歌を聴け
村上春樹　1973年のピンボール
村上春樹　羊をめぐる冒険(上)(下)
村上春樹　カンガルー日和
村上春樹　回転木馬のデッド・ヒート
村上春樹　ノルウェイの森(上)(下)
村上春樹　ダンス・ダンス・ダンス(上)(下)
村上春樹　遠い太鼓
村上春樹　国境の南、太陽の西
村上春樹　やがて哀しき外国語
村上春樹　アンダーグラウンド
村上春樹　スプートニクの恋人
村上春樹　アフターダーク
村上春樹　佐々木マキ絵　羊男のクリスマス
村上春樹　佐々木マキ絵　ふしぎな図書館

村上春樹 糸井重里　夢で会いましょう
村上春樹・文 安西水丸・絵　ふ　わ　ふ　わ
U・K・ル＝グウィン 村上春樹訳　空　飛　び　猫
U・K・ル＝グウィン 村上春樹訳　帰ってきた空飛び猫
U・K・ル＝グウィン 村上春樹訳　素晴らしいアレキサンダーと、空飛び猫たち
U・K・ル＝グウィン 村上春樹訳　空を駆けるジェーン
T・ファリッシュ著 B・ルート絵 村上春樹訳　ポテト・スープが大好きな猫
群　ようこ　濃　い　人　々〈いとしの作中人物たち〉
群　ようこ　いいわけ劇場
群　ようこ　浮　世　道　場
群　ようこ　馬　琴　の　嫁
村山由佳　すべての雲は銀の…(上)(下)
村山由佳　永　遠。
村山由佳　天　翔　る
室井　滋　うまうまノート
室井　滋　気　に　な　り　飯《めし》〈うまうまノート②〉
睦月影郎　平成好色一代男 和装セレブ妻の香り
睦月影郎　新・平成好色一代男 元部下のOL
睦月影郎　新・平成好色一代男 隣人と。女子アナと。
睦月影郎　帰ってきた平成好色一代男 一の巻
睦月影郎　平成好色一代男 占女《せんにょ》楽天編
睦月影郎　帰ってきた平成好色一代男 完結編
睦月影郎　武　家　娘〈明暦江戸隠密控〉
睦月影郎　密　通　妻
睦月影郎　姫《ひめ》　遊《なそび》
睦月影郎　肌《はだ》　褥《しとね》
睦月影郎　影《かげ》　舞《まい》
睦月影郎　傀《く》儡《ぐつ》　舞《まい》
睦月影郎　とろり蜜姫・掛け乞い〈睦月影郎傑作選〉
睦月影郎　卒業一九七四年
睦月影郎　初夏一九七四年
睦月影郎　快楽のグルメ
睦月影郎　快楽のリベンジ
睦月影郎　快楽ハラスメント
睦月影郎　快楽アクアリウム
向井万起男　渡る世間は「数字」だらけ
向井万起男　謎の1セント硬貨〈真実は細部に宿る in USA〉
村田沙耶香　授　乳
村田沙耶香　マ　ウ　ス
村田沙耶香　星　が　吸　う　水
村田沙耶香　殺　人　出　産
村瀬秀信　気がつけばチェーン店ばかりでメシを食べている
室積　光　ツ　ボ　押　し　の　達　人
室積　光　ツボ押しの達人　下山編
森村誠一　悪　道
森村誠一　悪　道　西国謀反
森村誠一　悪道　御三家の刺客
森村誠一　悪道　五右衛門の復讐
森村誠一　悪道　最後の密命
森村誠一　ミッドウェイ
森村誠一　棟居刑事の復讐
森村誠一　日　蝕　の　断　層
森村誠一　ね　こ　の　証　明
森　詠　吉原首代　左助始末帳
毛利恒之　月　光　の　夏
森　博嗣　すべてがFになる〈THE PERFECT INSIDER〉
森　博嗣　冷たい密室と博士たち〈DOCTORS IN ISOLATED ROOM〉

講談社文庫　目録

森　博嗣　笑わない数学者〈MATHEMATICAL GOODBYE〉
森　博嗣　詩的私的ジャック〈JACK THE POETICAL PRIVATE〉
森　博嗣　封印再度〈WHO INSIDE〉
森　博嗣　幻惑の死と使途〈ILLUSION ACTS LIKE MAGIC〉
森　博嗣　夏のレプリカ〈REPLACEABLE SUMMER〉
森　博嗣　今はもうない〈SWITCH BACK〉
森　博嗣　数奇にして模型〈NUMERICAL MODELS〉
森　博嗣　有限と微小のパン〈THE PERFECT OUTSIDER〉
森　博嗣　黒猫の三角〈Delta in the Darkness〉
森　博嗣　人形式モナリザ〈Shape of Things Human〉
森　博嗣　月は幽咽のデバイス〈The Sound Walks When the Moon Talks〉
森　博嗣　夢・出逢い・魔性〈You May Die in My Show〉
森　博嗣　魔剣天翔〈Cockpit on knife Edge〉
森　博嗣　恋恋蓮歩の演習〈A Sea of Deceits〉
森　博嗣　六人の超音波科学者〈Six Supersonic Scientists〉
森　博嗣　捩れ屋敷の利鈍〈The Riddle in Torsional Nest〉
森　博嗣　朽ちる散る落ちる〈Rot off and Drop away〉
森　博嗣　赤緑黒白〈Red Green Black and White〉
森　博嗣　四季　春〜冬

森　博嗣　φ《ファイ》は壊れたね〈PATH CONNECTED φ BROKE〉
森　博嗣　θ《シータ》は遊んでくれたよ〈ANOTHER PLAYMATE θ〉
森　博嗣　τ《タウ》になるまで待って〈PLEASE STAY UNTIL τ〉
森　博嗣　ε《イプシロン》に誓って〈SWEARING ON SOLEMN ε〉
森　博嗣　λ《ラムダ》に歯がない〈λ HAS NO TEETH〉
森　博嗣　η《イータ》なのに夢のよう〈DREAMILY IN SPITE OF η〉
森　博嗣　目薬α《アルファ》で殺菌します〈DISINFECTANT α FOR THE EYES〉
森　博嗣　ジグβは神ですか〈JIG β KNOWS HEAVEN〉
森　博嗣　キウイγ《ガンマ》は時計仕掛け〈KIWI γ IN CLOCKWORK〉
森　博嗣　χ《カイ》の悲劇〈THE TRAGEDY OF χ〉
森　博嗣　イナイ×イナイ〈PEEKABOO〉
森　博嗣　キラレ×キラレ〈CUTTHROAT〉
森　博嗣　タカイ×タカイ〈CRUCIFIXION〉
森　博嗣　ムカシ×ムカシ〈REMINISCENCE〉
森　博嗣　サイタ×サイタ〈EXPLOSIVE〉
森　博嗣　女王の百年密室〈GOD SAVE THE QUEEN〉
森　博嗣　迷宮百年の睡魔〈LABYRINTH IN ARM OF MORPHEUS〉
森　博嗣　赤目姫の潮解〈LADY SCARLET EYES AND HER DELIQUESCENCE〉
森　博嗣　まどろみ消去〈MISSING UNDER THE MISTLETOE〉

森　博嗣　地球儀のスライス〈A SLICE OF TERRESTRIAL GLOBE〉
森　博嗣　今夜はパラシュート博物館へ〈THE LAST DIVE TO PARACHUTE MUSEUM〉
森　博嗣　虚空の逆マトリクス〈INVERSE OF VOID MATRIX〉
森　博嗣　レタス・フライ〈Lettuce Fry〉
森　博嗣　僕は秋子に借りがある I'm in Debt to Akiko〈森博嗣自選短編集〉
森　博嗣　どちらかが魔女 Which is the Witch?〈森博嗣シリーズ短編集〉
森　博嗣　探偵伯爵と僕〈His name is Earl〉
森　博嗣　銀河不動産の超越〈Transcendence of Ginga Estate Agency〉
森　博嗣　喜嶋先生の静かな世界〈The Silent World of Dr.Kishima〉
森　博嗣　実験的経験〈Experimental experience〉
森　博嗣　そして二人だけになった〈Until Death Do Us Part〉
森　博嗣　つぶやきのクリーム〈The cream of the notes〉
森　博嗣　つぼやきのテリーヌ〈The cream of the notes 2〉
森　博嗣　つぼねのカトリーヌ〈The cream of the notes 3〉
森　博嗣　ツンドラモンスーン〈The cream of the notes 4〉
森　博嗣　つぼみ茸《きのこ》ムース〈The cream of the notes 5〉
森　博嗣　つぶさにミルフィーユ〈The cream of the notes 6〉
森　博嗣　月夜のサラサーテ〈The cream of the notes 7〉
森　博嗣　つんつんブラザーズ〈The cream of the notes 8〉

森　博嗣　森博嗣のミステリィ工作室
森　博嗣　100人の森博嗣〈100 MORI Hiroshies〉
森　博嗣　アイソパラメトリック
森　博嗣　悠悠おもちゃライフ
森　博嗣　君の夢　僕の思考〈You will dream while I think〉
森　博嗣　議論の余地しかない〈A Space under Discussion〉
森　博嗣　的を射る言葉〈Gathering the Pointed Wits〉
森　博嗣　森博嗣の半熟セミナ　博士、質問があります！
森　博嗣　DOG&DOLL
森　博嗣　TRUCK&TROLL
森　博嗣
ささきすばる絵　悪戯王子と猫の物語
森　博嗣
土屋賢二　人間は考えるFになる
諸田玲子　鬼あざみ
諸田玲子　笠《かさ》雲《ぐも》
諸田玲子　からくり乱れ蝶
諸田玲子　其《そ》の一《いち》日《にち》
諸田玲子　末世炎上
諸田玲子　昔《せき》日《じつ》より
諸田玲子　日《にち》月《げつ》めぐる

諸田玲子　天女湯おれん　春色恋ぐるい
諸田玲子　森家の討ち入り
森　達也　「自分の子どもが殺されても同じことが言えるのか」と叫ぶ人に訊きたい
森　達也　すべての戦争は自衛から始まる
本谷有希子　腑抜けども、悲しみの愛を見せろ
本谷有希子　江利子と絶対〈本谷有希子文学大全集〉
本谷有希子　あの子の考えることは変
本谷有希子　嵐のピクニック
本谷有希子　自分を好きになる方法
本谷有希子　異類婚姻譚
茂木健一郎　「赤毛のアン」に学ぶ幸福《しあわせ》になる方法
茂木健一郎　セレンディピティの時代〈偶然の幸運に出会う方法〉
茂木健一郎　漱石に学ぶ心の平安を得る方法
茂木健一郎　東京藝大物語
茂木健一郎with
ダイアログ・イン・ザ・ダーク　まっくらな中での対話
森川智喜　キャットフード
森川智喜　スノーホワイト
森川智喜　踊る人形
森川智喜　一つ屋根の下の探偵たち

森　繁和　参謀
森　晶麿　ホテルモーリスの危険なおもてなし
森　晶麿　恋路ヶ島サービスエリアとその夜の獣たち
森　晶麿　M博士の比類なき実験
森林原人　セックス幸福論〈偏差値78のAV男優が考える〉
桃戸ハル編・著　5分後に意外な結末〈ベスト・セレクション〉
山岡荘八　新装版 小説太平洋戦争 全6巻
山田風太郎　甲賀忍法帖〈山田風太郎忍法帖①〉
山田風太郎　伊賀忍法帖〈山田風太郎忍法帖③〉
山田風太郎　忍法八犬伝〈山田風太郎忍法帖④〉
山田風太郎　魔界転生(上)(下)〈山田風太郎忍法帖⑥⑦〉
山田風太郎　風来忍法帖〈山田風太郎忍法帖⑪〉
山田風太郎　新装版戦中派不戦日記
山田正紀　大江戸ミッション・インポッシブル〈顔役を消せ〉
山田正紀　大江戸ミッション・インポッシブル〈幽霊船を奪え〉
山田詠美　晩年の子供
山田詠美　熱血ポンちゃんが来りて笛を吹く
山田詠美　日はまた熱血ポンちゃん
山田詠美　A《エイ》2《トゥ》Z《ズィ》

山田詠美　ジェントルマン
山田詠美　珠玉の短編
山田詠美 ピーコ　ファッション ファッショ
山田詠美 ピーコ　ファッション ファッショ〈マインド編〉
山田詠美 高橋源一郎　顰蹙文学カフェ
柳家小三治　ま・く・ら
柳家小三治　もひとつま・く・ら
柳家小三治　バ・イ・ク
山口雅也　垂里冴子のお見合いと推理
山口雅也　続・垂里冴子のお見合いと推理
山口雅也　垂里冴子のお見合いと推理 vol.3
山口雅也　PLAYプレイ
山口雅也　モンスターズ
山口雅也　古城駅の奥の奥
山本一力　深川黄表紙掛取り帖
山本一力　牡丹酒〈深川黄表紙掛取り帖(二)〉
山本一力　ワシントンハイツの旋風《かぜ》
山本一力　ジョン・マン1 波濤編
山本一力　ジョン・マン2 大洋編

山本一力　ジョン・マン3 望郷編
山本一力　ジョン・マン4 青雲編
山本一力　ジョン・マン5 立志編
椰月美智子　十二歳
椰月美智子　しずかな日々
椰月美智子　みきわめ検定
椰月美智子　ガミガミ女とスーダラ男
椰月美智子　市立第二中学校2年C組〈10月19日月曜日〉
椰月美智子　恋愛小説
椰月美智子　メイクアップデイズ
柳広司　ザビエルの首
柳広司　キング&クイーン
柳広司　怪談
柳広司　ナイト&シャドウ
柳広司　幻影城市
薬丸岳　天使のナイフ
薬丸岳　闇の底
薬丸岳　虚夢
薬丸岳　刑事のまなざし

薬丸岳　逃走
薬丸岳　ハードラック
薬丸岳　その鏡は嘘をつく
薬丸岳　刑事の約束
薬丸岳　Aではない君と
薬丸岳　ガーディアン
矢野龍王　箱の中の天国と地獄
山崎ナオコーラ　論理と感性は相反しない
山崎ナオコーラ　昼田とハッコウ(上)(下)
山崎ナオコーラ　可愛い世の中
山田芳裕　へうげもの 一服
山田芳裕　へうげもの 二服
山田芳裕　へうげもの 三服
山田芳裕　へうげもの 四服
山田芳裕　へうげもの 五服
山田芳裕　へうげもの 六服
山田芳裕　へうげもの 七服
山田芳裕　へうげもの 八服
山田芳裕　へうげもの 九服

山田芳裕　へうげもの　十服
山田芳裕　へうげもの　十一服
山田芳裕　へうげもの　十二服
柳内たくみ　戦国スナイパー〈謀略・本能寺篇〉
柳内たくみ　戦国スナイパー〈信玄暗殺指令篇〉
柳内たくみ　戦国スナイパー〈慶一郎絶体絶命篇〉
柳内たくみ　戦国スナイパー〈壊れた歴史を修復せよ篇〉
山本文緒・文　伊藤理佐・漫画　ひとり上手な結婚
矢月秀作　A《ア》C《ク》T《ト》〈警視庁特別潜入捜査班〉
矢月秀作　A《ア》C《ク》T《ト》2　告発者〈警視庁特別潜入捜査班〉
矢月秀作　A《ア》C《ク》T《ト》3　掠奪〈警視庁特別潜入捜査班〉
矢野　隆　清正を破った男
山本　弘　僕の光輝く世界
山内マリコ　かわいい結婚
山本周五郎　さぶ〈山本周五郎コレクション〉
山本周五郎　白石城死守〈山本周五郎コレクション〉
山本周五郎　完全版　日本婦道記(上)(下)〈山本周五郎コレクション〉
山本周五郎　戦国武士道物語　死《し》処《よ》〈山本周五郎コレクション〉
山本周五郎　戦国物語　信長と家康〈山本周五郎コレクション〉
山本周五郎　幕末物語　失蝶記〈山本周五郎コレクション〉
山本周五郎　逃亡記　時代ミステリ傑作選〈山本周五郎コレクション〉
山本周五郎　家族物語　おもかげ抄〈山本周五郎コレクション〉
山本周五郎　繁《しげ》　あね〈美しい女たちの物語〉
柳田理科雄　スター・ウォーズ　空想科学読本
柳田理科雄　MARVEL　マーベル空想科学読本
矢野　隆　我が名は秀秋
靖子靖史　空《くう》色《しき》カンバス〈瑞《ずい》空《くう》寺《じ》凸《でこ》凹《ぼこ》縁《えん》起《ぎ》〉
夢枕　獏　大江戸釣客伝(上)(下)
柳　美里　家族シネマ
唯川　恵　雨　心　中
由良秀之　司　法　記　者
行成　薫　ヒーローの選択
吉村　昭　私の好きな悪い癖
吉村　昭　吉村昭の平家物語
吉村　昭　暁　の　旅　人
吉村　昭　新装版　白い航跡(上)(下)
吉村　昭　新装版　海も暮れきる
吉村　昭　新装版　間宮林蔵
吉村　昭　新装版　赤　い　人
吉村　昭　新装版　落日の宴(上)(下)
吉村　昭　白い遠景
吉田ルイ子　ハーレムの熱い日々
吉川英明　新装版　父　吉川英治
吉村葉子　お金がなくても平気なフランス人　お金があっても不安な日本人
米原万里　ロシアは今日も荒れ模様
横山秀夫　半　落　ち
横山秀夫　出口のない海
吉田戦車　吉　田　電　車
吉田戦車　なめこインサマー
吉田戦車　吉田観覧車
吉田修一　日曜日たち
吉田修一　ランドマーク
吉本隆明　真　贋
吉本隆明　フランシス子へ
横関　大　再　会
横関　大　グッバイ・ヒーロー
横関　大　チェインギャングは忘れない

2019年12月15日現在